SAMTSCHWARZ

AF216760

Marlene Bach wurde 1961 in Rheydt geboren und wuchs nahe der niederländischen Grenze auf. 1997 zog die promovierte Psychologin nach Heidelberg. Nach ihrem Umzug in die Kurpfalz begann sie, Romane und Kurzgeschichten zu schreiben. 2011 erhielt sie den Walter-Kempowski-Literaturpreis.

MARLENE BACH

SAMTSCHWARZ

Der Badische Krimi

emons:

Lust auf mehr? Laden Sie sich die »LChoice«-App runter, scannen Sie den QR-Code und bestellen Sie weitere Bücher direkt in Ihrer Buchhandlung.

Bibliografische Information der Deutschen Nationalbibliothek
Die Deutsche Nationalbibliothek verzeichnet diese Publikation in der Deutschen Nationalbibliografie; detaillierte bibliografische Daten sind im Internet über http://dnb.d-nb.de abrufbar.

© Emons Verlag GmbH
Alle Rechte vorbehalten
Umschlagmotiv: Lindsay Basson/Arcangel Images
Umschlaggestaltung: Nina Schäfer, nach einem Konzept von Leonardo Magrelli und Nina Schäfer
Umsetzung: Tobias Doetsch
Gestaltung Innenteil: César Satz & Grafik GmbH, Köln
Lektorat: Dr. Marion Heister
Druck und Bindung: CPI – Clausen & Bosse, Leck
Printed in Germany 2020
ISBN 978-3-7408-0766-5
Der Badische Krimi
Originalausgabe

Unser Newsletter informiert Sie regelmäßig über Neues von emons:
Kostenlos bestellen unter
www.emons-verlag.de

Der alte Grundsatz »Auge um Auge«
macht schließlich alle blind.
Martin Luther King

Eine Hütte nahe Wilhelmsfeld

Wenn ich lebend hier rauskomme, werde ich Franka sagen, dass ich sie liebe. Der Gedanke war sein Anker im Sturm. Er bewahrte ihn davor, von der Verzweiflung davongerissen zu werden. *Ich liebe dich, nur dich.* Er hatte es ihr viel zu lange nicht mehr gesagt. Das letzte Mal, als Cloe auf die Welt gekommen war. Der Geruch von dunklem Grün und dem Harz der Bäume füllte den kleinen Raum. Es war der Geruch von Waldspaziergängen mit Franka und den Kindern, von der kleinen Cloe, die vertrauensvoll nach seiner Hand griff, von Philipp, der Tannenzapfen aufhob, weil sie im Kindergarten Wichtel basteln wollten. Es roch nach heiler Welt. Ein Geruch, der nicht zu dem passte, was hier geschah. Es hätte nach Moder riechen müssen, nach Tod und Verwesung.

Im schummrigen Licht der Hütte saßen sie ihm gegenüber, auf weißen Klappstühlen, an einem verdreckten Campingtisch. Aufgereiht, wie der Richter mit den Schöffen. Ein Affe, ein Frosch und eine Katze. Mit Masken aus Pappmaché, als wollten sie zum Karneval. Solange sie ihm ihre Gesichter nicht zeigten, so lange konnte er hoffen. Wenn sie die Absicht hatten, ihn umzubringen, dann brauchten sie diese Vorsichtsmaßnahme nicht, dann war es egal, ob er ihre Gesichter kannte oder nicht. Aber sie verbargen ihre Gesichter, also gab es Grund zur Hoffnung. Er würde wieder in seinem Büro sitzen und auf die Skyline der Stadt schauen. Er würde den alten Bruns endlich auf dem Golfplatz besiegen. Und er würde Franka sagen, dass er sie liebte.

Die Stimmen hinter den Masken hörten sich jung an. Sie hatten ihn mit einer Waffe am Kopf dazu gezwungen, ein »Geständnis« zu schreiben. »Ich bin ein skrupelloser Egoist. Ich habe aus Profitgier zugelassen, dass die Menschen in der Umgebung meiner Fabrik leiden müssen.« Was für ein Witz. Das waren ein paar von diesen durchgeknallten Ökofreaks, die glaubten, mit Bio und Windkraft könnte man die Welt retten. Er spürte seine Hände kaum noch. Sie hatten sie ihm hinter dem Rücken zusammengebunden, sodass er leicht gebeugt dasitzen musste. Wenn er sich bewegte, schnitt ihm die Plastikschnur ins Fleisch. Er durfte etwas zu seiner Verteidigung sagen. Er würde ihnen erzählen, was sie hören wollten. Die Wandlung vom Saulus zum Paulus.

»Möglich, dass ich Fehler gemacht habe«, begann er. »Die Tatsache, dass Sie bereit sind, so weit zu gehen, macht mich nachdenklich. In meiner Position widerspricht einem niemand mehr. Dann wird es schwierig, sich nicht in das zu verrennen, was am einfachsten erscheint. Vielleicht ist die Kritik an dem Gutachten berechtigt. Aber die ganze Firma lebt vom Verkauf dieses Produkts. Da hängen eine Menge Arbeitsplätze dran. Ich habe versucht, den Betrieb in der Gewinnzone zu halten. Das ist meine Aufgabe, das erwarten schließlich alle von mir. Aber jetzt, wo ich hier sitze und um mein Leben fürchten muss, wird mir klar, was wirklich wichtig ist. Das Wohlergehen anderer hat immer Vorrang. Wenn die Herstellung unseres Produktes Probleme bereitet, werde ich das erneut prüfen lassen.«

Die wollten nur, dass er klein beigab. Das hier war pure Machtausübung. Sie machten ihn fertig. Sie, die Guten. Und dann würden sie versuchen, ein fettes Lösegeld abzukassieren, um sich damit ein bequemes Leben zu machen.

»Manchmal braucht man eine Lektion«, fuhr er fort, »ein Erlebnis wie das hier, das einen dazu bringt, einen neuen Weg in Betracht zu ziehen. Bitte lassen Sie mich gehen. Ich verspreche Ihnen, ich werde alles überdenken, was Sie mir vorgeworfen haben. Ich habe verstanden, glauben Sie mir.« Dann senkte er den Kopf und flüsterte: »Bitte! Ich habe einen Sohn, der ist erst sechs. Meine kleine Tochter ist vier. Ich liebe meine Kinder. Sie brauchen ihren Vater noch. Bitte, lassen Sie mich gehen!«

Statt zu antworten, zog der Affe ein Papier aus der Hosentasche. Er faltete es auseinander und begann mit monotoner Stimme vorzulesen, was darauf geschrieben stand.

»Im Namen der Menschen, die wegen Ihnen leiden mussten, verkünde ich folgendes Urteil: Lutz Creumer soll für seine Vergehen eine Strafe erhalten. Da er geständig war, wird ihm erlaubt, die Art der Strafe zu wählen: Er kann trinken oder nicht trinken.«

Die Katze stand auf, leise und geschmeidig. Sie zog aus einem Rucksack einen kleinen Kanister hervor. Er kannte den Aufdruck auf dem blauen Etikett nur zu gut: Es war das Pflanzenschutzmittel, das seine Firma herstellte.

Affe und Katze kamen auf ihn zu, hoben den Stuhl an, auf dem er saß, und stellten ihn unmittelbar vor dem Tisch wieder ab. Die Katze steckte einen dünnen starren Schlauch in den Kanister, sodass er wie der Stil einer Blume herausragte. Sie platzierte den Kanister vor ihm auf dem Tisch und schob ihn so nah heran, dass er sich nur vorbeugen musste, um mit dem Mund an den Schlauch zu kommen. Dann packten die drei ihre Sachen und gingen zur Tür.

»Das können Sie nicht machen!«, rief er. »Sie wollen doch etwas Gutes für die Welt tun. Sie werden mich doch hier nicht allein lassen! Keiner weiß, wo ich bin! Wer soll mich denn hier finden?«

Als er am Mittag losgefahren war, hatte er alle belogen. Niemand wusste, wo er war. Keine Menschenseele.

Die Tür wurde zugeschlagen.

»Hey, ihr Arschlöcher! Kommt gefälligst zurück!«

Er hörte, wie von außen abgeschlossen wurde. Dann war es totenstill.

Da flog seine Hoffnung davon wie die Krähe im aufsteigenden Nebel.

1

Heidelberg, Altstadt

Am Himmel war keine einzige Wolke zu sehen. Dafür schwebte ein großer schwarzer Vogel über mich hinweg. Flo hätte gesagt, dass es ein böses Omen ist. Als ihre Zwillingsschwester Alma starb, hatten die Krähen den ganzen Tag im Baum vor dem Haus gesessen. Flo hasste Krähen. Mir waren sie egal, erst recht an einem so schönen Tag, an dem der Himmel blau war, wie er nur blau sein konnte.

Ich hatte den Liegestuhl auf die Dachterrasse geschafft, ihn mit einigen Mühen aufgeklappt und mich häuslich eingerichtet: Eine Karaffe mit Wasser, ein paar Kekse, ein Glas und die Flasche mit der verheißungsvoll grünlich schimmernden Flüssigkeit standen auf der umgekippten Holzkiste, die mir als Tisch diente. Margeriten und Geranien reihten sich längs der Brüstung auf dem Boden, sehr zur Freude einer dicken Hummel, die über den Blüten torkelte, als wäre sie gerade erst aus dem Winterschlaf erwacht. Hugo hatte ganze Arbeit geleistet und unsere Dachterrasse in eine Art botanischen Garten verwandelt.

Ich nahm die Gießkanne und gab den Blumen einen Schluck Wasser, dann ließ ich mich im Liegestuhl nieder. Jetzt musste ich nur noch den Arm ausstrecken, um mich an meiner kleinen Bar zu bedienen. Mata Hari und ich, wir würden uns einen schönen Nachmittag machen.

Das Gemurmel der Stadt drang herauf, leise, wie Musik im Hintergrund. Ich wusste genau, was da unten los war. Auf dem Marktplatz schlenderten die Menschen mit suchendem Blick umher, weil sie hofften, einen freien Platz in einem der Cafés zu ergattern. Reisegruppen folgten in die Höhe gereckten Regenschirmen, um die Heiliggeistkirche zu fluten, und vor den Eisdielen in der Fußgängerzone wartete man in langen Schlangen auf Joghurt-Kirsch und Malaga. Es war Frühling in Heidelberg, und durch die Altstadt schwappten Wogen von Touristen und sonnenhungrigen Einheimischen. Gab es da einen besseren Platz, um die wärmenden Sonnenstrahlen zu genießen, als eine Dachterrasse ganz für mich allein? Vierzehn Tage Urlaub. Vierzehn Tage ohne Gäste, die mehr Kaffee wollten, denen die Butter zu hart oder die Matratze zu weich war. So lange ließen wir die Pension geschlossen. Ein letztes Atemholen vor den Pfingstferien und der nächsten Welle von Urlaubern, die dann über uns hereinbrechen würde.

Hugo war vom Einkaufen zurück und kletterte aus der Luke, die Tageszeitung und einige Illustrierte in der Hand. Natürlich hatte er sofort die Absinthflasche entdeckt.

»Du weißt ja, dass sie eine Nackttänzerin war und als Spionin verurteilt wurde? Man hat sie hingerichtet und ihren Kopf im Pariser Anatomiemuseum ausgestellt. Ich wäre vorsichtig mit dem Zeug.«

Mata Hari war in der Tat ein vielversprechender Name für einen Absinth. Ein Gläschen zu viel und man tanzte sich nur mit einem Feigenblatt bekleidet ins Unglück?

»Danke.« Ich nahm ihm die Zeitungen ab. »Den habe ich von einem Gast geschenkt bekommen. Es wäre unhöflich, ihn nicht zu probieren.«

Hugo schob die runde Brille ein wenig hoch und blinzelte in die Sonne. Seine Haut war so blass und durchscheinend, dass ein Grottenolm dagegen wahrscheinlich frisch und rosig aussah.

»Ich muss dann bald los«, sagte er.

»Hast du gehört, dass ein Schwarm von über hundert Haien Teneriffa umkreist? Gestern haben sie einer Touristin einen Zeh abgebissen. Kam eben im Radio.«

Hugo schien das wenig zu beeindrucken. »Gib's auf, Mila. Ich werde nur zwei Wochen auf Teneriffa bleiben, keine zwei Jahre. Das schaffst du schon.«

»Wahrscheinlich werden schreckliche Dinge passieren, wenn du nicht da bist.« Ich schüttete mir etwas Mata Hari ins Glas und füllte es mit Wasser auf. »Vielleicht verkaufe ich auch alle Möbel und setze mich mit dem Erlös nach Neuseeland ab.«

Auswandern nach Neuseeland, das war ein alter Traum von mir. Doch meine Tante Flo hatte es geschafft, mich von meiner norddeutschen Heimat Ülske in die Pension ihrer Freundin Rosel nach Heidelberg zu lotsen, damit ich dort aushalf. Inzwischen lebte Rosel auf Teneriffa, hatte ihre Pension kurzerhand ihrem Neffen Hugo überschrieben, und Hugo und ich kümmerten uns um die Gäste. Mein Neuseelandtraum war in weite Ferne gerückt. Aber mit Anfang dreißig konnte man sich da noch ein bisschen Zeit lassen.

»Ich habe Perkeo wieder aufgehängt«, sagte Hugo. »Damit du dich nicht so allein fühlst.«

»Danke, Schätzchen, wirklich sehr rücksichtsvoll.«

Das Bild von Perkeo, dem Heidelberger Hofnarren, war ein Überbleibsel aus Rosels Zeit, die die Pension mit Bildern von Heidelberger Berühmtheiten ausgestattet hatte. Vor einer Weile hatten wir einige der Zimmer gestrichen und dabei gleich die teils streng dreinblickenden Herrschaften wie den Kurfürsten Karl Theodor und Liselotte von der Pfalz gegen blaue Pferde und schwebende Liebespaare von Chagall ausgetauscht. Nur auf Perkeo hatte Hugo nicht verzichten wollen. Aber mit einem zweidimensionalen Hofnarren konnte man leider nicht reden, und er würde mir morgens keinen Kaffee kochen. Ich war nicht gern allein, und auch nach über einem halben Jahr in Heidelberg kannte ich hier bislang kaum jemanden. Manchmal vermisste ich meine alte Heimat Ülske, meine Freunde, die Weite einer Landschaft und krumme Weidenbäume an Bachläufen.

»Flo hat noch angerufen«, sagte ich. »Du sollst Rosel schöne Grüße von ihr bestellen.«

»Danke, mache ich. War George Clooney wieder zum Essen da?«

»Nein, heute nicht, aber angeblich hat Audrey Hepburn ihr die Haare gemacht. Ich nehme an, das war Julia vom Friseurladen, die sich was dazuverdient.«

»Meinst du nicht, deine Tante bräuchte doch professionelle Hilfe? Vielleicht gibt es Medikamente für so etwas.«

»Warum denn? Wenn der alte Reschke vorbeikommt und vorher Gülle gefahren hat, würdest du dir auch wünschen, Clooney säße am Tisch. Der riecht bestimmt nur nach Rasierwasser und Espresso.«

Flo hatte nach dem Tod ihrer Zwillingsschwester Alma die Realität etwas aus den Augen verloren. Aber ich fand, mit über siebzig durfte man ein bisschen seltsam werden, wenn das Leben dadurch leichter wurde, und schließlich schadete sie niemandem.

Zögerlich blieb Hugo vor dem Liegestuhl stehen.

»Mila, ich muss mit dir noch über etwas reden.«

Seit Tagen schlich Hugo um mich herum, fuhr sich nervös durch die Haare, um dann wieder wortlos zu verschwinden. Als wäre er ein Huhn, das ein Ei legen wollte und nicht konnte. Mir war klar, dass Hugo nach einer Gelegenheit suchte, mir etwas mitzuteilen. Ich befürchtete, es ging darum, dass Hugo mich mochte. Ein bisschen zu sehr mochte. Oder zumindest auf andere Weise als ich ihn. Besser, das Ei wurde gar nicht gelegt. Das gab nur Komplikationen. Wir waren ein gutes Team, und so sollte es bleiben.

Er sah von oben auf mich herab, mit einem Blick, wie die Madonna auf das Kind, liebevoll, gütig – und mir irgendwie unangenehm.

»Mila«, begann Hugo, »ich … ich habe dir etwas verschwiegen.«

»Den Absinth solltest du unbedingt probieren.« So schnell war ich noch nie aus diesem Liegestuhl gekommen. »Ich gehe dir ein Glas holen.«

Aber es nutzte nichts.

»Mila, bitte! Bleib hier und hör mir zu!«

Ich lehnte mich an die Brüstung, dort, wo die Gießkanne stand.

»Mila, ich …«, begann er, »… also, ich wollte dir schon lange etwas sagen. Ich …«

Hatte ich es doch geahnt. Wenn das mal keine Liebeserklärung wurde. Was dann kam, war sozusagen Notwehr. Mein eigenwilliger Ellbogen stieß gegen das grüne Plastik. Die Gießkanne ließ sich nicht lange bitten und kippte von der Mauer.

»Oh, mein Gott!« Scheinbar entsetzt schaute ich der Kanne hinterher. Zum Glück ging unten niemand entlang. »So etwas Dummes!«

Hugo stürzte an die Mauer. Man konnte bis hier oben hören, wie die Gießkanne unten in der Gasse aufschlug und über das Kopfsteinpflaster polterte. Zwischen Hugos Brauen war eine tiefe Furche aufgetaucht.

»Verdammt, Mila! Ich habe dir schon tausendmal gesagt, du sollst nichts auf die Brüstung stellen!« Hugos Stimme war laut geworden. Jetzt bekam er auch endlich eine etwas frischere Farbe. »Das gibt noch einmal ein Unglück! Willst du da unten jemanden erschlagen? Wenn hier irgendetwas passiert und die Polizei kommt ins Haus, können wir gleich dichtmachen!«

Da war es wieder, das übliche Thema, Hugos größte Angst: Die Polizei könnte uns den Garaus machen. In der Tat hätte sie in der Pension einiges zu bemängeln. Aber die Kanne war so gut wie leer gewesen. Das hätte eine Beule gegeben, aber keinen Toten. Wer würde da schon die Polizei rufen.

»Tut mir leid«, murmelte ich. »Ich gehe runter und hole sie.«

»Nein, lass nur.« Hugo stützte die Hände auf die schmalen Hüften. »Ich muss sowieso jetzt los.« In seiner Stimme schwang Enttäuschung. Ich wusste es und er auch: Der richtige Moment für Geständnisse war verflogen. »Was ich dir sagen wollte, kann warten, bis ich wieder von Teneriffa zurück bin. Mach's gut. Ich melde mich.«

Das war alles. Keine Umarmung, nichts. Mit finsterem Gesicht kletterte Hugo durch die Luke zurück ins Haus.

»Es tut mir leid!«, rief ich ihm hinterher. »Grüß Rosel von mir. Und pass auf deine Zehen auf, wenn du schwimmen gehst! Und komm gesund zurück!«

Ich ließ mich wieder in dem klapprigen Holzgestell nieder. Ich hätte Hugo einen schöneren Start in seinen Urlaub gewünscht. Irgendwann würden wir um dieses Gespräch nicht mehr herumkommen. Aber dieser Tag war zu schön, um Hugo das Herz zu brechen. Vielleicht sollte ich ihn nicht so oft Schätzchen nennen. Meine Tante nannte mich Schätzchen, da war eigentlich nichts dabei, aber für Hugo war es möglicherweise doch die falsche Anrede.

Ich nippte an meinem Glas, nippte noch einmal und knabberte einen Keks, der überraschenderweise herzhaft und nicht süß schmeckte, und trank wieder vom Absinth. Bis ich spürte, wie die Sonne mich von außen und Mata Hari mich von innen wärmte.

Noch ein Blick in die Zeitung. Die Überschriften waren die typische Sammlung deprimierender Neuigkeiten: Tote bei einem Unwetter auf Korsika. Ein Chemiefabrikant in Frankfurt, der gestern in seiner Mittagspause bei einem Waldspaziergang spurlos verschwunden war. Offensichtlich war er entführt worden, man wartete auf eine Lösegeldforderung. Mich würde bestimmt nie jemand entführen. Manchmal war es von Vorteil, wenn man kein Geld hatte.

So viel blauer Himmel machte müde. Die Zeitung glitt mir aus der Hand.

Ich fühlte mich angenehm leicht. So wunderbar leicht wie eine Feder. Was war das dahinten? Eine Krähe? Nein, das musste Mata Hari sein, mit einem Blumenkranz im Haar. Sie rekelte sich nackt auf der Balkonbrüstung und plauderte mit jemandem, den ich nicht sehen konnte. *Perkeo?*, fragte sie. *Entführt?* Dann warf sie den Kopf zurück und lachte. Ein Schmetterling flatterte um sie herum, mit golden schimmernden Flügeln, groß wie ein Unterteller. Er setzte sich vor sie auf die Mauer. »Hallo? Jemand zu Hause?«, rief eine dunkle Stimme. Mata Hari beugte sich nach vorn, um den Schmetterling zu berühren. Dabei fiel ihr Kopf ab und rollte auf der Brüstung entlang. Aber zum Glück stand Tante Flo in ihrem gelben Bademantel an der Mauer und hielt den Kopf fest. *Mila*, schimpfte sie. *Kannst du denn nicht aufpassen! Wenn der hier runterfällt, weißt du, was dann passiert? Das gibt noch einmal ein Unglück!* Drohend hielt sie den

Kopf über die Brüstung. Sie würde ihn fallen lassen, ich wusste es. Ich kannte meine Tante. Ich versuchte, aus dem Liegestuhl hochzukommen, ruderte verzweifelt mit den Armen. Ich musste Flo aufhalten. Etwas klirrte. »Hallo«, rief die dunkle Stimme. Endlich schaffte ich es, die Augen zu öffnen. Das Licht hatte sich auf seltsame Weise verändert, war sanft und golden, als hätte der Schmetterling ein wenig Staub von seinen Flügeln verloren. Und kühl war es geworden. War schon Abend? Hatte ich so lange geschlafen? Mühsam stemmte ich mich aus dem Liegestuhl hoch. Der Boden unter meinen Füßen schien nachzugeben, und ich brauchte einen Moment, ehe ich sicher stand. Das Glas lag zerbrochen neben der Holzkiste, auch die Absinthflasche war heruntergefallen. Anscheinend hatte ich im Schlaf alles hinuntergestoßen.

Aus dem Haus drang ein Geräusch nach oben. Hugo war doch bestimmt längst weg? Ich wankte zur Luke und horchte. Stille. Dann knackte und knarzte es. Es war das typische Geräusch, das die alte Holztreppe von sich gab, wenn jemand auf die Stufen trat. Als ich durch die Luke hinabschaute, wurde mir schwindlig.

»Ist da jemand?«, rief ich mit mulmigem Gefühl in die Tiefe.

Die Stimme eines Mannes antwortete: »Ich bin hier unten!«

So deutlich, wie ich ihn hören konnte, musste er schon im ersten Stock sein.

»Entschuldigung, dass ich einfach so hereingekommen bin, aber als ich vor die Haustür gedrückt habe, ging sie auf. Ich brauche dringend noch ein Zimmer für heute Nacht. Sie vermieten doch, oder?«

Manchmal schnappte das Schloss nicht richtig zu. Es stand auf unserer Liste notwendiger Reparaturen, aber die war verdammt lang.

»Hallo! Wo sind Sie denn?«

»Ich komme gleich!« War das wirklich meine Stimme? Hörte sich seltsam an. »Einen Moment, bitte!«

Jemand, der ein Zimmer suchte. Weshalb sollte der sonst hier sein. Aber das Unbehagen blieb. Man ging doch nicht einfach

16

so in ein fremdes Haus hinein. Dachluke von oben zuziehen, sich totstellen und warten, bis dieser Mann weg war, wäre auch eine Alternative. Aber ich hörte nicht auf die leise Stimme der Vorsicht.

Stattdessen stieg ich auf unsicheren Beinen durch die Luke ins Haus.

2

Im dämmrigen Flur sah ich den riesigen Schmetterling an der Wand sitzen. Langsam bewegte er die Flügel auf und ab, dann flatterte er davon und verlor etwas Goldstaub. Die Treppe kam mir seltsam schief vor. Manche Stufen schienen einen halben Meter hoch zu sein. Ich schaute von den Stufen hoch zur Lampe, dorthin, wo der Schmetterling gesessen hatte, und wieder auf die Stufen. Die Wände fingen an, sich zu bewegen, alles drehte sich. Mir wurde so schwindlig, dass ich mich am Treppengeländer festhalten musste.

»Vorsicht!« Ein hochgewachsener Mann kam die Stufen herauf. Er zog mich vom Geländer fort. »Kommen Sie lieber weg da, sonst fallen Sie noch runter. Geht es Ihnen nicht gut?«

»Ich ... ich fühle mich ... so ... so ...«

»Setzen Sie sich hierher«, sagte der Fremde, »ich hole Ihnen einen Schluck Wasser.«

Mit seiner Hilfe ließ ich mich auf dem Boden nieder. Er verschwand und kam gleich darauf mit einem Rucksack wieder, zog eine Wasserflasche heraus und reichte sie mir. In diesem Moment entdeckte ich Flo in ihrem gelben Bademantel. Sie stand hinter ihm auf der Treppe, das Gesicht seltsam bleich. Ihre Lippen formten Worte, die ich nicht hören konnte und doch verstand. *Das gibt noch einmal ein Unglück*, sagte sie. *Das gibt noch einmal ein Unglück!* Ich schrak zurück und stieß mit meinem Kopf gegen das Geländer.

»Was ist denn los?« Der Mann folgte meinem Blick und drehte sich um. »Ist da etwas?«

Flo wurde immer durchscheinender. Wie Wasserdampf, der sich langsam auflöste.

»Hey!« Der Fremde nahm meinen Kopf in seine Hände und drehte ihn so, dass ich ihn ansehen musste. Ich schaute in Augen, so graublau wie das Gefieder einer Taube. »Hallo! Ich bin hier, okay? Jetzt trinken Sie mal!«

Er hielt mir die Wasserflasche hin. Ich nahm sie und trank in hastigen Schlucken, spürte das Wasser durch meine Kehle laufen, trank und trank. Flo konnte nicht da sein. Flo war zu Hause, in Ülske. Und viel zu wirr im Kopf, um allein bis Heidelberg zu kommen. Das Wasser tat gut, es war kühl wie ein See, in den ich meinen Kopf tauchte. Mit geschlossenen Augen trank ich weiter. Ich wollte, dass Flo verschwand. Flo hier in der Pension, das war unmöglich. Ich trank, bis die Flasche leer war. Dann beugte ich mich ein wenig zur Seite, sodass ich die Stelle sehen konnte, an der Flo gestanden hatte. Sie war verschwunden. Da schwebte nur Chagalls Liebespaar vor einem gelben Himmel, aber im Bilderrahmen, so wie es sich gehörte.

»Soll ich einen Arzt holen?«, fragte der Fremde.

Ich schüttelte den Kopf. Zu viel Sonne. Das war die Erklärung. Mein Gehirn war einfach zu warm geworden.

»Es geht bestimmt gleich wieder. Ich bin oben auf der Dachterrasse eingeschlafen. In der Sonne. Das wird der Kreislauf sein.«

»Ich kann dir einen Kaffee besorgen.« Der Mann mit den taubenblauen Augen wechselte so selbstverständlich zum Du, als hätte er entdeckt, dass wir einander schon lange kannten. »Vielleicht bringt das deinen Kreislauf wieder in Schwung.«

»Gute Idee.« Ich musste meinen Kopf unter Kontrolle bekommen, und Koffein half mir immer. »Kaffee haben wir hier. Gehen wir runter in die Küche.«

Ich hielt mich am Geländer fest und zog mich hoch. Der Fremde bot mir seinen Arm an, als wäre es eine Einladung zum Tanz.

»Ich heiße übrigens Vinzent.«

Dankbar hakte ich mich unter. Als wir langsam die Treppe hinunterstiegen, glaubte ich kurz, den Schmetterling wieder zu sehen. Aber als ich noch einmal hinschaute, war es nur die Wandleuchte.

In der Küche bugsierte Vinzent mich auf einen Stuhl, ließ sich sagen, wo er was finden konnte, und kochte Kaffee. Ich starrte auf die Tischplatte. Ich hatte Angst, Flo könnte neben dem Kühlschrank auftauchen, wenn ich hochsah. Ich konnte sie spüren, so wie ich es als Kind gespürt hatte, wenn ich nachts aufwachte und sie neben meinem Bett stand, um nach mir zu sehen. Gleichzeitig wusste ich, dass das Unsinn war. Ein bisschen Sonne und ein Glas Absinth, da musste man doch nicht gleich durchdrehen. Was war nur los mit mir?

Vinzent setzte sich zu mir und löffelte reichlich Zucker in seinen Becher. »Geht es dir jetzt besser?«

»Ja, geht schon, danke«, sagte ich und unterdrückte den Drang, mit meinen Blicken die ganze Küche abzusuchen.

»Du siehst ziemlich blass aus.«

Vinzent musste ähnlich alt sein wie ich, irgendwo Anfang dreißig. Sein Kinn war ein wenig kantig, die dunklen Haare kurz und leicht gewellt. Er trug eine Jeans, eine schwarze Jacke und ein graues T-Shirt darunter. Auf der Straße wäre ich an ihm vorbeigelaufen, ohne ihn zu bemerken, so unauffällig normal sah er aus. Sein Lächeln allerdings garantierte ihm eine Hauptrolle im nächsten Rosamunde-Pilcher-Film.

Ich versuchte, meine störrischen Locken im Nacken zu verschlingen. Bestimmt sah ich aus wie eine Vogelscheuche.

»Lass doch«, sagte Vinzent. »Deine Haare sind wunderschön.«

Seine Augen schienen mich über den Rand des Kaffeebechers regelrecht zu scannen.

»Ich brauche nur etwas für eine Nacht. Ist noch ein Zimmer frei?«

»Eigentlich haben wir geschlossen.« Aber einen Mann, der mich davor bewahrt hatte, übers Treppengeländer zu fallen, konnte ich wohl kaum wegschicken. »Ach, egal, das geht schon. Die Fünf ist gemacht, da kannst du rein. Das Bad ist gleich nebenan.«

»Verrätst du mir auch deinen Namen?«

»Mila. Also eigentlich Milena. Böckle. Ich bin hier das Mädchen für alles. Ich meine, fürs Frühstückmachen, Bettenbeziehen, Aufräumen, Putzen und so«, schob ich rasch hinterher.

»Milena«, sagte er, als wäre mein Name ein Stück Schokolade, das man sich auf der Zunge zergehen lassen konnte. »Aber du schmeißt den Laden nicht allein, oder?«

»Nein, zusammen mit Hugo. Der ist sozusagen mein Chef. Er sitzt gerade im Flugzeug nach Teneriffa.«

Ich konnte nicht anders, ich drehte mich einmal kurz um. Es fühlte sich so an, als wäre Flo da. Aber natürlich stand niemand hinter mir.

»Ist etwas?«, fragte Vinzent irritiert.

»Nein, alles in Ordnung. Wirklich. Mir geht es schon viel besser. Und, was führt dich nach Heidelberg?«, lenkte ich ab. »Willst du dir das Schloss ansehen?«

Das war die typische Touristenaktion, wenn man nur einen Tag in Heidelberg war: Schlossbesuch, Spaziergang auf dem Philosophenweg und abends völlig erschöpft Pfälzer Bratwurst essen.

»Nein, ich habe hier etwas zu erledigen. Ich muss morgen früh nach Handschuhsheim. Weißt du, wie ich da am besten hinkomme?«

Handschuhsheim war ein Stadtteil Heidelbergs, der nördlich des Neckars lag. Ich kannte ihn ungefähr so gut wie Kuala Lumpur, nämlich gar nicht.

»Tut mir leid, da kann ich dir leider nicht helfen. Ich lebe noch nicht so lange in Heidelberg. Willst du dort jemanden besuchen?«

»Wie man's nimmt.« Vinzent sah auf den Becher, den er mit beiden Händen umfasst hielt, als wollte er sich daran wärmen. Seine Stimme wurde so leise, dass ich Mühe hatte, ihn zu verstehen. »Ich habe da etwas zu klären. Und ich muss jemanden retten.«

Hatte ich das richtig verstanden? Jemanden retten? Oder war das wieder Einbildung? War das Ganze hier vielleicht Einbildung? Lag ich immer noch auf der Dachterrasse und schlief? Für einen Moment war ich versucht, die Hand auszustrecken, um Vinzent anzufassen. Zu prüfen, ob dieser Mensch da vor mir aus Fleisch und Blut war.

»Was musst du?«, fragte ich zur Sicherheit nach.

Er hob den Kopf. Erst jetzt fielen mir die dunklen Schatten unter seinen Augen auf, wie bei einem Menschen, der schon lange nicht mehr gut geschlafen hatte.

»War nur ein Scherz«, entgegnete Vinzent. »Du kennst doch das Lied? ›Muss nur noch kurz die Welt retten‹.«

»›Und vierzehntausend Mails checken‹«, vervollständigte ich den Text.

»Das eher nicht. Ich habe schon viel zu viel gecheckt. Manchmal sollte man nicht alles lesen, was einem unterkommt. Keine Mails und vor allem keine fremden Briefe.«

Abrupt stand er auf und ging zur Anrichte mit der Kaffeemaschine, sodass ich nur noch seinen Rücken sehen konnte. Einen Augenblick blieb er mit gesenktem Kopf stehen, dann nahm er die Kanne und schüttete Kaffee in seinen Becher. Als er sich umdrehte, war das Lächeln auf sein Gesicht zurückgekehrt.

»Eigentlich bin ich wegen eines Füllers hier. Ein Füller … sagen wir es mal so: der eine ganz besondere Geschichte hat.« Vinzent setzte sich wieder zu mir und beugte sich vor, als würde er mir ein Geheimnis anvertrauen. »Wusstest du, dass es Füller gibt, die so viel wert sind, dass man davon locker ein paar Jahre leben könnte? Schon einmal etwas vom ›Fulgor Nocturnus‹ gehört?«

Ich schüttelte den Kopf.

»Nicht? Der ist ein paar Millionen Dollar wert. Also wirklich. Dabei wohnst du in der ehemaligen europäischen Hochburg der Füllerproduktion.«

Tat ich das? Es war das Erste, was ich davon hörte.

»Ist dein besonderer Füller auch so ein wertvoller?«

Statt darauf zu antworten, stützte Vinzent die Ellbogen auf und legte den Kopf in die Hände.

»Also, um die Wahrheit zu verraten: Ich bin nach Heidelberg gekommen, weil ich gehört habe, dass es hier eine Pension gibt, in der eine wunderschöne Prinzessin lebt, die auf der Terrasse in einem hundertjährigen Schlaf liegt. Und von nah und fern kommen alle Prinzen und würden sie gern wach küssen. Aber nur bei einem öffnet sich auf geheimnisvolle Weise die Haustür. Und mit dem sollte sie unbedingt ausgehen.«

Ein bisschen viel Flirterei dafür, dass wir uns gerade erst kannten. Und ziemlich kitschig. Aber nett und so ganz anders als Hugos finstere Miene. So verdammt nett, dass ich lachen musste und das beklemmende Gefühl, Flo könnte in der Ecke stehen, endgültig verflog.

»Eigentlich könnte ich auch noch länger bleiben. Wenn ich diese Angelegenheit morgen früh erledigt habe, bin ich frei«, sagte Vinzent. »Du könntest mir die Stadt zeigen.«

Ausgerechnet ich. Außer der Fußgängerzone kannte ich so gut wie nichts von Heidelberg. Aber als Prinzessin konnte man sich schließlich kleine Bildungslücken erlauben.

»Klar, mache ich gern.«

Wir kamen ins Plaudern. Redeten über Belangloses, über die grünen Papageien, die in den Bäumen am Heidelberger Bahnhof herumflatterten, über den Zuckerladen in der Plöck, den er auf seinem Weg entdeckt hatte, scherzten, lachten und landeten schließlich bei Neuseeland und meinem Traum, dorthin auszuwandern und ein Café mit Kirschkuchen und Apfelstreusel aufzumachen. Wie im Flug war fast eine Stunde vergangen, und ich hatte keine Sekunde mehr an Flo oder schiefe Wände im Treppenhaus gedacht. Vinzent war witzig und charmant, bekam beim Lachen Falten in den Augenwinkeln und sah mich an, als wäre ich der Schmetterling mit Goldstaub auf den Flügeln.

Irgendwann war ein Klingeln zu hören, als hätte Vinzent eins von diesen alten schwarzen Bakelit-Telefonen in seiner Hosentasche. Er zog ein Handy hervor, schaute kurz auf das Display und stand auf.

»Kleinen Moment«, sagte er und ging vor die Küchentür.

Natürlich hörte ich mit, ich konnte mir schlecht die Ohren zuhalten.

»... ich bleibe dabei ... Nein, ich komme zu euch in die Mühltalstraße, wie wir es vereinbart hatten ... Also gut, wenn es sein muss. Aber versprich dir nicht zu viel davon ...«

»Sorry«, sagte er, als er wieder hereinkam. »War wichtig. Es könnte sein, dass gleich noch jemand kurz vorbeikommt. Wäre das okay?«

»Sicher, kein Problem. Wir sind eine Pension und kein Gefängnis.«

»Dann gehe ich jetzt mal auf mein Zimmer, wenn du allein klarkommst.«

»Mir geht es wieder gut, keine Sorge«, versicherte ich. »Du musst einmal die Treppe hoch. Die Fünf ist die vorletzte Tür auf der linken Seite.«

Als er an der Türschwelle war, drehte Vinzent sich noch einmal um.

»Also dann, bis spätestens morgen. Wenn ich zurück bin, komme ich mit meinem Schimmel vorbeigeritten.«

»Prima, dann werde ich mal so lange mein goldenes Pantöffelchen suchen.«

Er verbeugte sich, machte eine Handbewegung, als zöge er einen Federhut vom Kopf, und verschwand.

Ich spülte die Becher und wischte über den Tisch, bis der letzte Zuckerkrümel verschwunden war. Eigentlich hätte ich auch noch auf die Dachterrasse hochklettern und die Scherben wegkehren müssen. Was Sauberkeit und Ordnung anging, war Hugo ein Pedant. Aber schließlich war er nicht da, also konnte das bis morgen warten.

Auf dem Weg zu meiner Dachkammer merkte ich, dass meine Beine mir immer noch nicht ganz gehorchten. Froh, die Treppe heil geschafft zu haben, legte ich mich auf das Bett. Von hier aus konnte ich durch das Dachfenster in den Himmel sehen. Inzwischen war es dunkel geworden. Ich liebte diesen Blick, mal in die Sterne, mal in die Wolken oder einfach nur in das Schwarzgrau der Nacht.

Vinzent war wirklich nett. Das erste Mal seit langer Zeit, dass mir ein Mann gefiel. In gewisser Weise ähnelte er meinem Ex, Jens. Nicht vom Äußeren, aber von der Art her. Offen, flirtig und mit ein paar Geheimnissen im Gepäck. Bei Jens war das Geheimnis meine beste Freundin Sarah gewesen, mit der er mich betrogen hatte. Inzwischen war Sarah schwanger, und die beiden wohnten zusammen, Jens hatte es mir geschrieben. Seinen Brief hatte ich in kleine Fetzen gerissen und die Toilette hinuntergespült.

Der Dunst von Anis und Alkohol stieg mir in die Nase. Ich schnupperte an meinem T-Shirt, anscheinend hatte es einiges vom Absinth abbekommen. Also suchte ich nach einem wohlriechenden Prinzessinnen-T-Shirt und stand gerade halb nackt vor meinem Schrank, als es unten an der Haustür klingelte. Bevor ich etwas überziehen konnte, hörte ich Vinzent schon rufen:»Ich mache auf, das ist bestimmt für mich.«

Kurz darauf ächzte die Treppe. Stimmengemurmel drang zu mir, dann wurde im Stockwerk unter mir die Zimmertür zugezogen. Zwei, drei Minuten war es leise, doch dann wurde das, was eben noch Gemurmel gewesen war, lauter und lauter. Bald konnte ich einzelne Stimmen unterscheiden. Eine Männerstimme, die aufgeregte helle Stimme einer Frau.

Ich steckte den Kopf zur Zimmertür hinaus. Da ich zurzeit die Hausherrin war, sollte ich besser wissen, was da vor sich ging. Leider verstand ich immer noch nicht alles. Also schlich ich hinunter bis zur Fünf. Hinter der Tür schnaufte und stöhnte es. Was war denn jetzt los? Versöhnungssex?

»Nicht!« Die Stimme der Frau klang schrill.»Hör auf! Hör sofort auf!«

Nein, das klang nicht nach Lust, eher nach Panik.

»Schluss jetzt!«, rief die Frauenstimme.

Ich klopfte, aber das schien niemand zu hören. Drinnen ging das Geächze und Gestöhne weiter. Ein Gerumpel. Danach Stille. Hinter der Tür rührte sich nichts mehr.

»Hallo? Brauchen Sie Hilfe?«

Ich wartete nicht auf eine Antwort, sondern drückte die Klinke hinunter und öffnete die Tür einen Spalt weit. Eine Frau in einem grünen Mantel kniete neben dem Bett. Als sie bemerkte, dass die Tür aufging, drehte sie sich um. Kurze dunkle Haare umrahmten das blasse Gesicht. In ihrem Blick lag ein Entsetzen, als hätte sie in die Hölle gesehen.

»Was ist denn los?«, fragte ich.»Kann ich Ihnen…«

Erst da sah ich Vinzent. Er lag vor dem Bett, lang gestreckt wie eine hölzerne Puppe, die nach hinten gekippt war, die Arme gerade neben dem Körper. Sein Kopf war zum Bett hin gedreht, sodass ich sein Gesicht nicht sehen konnte. Als ich näher kam, erhob die Frau sich und ging zur Seite.

Ich beugte mich hinab. »Vinzent!«

Doch Vinzent regte sich nicht.

»Was ist denn mit ihm?«, fragte ich die Unbekannte.

Aber die Frau wich nur stumm weiter von mir.

Vinzent sah seltsam aus. Wächsern bleich wie ein Toter. Ich streckte meine Hand aus und berührte ihn an der Schulter.

»Vinzent, sag was!«

Der Schlag traf meinen Hinterkopf mit voller Wucht. Im Fallen versuchte ich noch, mich an der Bettkante abzustützen, aber ich konnte mich nicht mehr halten und sackte über Vinzents Körper zusammen. Ich wollte den Kopf drehen, doch er war schwer wie eine Eisenkugel. Unfähig, mich zu bewegen, sah ich nur noch die Beine der Frau, die herangetreten war und direkt vor mir stand. Weinrote Schuhe mit großen silbernen Schnallen, die ihre Konturen verloren, anfingen, sich aufzulösen, und zu einem einzigen Farbklecks verschmolzen. Dann tauchte ich ein in die Dunkelheit.

3

Verzweifelt versuchte ich, mich an die Oberfläche zu kämpfen. Für einen kurzen Moment gelang es mir, die Augen zu öffnen. Über mir schimmerte etwas Helles, ein Ballon mit einem dicken dunklen Strich quer darauf. Dann versank ich wieder im Nichts. Ein paar Minuten, eine halbe Ewigkeit. So lange, bis sich die Dunkelheit zurückzog wie das Wasser, das dem Mond folgt. Das Erste, was ich sah, waren Stäbe. Gedrechselte Stäbe aus dunklem Holz. Es dauerte eine ganze Weile, bis ich begriff, dass es das Treppengeländer war, auf das ich schaute. Ich drehte den Kopf, Licht fiel seitlich von einem hellen Dreieck auf mich herab. Es war eine der Wandleuchten, daneben eine Zimmertür nach der anderen mit messingfarbenen Metallziffern darauf. Als Erstes die Nummer fünf mit geschlossener Tür. Anscheinend lag ich auf dem Flur nahe der Treppe, die hoch zu meiner Dachkammer führte. Ich richtete mich auf und musste gleich wieder die Augen schließen. Ein riesiger Ballon schien von innen gegen meine Schädeldecke zu stoßen.

Wieso lag ich auf dem Flur? Ich war doch in das Zimmer hineingegangen. Weinrote Schuhe. Eine Frau im grünen Mantel. Vinzent auf dem Boden. Waren die beiden noch da drin?

Ich lauschte, aber das Einzige, was ich hörte, war das Ticken der Uhr, die unten im Flur hing. Ich musste zurück in die Fünf, sehen, was mit Vinzent geschehen war. Als ich versuchte aufzustehen, wurde der Druck in meinem Kopf so unerträglich, dass ich wieder auf den Boden zurücksank. Eine Weile saß ich da, die Augen geschlossen. Das war alles nur ein böser Traum, mehr nicht. Gleich würde ich aufwachen.

Aber ich wachte nicht auf. Stattdessen spürte ich unter mir das harte Holz der Dielen und konnte den Duft der Lavendelsäckchen riechen, die Hugo in die Kleiderschränke gehängt hatte. Die Uhr tickte und tickte, als wollte sie sagen: Steh endlich auf! Da liegt ein Mann im Zimmer, der deine Hilfe braucht!

Und gleichzeitig kroch die Angst in mir hoch. Vinzent hatte so seltsam reglos dagelegen. Was war da drinnen geschehen? Schließlich robbte ich auf allen vieren bis vor die Tür der Fünf. Noch einmal lauschte ich, hielt den Atem an, um besser hören zu können. Hinter der Tür war es absolut still. Anscheinend war die Frau weg. Hatte mich niedergeschlagen und war geflohen. Ich griff hoch zur Klinke, zog sie hinunter und stieß die Tür auf.

»Vinzent!«, rief ich.

Ich kroch über die Schwelle, zog mich am Bettgestell nach oben, bis ich schwankend auf meinen Beinen stand. Das Zimmer war leer! Das Bett schien völlig unberührt zu sein. Kein Rucksack, keine Jacke, nichts, was Vinzent bei sich gehabt hatte, war zu sehen.

Der Raum war so, wie ich ihn heute Morgen nach dem Saubermachen verlassen hatte. Die Handtücher hingen ordentlich gefaltet am Waschbecken, der Läufer lag akkurat vor dem Bett. Der Stuhl war an den kleinen Schreibtisch gerückt. Ich wankte zum Schrank und riss die Tür auf. Klappernd stießen die leeren Kleiderbügel aneinander. Das konnte nicht sein! Ich hatte Vinzent hier gesehen. Auf dem Boden vor dem Bett. Die Frau war klein und schmal, nie im Leben hätte sie den Körper eines Mannes einfach so wegtragen können.

Sie musste ihn irgendwo versteckt haben. Ich kniete mich vor das Bett und beugte mich hinab, es brachte meinen Kopf fast zum Platzen. Außer ein paar Staubflocken konnte ich nichts entdecken. Vielleicht hatte ich mich einfach im Zimmer geirrt?

Im Schneckentempo arbeitete ich mich durch das Haus, begegnete in der Drei Perkeo, dem versoffenen Zwerg vom Heidelberger Schloss, der an der Wand hing und sich eine Prise Schnupftabak in die Nase rieb. Ich suchte jeden Raum ab, sah in jeden Schrank, unter jedes Bett, in jeden Winkel, bis ich unten in der Küche angekommen und mir sicher war: Außer mir und einem Marienkäfer, der auf der Küchenlampe krabbelte, war niemand im Haus.

Erschöpft schleppte ich mich wieder nach oben. Bei jeder Stufe pochte es in meinem lädierten Kopf. Ich zwang mich hoch bis auf die Dachterrasse. Von der Gasse schien so viel Licht herauf, dass ich trotz der Dunkelheit schemenhaft erkennen konnte, was hier herumlag. Ich suchte nach der Absinthflasche. Als ich sie hochhielt und schüttelte, war nichts zu hören. Die Flasche war leer. Bestimmt war das meiste herausgelaufen, als sie runtergefallen war. Aber wie viel hatte ich vorher davon getrunken? Etwa so viel, dass ich betrunken die Treppe hinuntergefallen war und alles sich nur in meinem Kopf abgespielt hatte? Handtellergroße Schmetterlinge mit goldenen Flügeln. Flo im Bademantel auf der Treppe. Beides konnte nicht real gewesen sein. Und Vinzent? Hatte ich mir meinen Traumprinzen nur zusammenphantasiert – eine Folge des nächtelangen Netflix-Konsums von Lovestorys?

Ich lehnte mich an die Brüstung und atmete ein paarmal tief durch, in der Hoffnung, die frische Luft würde mir helfen, all das zu verstehen. Wenn ich die Polizei rief und erzählte, dass ein attraktiver Mann, der mich morgen mit dem Schimmel abholen wollte, verschwunden war, genauso wie meine Tante, die sich aufgelöst hatte – landete ich dann in der Psychiatrie?

Hugo würde kein Wort mehr mit mir reden, wenn die Polizei ins Haus kam, nur um festzustellen, dass es nichts festzustellen gab. Außer den wahrscheinlich hundert Brandschutzbestimmungen, gegen die wir verstießen. Das Denkmalamt hatte keine Ahnung von einer Dachterrasse, und für das Finanzamt war die Pension seit Längerem geschlossen. Hugo zahlte Rosel eine Art Leibrente und meinte, das würde er nicht schaffen: Steuern zahlen, mir ein Gehalt und die monatliche Rate an Rosel. Er beruhigte sein Gewissen damit, dass Ikea und Apple schließlich auch kaum Steuern zahlten.

Wenn ich den Grund dafür lieferte, dass er aufflog, würde Hugo mich umbringen. Oder noch schlimmer: Er würde mich rauswerfen. Und sosehr ich Ülske und meine Freunde dort vermisste, zurück wollte ich nicht. In Ülske gab es nämlich nicht nur keinen Bäcker, keine Bank und keinen Arzt mehr, es gab vor allem keine Arbeit für mich. Meine Zukunftsperspektive in Ülske beschränkte sich darauf, vor dem Fernseher auf Flos Sofa zu verenden.

Ich stieg zurück ins Haus, ließ im Bad eiskaltes Wasser in meine hohlen Hände laufen und tauchte mein Gesicht hinein. Als ich in den Spiegel schaute, sah mich eine Frau mit langen wirren Haaren und einem seltsamen Flackern in den Augen an. Es war das gleiche Flackern, das ich manchmal bei Flo gesehen hatte, wenn sie besonders durch den Wind war. Meine verrückte Tante und ich, wir teilten bestimmt eine Menge Gene. Auch die, die einen Menschen aus der Wirklichkeit fallen ließen? Zum ersten Mal in meinem Leben machte mir die Frau, die ich da im Spiegel sah, Angst.

Ich musste wissen, was geschehen war und was nicht, sonst würde ich mir selbst nicht mehr über den Weg trauen. Ich brauchte Hilfe, und zwar von jemandem, der die Lage neutral einschätzen konnte und die Möglichkeit hatte, die Wahrheit herauszufinden.

Es gab vielleicht noch andere Wege, als gleich die Polizei einzuschalten. Inoffizielle. Schließlich kannte ich hier jemanden bei der Kripo, der mir einen Gefallen schuldete: Hauptkommissarin Maria Mooser. Bei meiner Ankunft in Heidelberg war ich in eine unglückliche Geschichte verwickelt worden, die damit geendet hatte, dass ich mit einer Waffe am Kopf im Wald gelandet war. Die Hälfte der Schwierigkeiten hatte mir damals Frau Mooser eingebrockt. Wir hatten noch eine Rechnung offen. Frau Mooser musste mir helfen. Inoffiziell.

Den Rest der Nacht kämpfte ich mit der Angst, einzuschlafen und im nächsten Alptraum aufzuwachen. Ich trank kannenweise Kaffee, horchte auf die Geräusche im Haus, auf das Surren des Kühlschranks, auf das Klappern des Briefkastens, als frühmorgens die Zeitung hineingesteckt wurde. Um acht Uhr rief ich bei der Kripo an.

Frau Mooser hatte damals davon gesprochen, in Rente zu gehen, ich wusste also nicht, ob sie überhaupt noch dort arbeitete. Doch der freundliche Herr Pöltz, ein Mitarbeiter von ihr, der sich noch gut an mich erinnern konnte, klärte mich auf. »Nein, sie ist nicht berentet. Hier ist sie allerdings auch nicht. Sie hat sich für einige Monate beurlauben lassen.« Ihre private Telefonnummer wollte er leider nicht herausgeben.

»Ich muss sie wirklich dringend sprechen«, beteuerte ich. »Sehr, sehr dringend.«

»Das mit so einer Beurlaubung sollte man besser lassen.« Herr Pöltz seufzte. »Da ist man nicht ganz raus, aber auch nicht richtig drin. Das bekommt nicht jedem.«

»Ich brauche nur einen Rat. Ich werde Frau Mooser bestimmt nicht lange belästigen.«

»Es soll heute wieder sehr schön werden«, sagte Herr Pöltz unvermittelt. »Manche Menschen, die nicht arbeiten müssen, gehen bei so einem Wetter morgens irgendwo Zeitung lesen und einen Kaffee trinken. In Heidelberg haben wir da natürlich reichlich Auswahl. Wenn man in der Weststadt wohnt, könnte man zum Beispiel ins ›Krokodil‹ gehen. Man sitzt dort ganz nett, muss ich sagen.«

»Ach, wirklich? Meinen Sie, ich sollte da mal hingehen?«

»Tun Sie das, Frau Böckle. Die heimische Gastronomie sollte man sich auf keinen Fall entgehen lassen. Zumal es dort Krokodile gibt. Ziemlich große sogar.«

Na also. Herrn Pöltz hatte ich damals schon gern gemocht. Er war einfach ein guter Mensch.

»Danke, Herr Pöltz.«

»Machen Sie's gut, Frau Böckle«, sagte Herr Pöltz, und leise fügte er hinzu: »Gestern hat sie sieben Mal angerufen.«

Ich hatte keine Ahnung, wo das »Krokodil« war, aber das Internet wusste es und auch, dass man dort um zehn Uhr öffnete. Eine halbe Stunde vorher machte ich mich auf den Weg.

Die Stadt schien gerade erst aufzuwachen, wie eine Katze, die am Ofen geschlafen hatte und sich rekelte und streckte. Die kleinen Verkaufsstände in den Nischen der Heiliggeistkirche hatten die rot-braunen Läden noch geschlossen. Später würde es hier wieder Fähnchen, Socken und Hampelmänner zu kaufen geben, alles, wovon die Verkäufer glaubten, es würde das Herz der Touristen erfreuen. Nur noch die Brezeln, die in den roten Sandstein der Kirchenwände gemeißelt waren, erinnerten daran, dass hier früher einmal Bäcker und Händler Waren verkauft hatten, die Menschen zum Leben brauchten.

Die frühe Uhrzeit ersparte es mir, mich in der Fußgängerzone durch Touristenströme zu kämpfen. Es war gleichzeitig die »Hauptstraße« Heidelbergs und der Teil der Stadt, den ich am besten kannte. Wenn ich in der Pension nichts zu tun gehabt hatte, war ich hier langgeschlendert, hatte mich in Cafés mit regionalen Besonderheiten wie Granatsplittern und Helmut-Kohl-Torte vertraut gemacht, die Fassade bewundert, auf der ein Gnom mit der Axt Kümmel spaltet, oder den Bären, der in luftiger Höhe unermüdlich Seifenblasen in die Luft pustet.

Heute kam mir die Welt um mich herum vor lauter Müdigkeit seltsam gedämpft vor, als hätte sie sich hinter einer dicken Glaswand verschanzt. Am Bismarckplatz, von dem aus Busse und Bahnen in alle Himmelsrichtungen fuhren, hupte ein Fahrer wütend, weil ich ihm in die Spur lief. Bis ich in der Weststadt ankam, war ich dreimal beinahe überfahren worden. Wenn ich abergläubig gewesen wäre, hätte ich es als Warnung verstanden, aber selbst dafür war ich zu müde.

Schließlich stand ich vor dem Gebäude, das ein grüner Schriftzug über dem Eingang als das »Krokodil« auswies. Es lag nah einer Kirche an einer Straßenecke, gleich gegenüber einem Laden, dessen klangvoller Name »WortReich« keinen Zweifel daran ließ, dass dort Bücher verkauft wurden. Tische und Stühle standen auf dem Gehweg längs des Gebäudes. Noch saß niemand dort, und als ich in das Lokal hineinschaute, sah ich zwar einen imposanten Kachelofen, aber keine Kommissarin. Ich spähte die schmalen Straßen hinunter, die sich hier kreuzten. Weit und breit war keine Frau Mooser in Sicht. Also beschloss ich, mich in einen Hauseingang gegenüber zu setzen, von dem aus ich möglichst viele der Sitzplätze im Blick hatte.

Die kühle Wand verführte mich, meinen Kopf anzulehnen, in dem es immer noch leise pochte. Ich dachte an Vinzent, mit dem ich gern ausgegangen wäre. Vinzent, der auf eine kitschig romantische Art mit mir flirtete. Alles nur Einbildung? Nicht lange und mir fielen die Augen zu. Ich wachte wieder auf, weil sich etwas großes Dunkles vor das wärmende Sonnenlicht geschoben hatte.

»Habe ich es doch richtig gesehen: Frau Böckle! Haben Sie kein Zuhause mehr?«

Ich kannte die Stimme, und auch dieser freundliche Tonfall war mir vertraut. Vor mir stand Hauptkommissarin Mooser, eine Zeitung unter den Arm geklemmt und die Sonnenbrille in die dunklen, von grauen Strähnen durchzogenen Haare gesteckt.

»Was machen Sie hier? Sie wohnen doch in der Altstadt.«

Das hörte sich ganz danach an, als gäbe es ein Verbot, in der Weststadt aufzutauchen, wenn man in der Altstadt wohnte. Zumindest für mich.

»Ich habe auf Sie gewartet«, antwortete ich wahrheitsgemäß, musste dann aber zum Schutz des netten Herrn Pöltz ein wenig lügen. »Ich habe Sie hier ein paarmal gesehen, als ich mit dem Fahrrad vorbeigekommen bin. Ich brauche Ihre Hilfe. Eine Einschätzung und vielleicht ... einen Rat.«

Frau Mooser beugte sich herab, bis ihre Nase fast direkt vor meiner war. Sie musterte mich, als könnte sie in meinem Gesicht lesen wie in einem Kaffeesatz.

»Als wir uns das letzte Mal gesehen haben, waren Sie vor allem damit beschäftigt, meine Ermittlungen zu behindern und mich anzulügen. Nennen Sie mir einen einzigen Grund, warum ich Ihnen einen Rat geben sollte. Außer dem, nach Hause zu gehen!«

Unwillkürlich wich ich zurück. Das Krokodil hatte den Mund aufgerissen und mir seine Zähne gezeigt. Aber es ließ von mir ab, drehte sich um, ging auf die andere Straßenseite und setzte sich an einen der kleinen Tische, mit dem Rücken zu mir. Kaum hatte Frau Mooser Platz genommen, kam schon die Bedienung mit einer großen weißen Tasse herausgelaufen, als hätte man da drinnen nur auf sie gewartet.

Ich fasste all meinen Mut zusammen und ging hinterher. Frau Mooser hatte die Tageszeitung aufgeschlagen und war dahinter nicht mehr zu sehen. Ich fragte nicht lange, sondern setzte mich ihr gegenüber.

»Bei den Ermittlungen, die Sie eben angesprochen haben, wäre ich fast umgekommen. Das war zum Teil Ihre Schuld. Ich finde, das ist ein ziemlich guter Grund, warum Sie mir ein paar Minuten Ihrer Zeit schenken sollten.«

Keine Reaktion, außer dass eine Seite umgeblättert wurde. Immerhin jagte sie mich nicht weg. Geraschel mit der Zeitung. Ich blieb einfach sitzen und wartete.

»Ich gebe Ihnen fünf Minuten«, knurrte es schließlich hinter der Druckerschwärze. »Keine Sekunde mehr.«

Hatte ich es mir doch gedacht. Die wusste nur zu genau, dass sie mir noch etwas schuldete.

»Es ist so: Gestern Abend ist jemand aus unserer Pension auf mysteriöse Weise verschwunden. Als ich ihn zuletzt gesehen habe, lag er auf dem Boden, und es sah aus … also, er könnte auch tot gewesen sein. Möglicherweise ist das aber alles gar nicht passiert, und ich habe ganz andere Probleme. Deshalb würde ich gern wissen, was Sie von der Sache halten. Also, ich meine, nur so unter uns.«

Ich redete so schnell, dass ich mich verhaspelte, erzählte alles, was mir noch einfiel, vom Absinth im Sonnenschein, von Vinzent, der jemanden retten wollte, der wegen eines ganz besonderen Füllers nach Heidelberg gekommen war und zu viele Briefe gelesen hatte, von der Frau im grünen Mantel, dem Schlag auf den Kopf und von der Treppe, vor der ich seltsamerweise aufgewacht war.

Als die Bedienung kam, um die leere Tasse wegzunehmen und eine volle hinzustellen, legte Frau Mooser endlich die Zeitung beiseite.

»Wo ist denn Ihr Kompagnon, der Herr Bemke? Hat der von alldem nichts mitbekommen?«

»Sie meinen Hugo Benske. Nein, der ist auf Teneriffa.«
Frau Mooser hatte auch Hugo damals kennengelernt und
war sogar in der Pension gewesen. Aber da gehörte sie noch
Rosel und war legal.

»Und Sie denken, dieser Vinzent war tot?«

»Ich weiß es nicht.«

Frau Mooser zog die Tasse heran und riss das Tütchen mit
dem Zucker auf.

»Sie vermuten also, in Ihrer Pension ist ein Verbrechen ge-
schehen. Und dann kommen Sie hierher? Wozu, um mir beim
Kaffeetrinken zuzusehen? Rufen Sie die Kollegen an. Das hätten
Sie längst tun sollen. Ich bin nicht im Dienst.«

»Da war noch jemand«, entgegnete ich, bevor sie sich wieder
hinter der Zeitung verschanzen konnte. »Meine Tante ... und
ein Schmetterling.«

»Ich wüsste nicht, warum eine Tante und ein Schmetterling
Gründe sein sollten, die Polizei nicht zu informieren.«

»Weil meine Tante sich aufgelöst hat. Als Vinzent kam, stand
sie hinter ihm auf der Treppe. Im Bademantel. Dann hat sie sich
aufgelöst. Und der Schmetterling war so groß wie ein Unterteller und hatte Goldstaub auf den Flügeln. Aber der war dann
auch nicht mehr da.«

Frau Moosers Augen verengten sich ein ganz klein wenig.

»Ihre Tante hat sich also aufgelöst?«

Das würde nicht gut enden. Ich sah es an ihrem Gesichtsausdruck.

»Ja, so wie Wasserdampf. Sie wurde immer durchscheinender,
und dann war sie weg. Ich weiß, das hört sich alles ...«

»Frau Böckle«, unterbrach die Kommissarin mich und hielt
kurz inne, wie eine Speerwerferin, die sich vor dem Wurf konzentrieren muss. »Glauben Sie, ich habe nichts Besseres zu tun,
als mir Ihre Märchen anzuhören? Was ist los? Brauchen Sie ein
bisschen Aufmerksamkeit? Dann laufen Sie doch nackt über
den Uniplatz, statt mir hier meine Zeit zu stehlen.«

»Ich habe es aber gesehen«, sagte ich leise. »Diese Frau im
grünen Mantel war da. Meine Tante auch. Und Vinzent. Und

ich glaube, er war tot. Oder vielleicht bewusstlos. Aber er war da.«

Frau Mooser verschwand wieder hinter der Zeitung.

»Vielleicht stimmt auch etwas nicht mit meinem Kopf.« Ich kämpfte mit den Tränen. »Meine Tante hat auch Probleme. Sie denkt, George Clooney kommt zum Kaffeetrinken. Deshalb muss ich unbedingt wissen, was wirklich passiert ist. Ich habe Angst, dass mit mir auch etwas nicht stimmt.«

»Gibt es davon in Ihrer Familie noch mehr?«

»Wovon?«

»Na, von der Sorte wie Ihre Tante.«

»Ich glaube nicht. Aber meinen Vater habe ich seit ewigen Zeiten nicht gesehen.«

Frau Mooser senkte die Zeitung etwas herab, sodass sie mich über die Seite hinweg anschauen konnte.

»Schon mal von Thujon gehört?«

»Nein. Was ist das?«

»Thujon ist im Wermutöl, und Wermut ist einer der Hauptbestandteile von Absinth. Thujon kann Halluzinationen hervorrufen. Dann sieht man Schmetterlinge, Bienchen, Monster oder Tote, was auch immer. Aber ich glaube, da müsste man schon verdammt viel Absinth trinken. Wie viel haben Sie denn getrunken?«

»Ich weiß es nicht.«

Ein Glas, zwei Gläser, drei? Ich hatte keine Ahnung mehr.

»Wenn Sie eine familiäre Veranlagung dazu haben, geht's vielleicht schneller mit den Halluzinationen. Sie sollten lieber auf Milch umsteigen, wenn Sie das Zeug nicht vertragen. Nicht, dass Sie enden wie van Gogh und sich noch ein Ohr abschneiden.«

»Aber …«, begann ich.

»Waren Sie schon einmal im Füllhaltermuseum in Handschuhsheim?«

»Nein.« Ich kannte kein einziges Museum in Heidelberg.

»Vor einer Weile stand ein Artikel über das Handschuhsheimer Füllhaltermuseum in der Tageszeitung. Haben Sie den gelesen?«

Hatte ich? Keine Ahnung. Manchmal las ich etwas und hatte es gleich wieder vergessen, weil es mich nicht wirklich interessierte.

»Oder mit jemandem darüber gesprochen? Das Museum liegt nahe der Mühltalstraße, von der Ihr Vinzent angeblich geredet hat. Vielleicht hat jemand einmal das Museum in Ihrer Gegenwart erwähnt?«

»Erinnern kann ich mich nicht. Warum ist das wichtig?«

»Weil es erklären würde, wie bei der Geschichte die Füller und Handschuhsheim in Ihren Kopf gekommen sind. Gibt es einen Meldeschein von Ihrem Vinzent?«

»Nein.«

»Aha«, kam es hinter der Zeitung hervor.

»Aber das heißt doch nichts!« Die Buchstaben auf dem Papier vor mir begannen zu verschwimmen. »Es war alles so real! Ich konnte Vinzent anfassen, ich …«

»Eben. Das ist ja das Problem mit den Halluzinationen«, belehrte Frau Mooser mich.

»Sie denken allen Ernstes, das lag nur am Absinth?«

»Wenn Sie weiter über Menschen sprechen möchten, die sich auflösen oder anderweitig verschwinden, wenden Sie sich an meine Kollegen. Ihre fünf Minuten sind jetzt um. Auf Wiedersehen, Frau Böckle.«

Diese Frau war kein Krokodil, denn ein Krokodil hatte ein Herz. Was die in ihrer Brust hatte, das war ein Granitblock. Ich konnte nicht zu ihren Kollegen gehen. Hugo würde mich lynchen. Was sollte ich denn jetzt tun?

Erst weinte ich nur, dann schluchzte ich, schließlich bekam ich keine Luft mehr. Es brach aus mir heraus, meine Enttäuschung, meine Angst, meine Wut auf diese Frau da vor mir. Und überhaupt auf alles. Ich legte den Kopf auf die Tischplatte. Ich würde einfach sterben. Jetzt sofort. Hier. Mich in den Tod heulen.

Ich wusste nicht, wie lange sie das ausgehalten hatte. Aber irgendwann bemerkte ich eine Hand, die mir über die Tischplatte ein Taschentuch zuschob. Als ich mich wieder aufrichtete, hatte Frau Mooser die Zeitung beiseitegelegt und sah mit gerunzelter Stirn auf mich herab. Tante Flo konnte mit diesen kleinen Zusammenbrüchen gut umgehen, sie ignorierte sie einfach. Anderen machten sie schon mal Angst.

Ich schnappte nach Luft, putzte mir die Nase und weinte weiter.

Inzwischen war auch der Nachbartisch besetzt. Die Leute schauten herüber und flüsterten miteinander.

»Jetzt beruhigen Sie sich endlich wieder«, raunte Frau Mooser mir zu. »Gehen Sie zu den Kollegen. Meinen Schwiegersohn Herrn Alsberger kennen Sie doch noch. Der wird Ihnen schon helfen.«

»Ich möchte aber, dass Sie mir helfen. Vielleicht bin ich ja wirklich verrückt. Ich habe Angst, ich verliere den Verstand. Ich will nicht, dass das jemand erfährt«, schluchzte ich.

Seufzend lehnte Frau Mooser sich zurück.

»Also gut«, sagte sie. »Ich wollte sowieso demnächst nach Handschuhsheim, weil ich dort noch etwas besorgen muss. Wenn Sie wollen, fahren wir jetzt zusammen dorthin. Falls Ihr Vinzent wegen eines Füllers nach Heidelberg gekommen ist und heute Morgen nach Handschuhsheim wollte, dann vielleicht, um dort ins Füllhaltermuseum zu gehen. Wenn Sie Glück haben, ist er da oder es hat ihn inzwischen jemand gesehen. Sofern er denn jemals existiert hat. In der Zeit beruhigen Sie sich, und egal, was wir dort herausfinden, anschließend melden Sie die Angelegenheit meinen Kollegen. Und mich lassen Sie danach in Ruhe!«

Immerhin, ein Angebot.

»Versprochen?«, fragte Frau Mooser. »Sie gehen danach zu den Kollegen?«

Ich putzte mir die Nase und nickte. Die Kommissarin zog ihr Portemonnaie aus der Jackentasche, legte einige Münzen auf den Tisch und stand auf.

»Und wie kommen wir jetzt dahin?«, fragte ich.

»Ich mit dem Fahrrad. Wie Sie dahinkommen, weiß ich nicht. Wir treffen uns in einer halben Stunde vor der Tiefburg.«

»Aber …«

»Probieren Sie es mal mit einem Taxi«, würgte sie mich ab. Und im Weggehen sagte sie leise etwas vor sich hin, das sich anhörte wie: »Was für eine Klette.« Aber vielleicht war das eine Halluzination.

Die Kellnerin kam, räumte die Tasse ab und hielt mir die Zeitung hin.

»Ist das Ihre?«

Ich hatte die ganze Zeit auf die Titelseite gesehen, hinter der Frau Mooser sich verschanzt hatte, und sie doch nicht wirklich wahrgenommen. »Immer noch keine Lösegeldforderung – Chemiefabrikant weiterhin spurlos verschwunden« stand dort. Darunter war das Phantombild eines Mannes abgebildet, der offenbar gesucht wurde. Ein Gesicht mit einem breiten Kinn und Augenbrauen, die an die von Frida Kahlo erinnerten. Sie waren in der Mitte fast zusammengewachsen.

Es war nicht so, dass ich ihn kannte, da war ich mir ziemlich sicher. Oder? Einer unserer Gäste? Nein, dieses Gesicht war so auffällig, das wäre mir in Erinnerung geblieben. Trotzdem löste das Bild ein solches Unbehagen in mir aus, als stünde ich in einem Sumpf und jemand würde aus dem dunklen Moder nach mir greifen. Schnell legte ich die Zeitung wieder auf den Tisch.

Irgendetwas stimmte nicht. Mit mir oder mit der Welt.

4

Das Taxi spuckte mich vor der Tiefburg aus. Da ich nicht wusste, wie lange man von der Weststadt nach Handschuhsheim brauchte, hatte ich dem Taxifahrer gesagt, es wäre eilig, und er war gerast wie der Teufel. Ich vertrage solche Harakiri-Fahrten nicht, mir wird sowieso schnell übel. Das alles nutzte auch nichts, weil wir nach der Neckarbrücke an jeder Ampel halten mussten. Und da gibt es verdammt viele Ampeln.

Die Tiefburg war nicht zu übersehen, eine kleine Burg aus rotem Sandstein, die mitten im Ort lag. Auch Frau Mooser war nicht zu übersehen. Sie saß auf einer Bank vor der Mauer zum Burggraben, hatte die dunkle Brille aufgesetzt und hielt ihre Nase in die Sonne. Als ich kam, senkte sie den Kopf und musterte mich über den Rand der Brillengläser hinweg.

»Immerhin weinen Sie nicht mehr. Dafür sehen Sie aus wie ein Gurken-Spinat-Smoothie.«

»Das liegt nur an der Fahrt«, entgegnete ich.

Und daran, dass ich elende Kopfschmerzen, seit über vierundzwanzig Stunden nicht geschlafen und heute noch nichts gegessen hatte. Aber das sparte ich mir, auf Mitgefühl war hier sowieso nicht zu hoffen.

Als ich zur Seite schaute, kehrte mein gestriger Alptraum zurück. An der nächsten Straßenecke stand ein Gebäude aus Glas und Stahl, anscheinend ein Restaurant, daran angrenzend eine etwa zwei Meter dicke weiße Mauer, die nach oben hin ziemlich schief wurde. War das real? So schief? Das konnte eigentlich nicht sein, die Mauer hätte längst umkippen müssen. Ich wischte mir über die Augen.

»Ist etwas?«, fragte Frau Mooser.

»Ist die schief?« Ich zeigte auf die Mauer.

»Nein, da ist gar nichts schief. Was soll denn da schief sein?«

Gestern hatten sich im Treppenhaus die Wände verschoben, nun sah ich schiefe Mauern. Die Panik kehrte zurück. Am liebsten hätte ich mir mit der Faust vor den Kopf geschlagen. Was war nur mit mir los?

»Oh Gott«, murmelte ich. Ich brauchte einen Psychiater. Medikamente. Bestimmt würde Flo gleich wieder auftauchen.

»Nun regen Sie sich mal nicht gleich auf.« Frau Mooser schob die Brille in die Haare. »Natürlich ist die schief.«

Sehr witzig. Hoffentlich kippte diese Mauer einmal um, wenn gerade eine dicke Kommissarin vorbeiging.

»Die ist schon lange so schief, und die hält auch noch ein Weilchen, machen Sie sich nur keine Sorgen«, beruhigte Frau Mooser mich. »Da war früher einmal ein Zugang zur Burganlage. Waren Sie etwa noch nie in Handschuhsheim?«

»Nein, ich hatte bisher wenig Zeit, mir etwas anzusehen.«

»Schade, sehr hübsch hier. Handschuhsheim, das ist so eine Art kleines gallisches Dorf, nur eben in Baden. Es gibt jede Menge Wildschweine, selbst gemachten Wein, und ständig wird irgendwo gesungen. Die haben ihre eigene Hymne und ihr eigenes Wappen. Und mit Heidelberg eigentlich nichts zu tun, außer dass HD auf dem Autokennzeichen steht.«

»Aha«, sagte ich. Das interessierte mich im Moment nun wirklich nicht.

»Eine mysteriöse Leiche gab es hier übrigens auch schon, wie bei Ihnen. Einen Ritter, der in der Burg in einem Hohlraum eingemauert war.«

»Wie interessant.«

»Als Sie wieder zu sich kamen, da war in der Pension nicht zufällig ein Stück Wand frisch verputzt? Ein paar Mörtelkleckse auf dem Boden?«

Musste man auf so eine blöde Frage antworten? Eher nicht.

»Schon gut, mein Assistent mag meine Scherze auch nicht«, lenkte Frau Mooser ein. »Fangen Sie jetzt bloß nicht wieder an zu heulen.«

»Keine Sorge.« Diese Frau war einfach unmöglich. Aber im Moment brauchte ich sie leider.

Das Gesicht des Mannes aus der Zeitung geisterte immer noch in meinem Kopf herum. Sollte ich ihr von meinem Unbehagen erzählen? Noch eine Geschichte, die ich nicht erklären konnte?

Doch Frau Mooser kam mir zuvor. »Ich merke schon, andere Leichen als die aus Ihrer Pension interessieren Sie nicht.« Sie stand auf. »Also, gehen wir. Das Museum ist ganz in der Nähe.« Wir querten den Platz und folgten der davorliegenden Straße. Ich hatte Mühe, mitzuhalten. Hauptkommissarin Mooser hatte einen Schritt drauf, als hätte sie die Goldmedaille im Schnellgehen. Kurz vor einer Buchhandlung, der »Bücherstube an der Tiefburg«, wie der weiße Schriftzug im Fenster verriet, wechselten wir die Seite. Dabei zeigte Frau Mooser ein paar Meter die Straße hoch.

»Da vorn in der Linkskurve beginnt übrigens die Mühltalstraße, von der Ihr Vinzent angeblich gesprochen hat.«

Wir bogen in eine Gasse ein und standen gleich darauf vor einer großen Tür, die zu einem ockerfarbenen Gebäude gehörte. Eine mannshohe Metallstele verkündete, dass hier das »Füllhaltermuseum Handschuhsheim« untergebracht war. Ich zog am Türknauf. Nichts tat sich. Abgeschlossen.

»Na, so ein Pech«, bemerkte Frau Mooser, die die Stele betrachtete.

Jetzt sah auch ich es. Ziemlich weit unten standen die Öffnungszeiten: Das Museum hatte jeden zweiten und vierten Sonntag geöffnet. Heute war Mittwoch.

»Tut mir leid.« Meine Begleiterin hörte sich allerdings so gar nicht danach an, als täte ihr etwas leid. »Da kann man wohl nichts machen.«

»Das haben Sie gewusst, oder?«

»Ach was.« Sie schaute auf ihre Uhr, wahrscheinlich um mir beim Lügen nicht ins Gesicht sehen zu müssen. »Ich sollte jetzt meine Besorgungen machen, sonst wird mir das zu spät.«

Die wollte mich nur loswerden. Deshalb die ganze Aktion. Frau Mooser konnte sagen, sie wäre guten Willens gewesen, aber jetzt müsste ich zu den Kollegen gehen. Was für eine miese Tour. Doch ich hatte keine Kraft mehr, mich aufzuregen. Ich war am Ende. Fertig. Ich brauchte etwas zu essen, mindestens

☐ **Bitte senden Sie mir das aktuelle Verlagsprogramm zu**

☐ **Ich möchte den Newsletter von** emons: **per E-Mail erhalten**

☐ **Ich habe Interesse an Krimis aus folgender Region:**

_____

Besuchen Sie uns auch auf www.facebook.com/EmonsVerlag

Name

Straße

PLZ/Ort

E-Mail

emons: **verlag**
Cäcilienstraße 48

50667 Köln

zwei Kopfschmerztabletten und am besten ein paar Stunden Schlaf, sonst würde ich ziemlich bald umkippen.

»Ich muss dringend etwas essen«, murmelte ich.

»Eine Straße hinter uns gibt es ein Café, und hier vorn sind gleich zwei Bäckereien, da kann man sich auch hinsetzen. Ich mache meine Besorgungen, und wenn ich fertig bin, komme ich dazu, und wir trinken noch einen Kaffee, bevor Sie dann zu den Kollegen fahren.«

Das war bestimmt die Mitleidsnummer, damit ich nicht wieder anfing zu heulen, aber ich hatte sowieso keine Wahl. Ich musste erst einmal in Ruhe nachdenken, was ich jetzt tun sollte.

»Bis gleich dann. Ich finde Sie schon.«

Frau Mooser ging davon, als könnte sie gar nicht schnell genug wegkommen.

Was jetzt? Mein Kopf weigerte sich, noch einen brauchbaren Gedanken zu produzieren. Also schlich ich um die Ecke und kehrte in die erste Bäckerei ein, die kam. Hinter der Theke stand eine Dame, die mir einen Kaffee machte, eine Quarktasche reichte und ein freundliches Lächeln schenkte. Welch eine Wohltat, wenn man gerade eine Dosis von Frau Moosers Charme abbekommen hatte.

Ich setzte mich auf einen der hohen Hocker, die an einer Art Tresen standen, direkt hinter den bodentiefen Fenstern zur Straße hin. Von hier aus hatte ich freien Blick auf die Mühltalstraße, die sich leicht bergan zog. Schräg gegenüber war gleich die nächste Bäckerei, und siehe da, wer kam heraus? Frau Mooser mit einer Tüte in der Hand, die sie in ihren riesigen Handtaschenbeutel stopfte. Dann ging sie ein paar Meter die Straße hoch und verschwand in einem Eingang. Falls sie vorhatte, einfach abzuhauen und mich hier sitzen zu lassen, hatte sie Pech gehabt. Von hier aus konnte ich sehen, wenn sie wieder herauskommen würde.

Ich trank meinen Kaffee, zog das Handy aus der Jacke und legte es vor mich auf den Tresen. Dann suchte ich im Internet nach dem Museum. Das hätte ich schon vorher tun und mich nicht auf Frau Mooser verlassen sollen. Unter den Öffnungszeiten hatte etwas vom Stadtteilverein und eine Telefonnummer gestanden. Vielleicht hatte Vinzent eine Sonderführung in Anspruch genommen und man erinnerte sich an ihn? Ich könnte dort anrufen und nachfragen. Oder Frau Mooser machte das. Am besten, ich wartete damit auf sie. Eine Kommissarin bekam bestimmt eher eine Auskunft über einen Besucher als ich. Und wenn sie sich weigerte, würde ich einen Heulkrampf der Extraklasse bekommen.

»Wollen Sie in unser Museum?«, hörte ich eine Stimme.

Eine Frau hatte mit einem Cappuccino auf dem Hocker neben mir Platz genommen und spähte auf das Display meines Handys.

»Ich bin schon zweimal drin gewesen. Das lohnt sich. Klein und sehr fein. Da kriegt man noch etwas erklärt. Nicht so ein anonymes Museum, wo man nur durchlatscht und hinterher weiß man nicht mehr, was man am Anfang gesehen hat. Aber da müssen Sie sonntags wiederkommen.«

»Ja, das weiß ich jetzt auch. Danke.«

Anscheinend war meine Sitznachbarin einer kleinen Plauderei nicht abgeneigt.

»Letzte Woche war ich drüben in Heidelberg«, sagte sie. »Da haben sie auch ein Museum, eins für Leichen.«

»Es gibt kein Museum für Leichen.«

Ich schaute die Straße hoch. Frau Mooser war noch nirgends zu sehen.

»Doch, doch«, wusste meine Nachbarin. »Im ›Alten Hallenbad‹, da kann man Leichen sehen. Die tanzen Ballett und fahren Skateboard.«

Ich erinnerte mich dunkel daran, dass Hugo mit einem Freund über diese Ausstellung stundenlang in der Küche gestritten hatte.

»Mich hat es gegruselt. Aber mein Sohn fand es toll. Mir sind die Füller lieber. Sind Sie wegen dem Kaweco hier?«

»Wegen was?«

»Na, wegen dem Kaweco.«

»Was ist ein Kwaweco?«

»Nicht Kwaweco«, die Frau schüttelte den Kopf. »Kaweco. Koch, Weber und Company. Das war unsere Füllerfabrik. Aber die ist schon vor langer Zeit pleitegegangen.«

Da war Frau Mooser! Sie kam wieder aus dem Eingang und querte die Straße. Kaum war sie auf der anderen Seite, hielt ein Lkw vor der Bäckerei. Es gab einen kleinen Verkehrsstau, weil die Straße schmal und außerdem noch an einer Seite so zugeparkt war, dass der Laster nicht an dem entgegenkommenden Auto vorbeikam. Er versperrte mir die Sicht.

»In der letzten Woche stand ein paarmal jemand beim Museum vor der Tür«, hörte ich meine Nachbarin sagen. »Man denkt gar nicht, wie viele Menschen sich für Füller interessieren. Alle wollen sie wissen, ob was dran ist an dem Gerücht mit dem Kaweco. Das sind bestimmt Sammler, meint mein Sohn. Ich glaube ja nicht, dass es diesen Kaweco wirklich gibt. Angeblich ein ganz seltenes Stück. Der soll mit Diamanten verziert sein.«

Zentimeterweise fuhr der Laster weiter.

»Mein Sohn sagt, Kaweco hätte solche Füller nie produziert. Wenn sie so einen Füller gehabt hätten, dann wären sie nicht pleitegegangen. Da hätte man ja die Firma mit retten können. Also ich glaube, das ...«

Endlich löste sich der Verkehrsstau auf. Der Lkw fuhr davon. Aber auf der gegenüberliegenden Seite war niemand mehr zu sehen. Frau Mooser war verschwunden. Verdammt!

»Tut mir leid, ich muss gehen.«

Eilig verließ ich die Bäckerei und ging die Mühltalstraße hoch, dorthin, wo ich Frau Mooser zuletzt gesehen hatte. Ein paar Schritte davon entfernt war ein kleiner Laden, in dessen Schaufenster sich Gartenzwerge unter einer Girlande tummelten. Ich versuchte, durch die Fenster hineinzusehen, aber außer Regalen, die bis auf den letzten Millimeter mit Batterien, Gartenscheren und Haushaltswaren gefüllt waren, konnte ich nichts erkennen. Also steckte ich kurz die Nase in das Miniatur-Warenparadies. Frau Mooser war nicht drin.

War die einfach abgehauen? Hinter dem Laster wieder zurückgeschlichen und mit ihrem Rad auf und davon? Auf der gegenüberliegenden Seite war ein Restaurant mit dem Namen »Alt Hendesse«, aber da konnte sie nicht sein, das hatte bestimmt noch nicht auf. Vielleicht war sie doch die Straße hoch, in ein anderes Geschäft?

Ich ging weiter bergan, spähte in die Schaufenster, die noch kamen, und lief an einem Stück alter Sandsteinmauer vorbei, bis zu einem kleinen Lokal, bei dem auf Tafeln neben dem Eingang die Leckereien des Tages angekündigt wurden. Ebenso Fehlanzeige, keine Kommissarin drin.

Zwischen einigen der Häuser, die längs der Straße standen, führten schmale Wege zu dahinterliegenden Häusern. Oder man sah durch Toreinfahrten in Höfe voller Blumenkübel, Fahrräder und Kinderwagen, als wäre man in einem Wimmelbuch gelandet. War Frau Mooser hier irgendwo eingebogen?

Vielleicht hätte ich den grünen Fleck nie gesehen, wenn ich Frau Mooser gleich gefunden hätte. So aber stand ich auf dem Bürgersteig und suchte mit meinen Augen die Umgebung ab. Bei genauem Hinschauen war es auch kein grüner Fleck, sondern ein Mensch in einem grünen Mantel. Ein Grün, das ich nur zu gut noch in Erinnerung hatte. Die Bilder kehrten in meinen Kopf zurück: das blasse schmale Gesicht. Die Frau in dem grünen Mantel, das Entsetzen in ihrem Blick. Von hier aus konnte ich nicht genau erkennen, ob sie es wirklich war. Und schon verschwand der grüne Fleck zwischen zwei Häusern.

Ich lief los, war noch keine zwanzig Meter weit gekommen, als ich hinter mir eine Stimme hörte: »Frau Böckle! Wo wollen Sie denn hin?«

Ich schaute zurück. Unten, vor dem kleinen Lokal, stand Frau Mooser, voll bepackt mit Einkaufstüten.

»Kommen Sie!«, rief ich und winkte. »Schnell!«

Ich rannte weiter die Straße hoch, bis zu der Stelle, an der die Frau mit dem grünen Mantel verschwunden war. Als ich dort ankam, stand ich vor einem großen Tor, eingelassen zwischen zwei Häusern. Beim Haus rechts davon waren die Fenster mit Brettern vernagelt. Wie es aussah, wohnte dort niemand mehr. Ich drückte die große Klinke an einem der Torflügel hinunter.

Noch außer Atem betrat ich den Hof, der dahinterlag. Es war niemand zu sehen.

Nach hinten schloss sich an das leer stehende Vorderhaus eine Art Anbau an, gelb gestrichen, mit Fenstern und einer Tür zum Hof hinaus. Daran wiederum ein niedriger Schuppen, während auf der anderen Seite des Hofs eine sicher drei Meter hohe Mauer das Grundstück zum Nachbarn hin begrenzte. Vor der Mauer standen Zementsäcke, und hinter dem Tor lagen Balken und jede Menge Bretter, ganz so, als ob hier gebaut würde.

Die Frau konnte nur in dem gelben Anbau verschwunden sein. Das Vorderhaus hatte zwar einen Eingang zum Hof, aber auch der war mit Brettern vernagelt.

Ich schlich zu dem Anbau und spähte durch eines der Fenster, sah dahinter einen dämmrigen Raum mit niedriger Decke. In der Mitte stand ein Tisch mit einigen Flaschen und einem Stapel leerer Pizzakartons darauf. Stühle, eine Küchenzeile mit einem Schrank, an dem eine Tür fehlte. Auf dem Boden lagen zwei Müllsäcke. Auch hier war niemand zu sehen.

Wie ein Dieb huschte ich an der Tür vorbei. Dort, wo einmal ein Klingelschild gewesen war, schauten nur noch ein paar Drähte aus der Wand heraus. Noch anderthalb Meter und ich konnte in das nächste Fenster schauen.

Auf einem Sofa, das mit der Rückenlehne zum Fenster hin stand, saßen zwei Personen, von denen ich nur die Hinterköpfe sehen konnte, ihnen gegenüber, vor einem niedrigen Tisch, eine zierliche Frau im roten Pullover, mit kurzen schwarzen Haaren. Der grüne Mantel hing an einem Haken an der Tür. Ich beugte mich ein wenig näher zum Fenster. Das war sie! Die drei sprachen miteinander, und an den Stimmen war zu hören, dass die auf dem Sofa Männer sein mussten. Die Frau stand auf. Rasch zog ich den Kopf weg und presste mich an die Wand neben das Fenster.

»Was machen Sie denn hier?«, tönte es über den Hof.

Frau Mooser kam mit rotem Gesicht zum Tor herein. Ich legte den Finger über die Lippen.

»Sie ist da drin«, flüsterte ich. »Die Frau, die in der Pension war! Von wegen Halluzinationen! Die gibt es wirklich. Dann gibt es auch Vinzent. Die Frau da«, ich deutete zum Fenster, »die hat mich niedergeschlagen!«

»Jetzt gehen Sie da weg!« Frau Mooser kam auf mich zu.

»Ich gehe nicht eher, bis ich weiß, was mit Vinzent passiert ist.«

»Was wollen Sie denn tun? Da reinspazieren und nachfragen?«, zischte sie mir zu. Sie packte ihre Tüten um, sodass sie alle mit einer Hand hielt, und zog mit der anderen an meinem Arm. »Ich rufe die Kollegen. Aber jetzt kommen Sie erst einmal aus dem Hof raus. Los! Sofort!«

»Und wenn Sie dann wieder verschwunden ist? Rufen Sie Ihre Kollegen an, und wir halten hier so lange Wache.«

»Wir gehen jet…«

Die Tür ging auf. Erschrocken drehte ich mich um. Der Mann, der dort stand, sah aus wie ein Bruder von Arnold Schwarzenegger. Ein Kreuz wie ein Kleiderschrank, Oberarme, die kaum ins T-Shirt passten, kurze blonde Haare. Ohne eine Regung zu zeigen, schaute er zum offen stehenden Tor, dann wieder zu uns. Oder besser gesagt auf uns herunter.

»Wir wollten gerade gehen«, sagte Frau Mooser, lächelte freundlich und hielt mich weiter am Arm fest. »Wir dachten, hier wohnen Bekannte von uns, aber das muss ein anderer Hof sein.«

Da entdeckte ich sie. Die Frau mit den schwarzen Haaren stand hinter dem blonden Hünen im Flur, so als wollte sie nicht gesehen werden und doch alles mitbekommen. Wegen ihr hatte ich in den letzten Stunden die Hölle durchlebt. Wegen ihr hatte ich geglaubt, ich würde verrückt. Alles nur wegen ihr! Ruckartig zog ich meinen Arm weg, sodass Frau Mooser mich loslassen musste.

»Wo ist Vinzent?«, rief ich. »Was hast du mit ihm gemacht?«

Frau Mooser packte mich erneut mit festem Griff.

»Kommen Sie, Frau Böckle, wir gehen jetzt!«

Sie zerrte regelrecht an mir, aber ich stieß sie weg. Ich hatte mir nichts eingebildet.

»Wo ist Vinzent? Ist er tot?«

Statt herauszukommen, ging die Frau wieder zurück ins Zimmer. Das machte mich nur noch wütender.

»Sie soll rauskommen!«, schrie ich. »Ich will mit dir reden! Komm gefälligst raus! Sag, was mit Vinzent passiert ist!« Die würde nicht wieder einfach verschwinden. Diesmal nicht.

Ich machte einen Schritt auf die Tür zu, aber der Koloss wehrte mich mit einer Armbewegung ab, sodass ich fast rücklings hingefallen wäre.

Frau Mooser war inzwischen zur Seite getreten und holte aus ihrer Handtasche das Handy hervor. Da griff der blonde Kleiderschrank hinter seinen Rücken. Als er die Hand wieder hervorzog, hielt sie eine Pistole, die in seinem Hosenbund gesteckt haben musste. Mit unbewegter Miene streckte er den Arm aus und zielte auf Frau Mooser.

»Das lassen wir mal schön bleiben«, sagte er.

5

»Ich habe einen Vorschlag.« Frau Mooser ließ das Handy scheinbar ungerührt wieder in ihre Handtasche zurückgleiten. »Ich bin eine Bekannte von Frau Böckle. Ich weiß, dass sie sich manchmal allerlei einbildet. Sie lassen uns vom Hof gehen, und diese hässliche kleine Szene hier, die vergessen wir einfach. Sie mussten sich ja bedroht fühlen, so wie die sich aufgeführt hat. Kommen Sie, Frau Böckle, wir gehen.«

Sie wandte sich Richtung Hoftor.

»Stehen bleiben!«, befahl der Kleiderschrank. »Gehen Sie zu ihr rüber!«

Frau Mooser drehte sich langsam wieder um und kam wortlos zu mir. Als sich unsere Blicke trafen, schüttelte sie fast unmerklich den Kopf, so als wollte sie mir bedeuten, bloß nicht noch etwas zu sagen.

»Lynn!«, rief der Hüne und drehte sich zum Haus. »Komm raus!«

Einen Moment später trat die schwarzhaarige Frau in den Hof, genauso blass, wie ich sie in Erinnerung hatte. Sie blieb vor uns stehen und starrte mich an.

»Verdammt«, sagte sie leise.

»Geh und schließ das Tor ab!«, herrschte der Mann sie an.

»Tut mir leid, Jakob. Ich habe es eben vergessen, als ich die Zeitungen holen war.«

Als Metall auf Metall schlug, war mir, als würde das Burgtor geschlossen und die Brücke über dem Wassergraben hochgezogen. Jetzt saßen wir in der Falle. Und das nur, weil ich den Mund nicht halten konnte. Was hatte ich bloß getan! »Mila Hitzkopf« hatte Flo mich als Kind oft genug genannt. Mila, die so ein Angsthase war, dass sie sich beim Gewitter im Schrank versteckte, aber die die Klappe nicht halten konnte, wenn sie sich über etwas aufregte.

Lynn kam zu uns zurück und blieb direkt vor mir stehen.

»Das ist die aus der Pension, in der Vinzent war.«

»Scheiße«, fluchte Jakob. »Wie konntet ihr sie nur da liegen lassen! Ihr hättet etwas unternehmen müssen!«

»Du kennst unsere Maxime: so wenig Kollateralschäden wie möglich.«

»Prima Maxime, dafür hast du jetzt zwei von den Kollateralschäden am Hals.«

»Wie kommt ihr hierher?« Lynn stützte die Arme in die Hüften, als wollte sie sich breiter machen, als sie war. »Hat Vinzent von uns erzählt?«

»Nein. Das ist Zufall ... absoluter Zufall«, stammelte ich. »Er hat nur etwas von Handschuhsheim gesagt. Ich habe ihn gesucht ... und dann habe ich Sie gesehen und bin Ihnen hinterhergegangen.«

»Und die da?«, fragte sie mit Blick auf Frau Mooser.

»Sollte mir beim Suchen helfen.«

»Was hat Vinzent noch erzählt?«

»Nichts, wirklich. Gar nichts«, log ich.

Lynn fuhr sich mit den Fingern durch die kurzen Haare und schaute einen Moment auf den Boden.

»Sie kommen in den Schuppen«, entschied sie. »Benn soll auf sie aufpassen, er kann sowieso nicht mehr raus.«

»Und dann?«, fragte Jakob.

»Das besprechen wir später. Ich hole etwas zum Festbinden.«

Ich sah zu Frau Mooser, doch die hatte den Kopf zur Seite gedreht und blickte durch das Fenster in das Zimmer hinein. Während Lynn in dem gelben Anbau verschwand, dirigierte Jakob Frau Mooser und mich zu dem Schuppen, der sich daran anschloss. Ein flaches Gebäude, kaum zwei Meter hoch, mit einem Wellblechdach und einem kleinen Fenster in der Mauer. Die Hand mit der Waffe immer auf uns gerichtet, riss er mit der anderen die Tür aus dunkelbraunen Holzlatten auf, in deren Schloss ein rostiger Schlüssel steckte.

»Los, da rein!«

Drinnen war es dunkel und kühl, und der Geruch von verfaultem Obst und Schimmel hing in der Luft. An einer Wand stand ein Regal mit Einmachgläsern, Kartons und allerlei Gerümpel. Alles sah verstaubt und verdreckt aus, als wäre schon lange nichts mehr davon benutzt worden.

»Du an die Wand«, sagte Jakob zu mir und zeigte auf die Mauer, die an den Anbau anschloss. »Und du gegenüber an die andere!«, befahl er Frau Mooser.

Lynn kehrte zurück, mit zwei Rollen Klebeband in der Hand, was Jakob offensichtlich noch ärgerlicher werden ließ.

»Wo sind die Kabelbinder?«

»Ich finde sie nicht, die müssen wir in der Hütte gelassen haben.« Lynn kam zu mir. »Gib mir dein Handy!«

Mit zittrigen Händen holte ich es aus meiner Jacke und reichte es ihr. Sie steckte es in ihre Hosentasche.

»Umdrehen und Hände auf den Rücken!«

Während Lynn meine Handgelenke mit dem Paketband umwickelte, fing ich an, nach Luft zu schnappen. Meine Standardreaktion, wenn ich mich aufrege. Ich atmete schneller und schneller und hatte dennoch das Gefühl, ersticken zu müssen. Wie ein Fisch, den der Sturm auf die Bordplanken gespült hatte. Wenn es ganz schlimm wurde, kippte ich auch mal um.

»Schon gut«, sagte Lynn. »Hierhin!«

Sie half mir, mich vor der Mauer auf den Boden zu setzen, und wickelte das Klebeband fest um meine Fußgelenke. Danach musste Frau Mooser ihr Handy abgeben und vor dem Regal ihre Tüten abstellen, die sie immer noch festhielt, als wollte sie die Beute aus ihrem Handschuhsheimer Einkaufsbummel auf gar keinen Fall hergeben. Als Lynn fertig war, hatte sie uns in zwei bewegungsunfähige Pakete verwandelt.

Jakob schob die Waffe in den Hosenbund zurück.

»Kleb ihnen noch etwas über den Mund!«

»Das ist nicht nötig«, versicherte Frau Mooser. »Wir werden alles tun, was Sie wollen. Wir haben kein Interesse daran, Schwierigkeiten zu machen.«

»Ja, das haben wir eben gesehen.«

Er nahm Lynn das Klebeband aus der Hand.

»Die bekommt so schon keine Luft mehr«, sagte Frau Mooser

und sah zu mir. »Sie werden sie umbringen, wenn Sie ihr den Mund zukleben.«

Der Hüne warf Lynn einen fragenden Blick zu.

»Also gut. Wir probieren es«, sagte sie. »Wir sind gleich nebenan. Bevor Sie hier jemand hört, sind wir längst bei Ihnen. Und dann wird es Konsequenzen haben.«

Jakob beugte sich zu mir herab.

»Nur ein Mucks, ein einziger Mucks«, er tippte mir mit dem Zeigefinger auf die Stirn, »und du hast ein kleines rundes Loch da oben. Ich tue so etwas nicht gern, aber ich tue es. Zwing mich nicht dazu, verstanden?«

Mein Körper wollte einfach nicht aufhören, Luft in sich hineinzupumpen. Mir wurde schwindelig wie nach fünf Piña Coladas, und in meinen Fingern kribbelte es, als hätte ich in einen Ameisenhaufen gegriffen. Ich konnte nicht einmal mehr nicken. Frau Mooser übernahm das Antworten für mich.

»Sie wird ruhig sein, ganz bestimmt.«

Da fuhr der Hüne zu ihr herum. »Habe ich mit dir geredet?«

Immerhin ließ er von mir ab. Die beiden gingen, und ich hörte, wie der Schlüssel sich im Schloss drehte. Durch das kleine schmutzige Fenster fiel nur wenig Licht herein. Im Halbdunkel sah ich Frau Mooser, die auf ihre angezogenen Knie schaute. Ich lauschte, aber von draußen war nichts mehr zu hören. Dafür begann bald darauf ein Stimmengemurmel hinter der Mauer, vor der ich saß. Nach und nach hörte der Blasebalg in mir auf, wie verrückt zu pumpen.

»Was machen wir jetzt?«, fragte ich flüsternd, als ich endlich wieder Luft bekam.

»Was schlagen Sie denn vor?«, kam es von gegenüber. »Eine Runde Tennis spielen?«

Vielleicht sollte ich sie besser noch einen Moment in Ruhe lassen. Aber Frau Mooser hatte nicht vor, mich in Ruhe zu lassen.

»Das runde Ding, das Sie auf dem Hals haben, wissen Sie, was das ist?« Die Antwort gab sie sich gleich selbst. »Das nennt man ›Kopf‹. Mit dem kann man denken. Vielleicht probieren Sie das einmal aus.« Sie holte so tief Luft, als hätte sie vor, Feuer zu spucken. »Wie dämlich kann man eigentlich sein? Da entdecken Sie Leute, von denen Sie vermuten, sie haben Ihrem Vinzent etwas angetan, und stellen sich krakeelend vor sie hin! Sind Sie noch ganz bei Trost?«

»Tut mir leid. Wirklich. Ich weiß nicht, was in mich gefahren ist. Ich war auf einmal so wütend.«

»Ich bin auch oft wütend, deshalb lege ich mir noch längst nicht selbst den Strick um den Hals.« Frau Mooser schaute zur Decke. »Alles bloß, weil ich mich auf Ihr Gejammer eingelassen habe. Wie konnte ich nur!«

»Glauben Sie, die lassen uns wieder laufen?«

Doch Frau Mooser schwieg. Sie sah nicht einmal zu mir rüber.

»Hallo, ich habe Sie etwas gefragt!«

Sie knurrte etwas vor sich hin, das ich nicht verstand.

»Was haben Sie gesagt?«

»Haben Sie die Zeitungen gesehen, die auf dem Tisch lagen?«, entgegnete sie.

»Nein, warum?«

»Schon gut. Wenn wir einen Weg finden, auf eigene Faust hier herauszukommen, ist das mit Sicherheit die bessere Alternative.«

Das hörte sich nicht gut an. Wie sollten wir hier rauskommen, an Händen und Füßen zusammengeschnürt?

Das Gemurmel hinter der Mauer wurde lauter. Wenn Hugo hinter verschlossener Zimmertür seine geliebte Talkrunde mit Anne Will schaute, hörte sich das so ähnlich an. Es war eine dieser Pappwände, durch die man jedes Husten mitbekam.

»Verstehen Sie, was die sagen?«, wisperte Frau Mooser.

Ich schloss die Augen und versuchte, mich ganz auf die Stimmen zu konzentrieren.

»Und?«

»Seien Sie mal ruhig!«

Die Stimmen kamen von links hinter mir. Also beugte ich mich in die Richtung, soweit es mir ohne umzukippen möglich war. So konnte ich etwas besser hören, was gesprochen wurde. Das musste Lynn sein, die gerade redete. Dann sprach ein Mann. Dumpf drang seine Stimme bis zu mir. Anscheinend saß er auf der anderen Seite direkt vor der Wand. Ihn konnte ich, wenn auch mit Mühe, verstehen. Wie eine Dolmetscherin gab ich flüsternd an Frau Mooser weiter, was ich hörte.

»… um wie viel Uhr bist du mit dem verabredet? … Kann man den nicht früher bestellen? … Ich wäre dafür, wir ziehen hier ab … Der bleibt, wo er ist, Lynn. Dieses …helmsfeld ist immerhin ein Luftkurort. Gönn ihm das noch eine Weile. Frische Luft, Vogelgezwitscher. Der wird schon irgendwann trinken. Dann wird er merken, was los ist. Den lassen wir noch ein bisschen schmoren. Der braucht das, sonst kapiert der nie …«

Dann verstand ich erst einmal nichts mehr, sosehr ich mich auch anstrengte.

»Was jetzt?«, drängte Frau Mooser.

Lynn sprach. Und wieder schaltete sich der Mann ein.

»… ja, das übernehme ich … Geh du erst mal und mach die beiden klar …«

Die beiden klarmachen, damit konnten nur wir gemeint sein. Vor lauter Schreck bewegte ich mich zu abrupt. Ich verlor das Gleichgewicht und kippte auf die Seite.

»Was machen Sie denn da!«, hörte ich Frau Moosers entsetzte Stimme.

Ich wand mich, versuchte, wieder hochzukommen. Es war völlig aussichtslos. Schritte kamen über den Hof. Die Tür wurde aufgeschlossen. Lynn stand im Türrahmen.

»Was ist denn hier los?«

Die Angst schnürte mir die Kehle zu. Für »Lauschen« gab es bestimmt auch ein Loch in den Kopf. Jetzt war es so weit. Hilflos wie ein Käfer lag ich da. Was würde sie tun? Gleich schießen? Zutreten? Doch Lynn kam zu mir, fasste mich an den Schultern und half mir, mich wieder aufzusetzen.

»Ihr baut keinen Mist, verstanden? Ich kann für euch etwas tun, aber nur, wenn ihr keinen Ärger macht.«

Sie nahm eine Holzkiste, die neben dem Regal stand, holte

eine verstaubte Weinflasche heraus, die noch darin gelegen hatte, drehte die Kiste um und setzte sich darauf. Mit etwas Abstand zu uns, sodass sie Frau Mooser und mich gleichzeitig im Blick halten konnte. Erst jetzt bemerkte ich die Pistole, die sie in der Hand hielt. Sie legte sie vor sich auf den Boden, dazu die Handys, die sie uns vorhin abgenommen hatte.

»Ihr werdet jetzt meine Fragen beantworten. Keine Lügen, keine Tricks. Wenn die Erste lügt und ich bekomme es mit, schieße ich der anderen dafür ins Knie. Verstanden?«

War es das, was sie unter »etwas für uns tun« verstand? Ich nickte, schon wieder kurz davor, mich in eine japsende Flunder zu verwandeln.

»Gut, dann fangen wir an.«

Als Erstes mussten wir unsere Namen nennen. Dann nahm Lynn eines der Handys und hielt es kurz hoch.

»Wie ist der Code?«

Es war das von Frau Mooser. Die starrte auf einen Punkt über meinem Kopf. Für ein paar Sekunden befürchtete ich, sie würde schweigen. Aber schließlich nannte sie, ohne eine Miene zu verziehen, eine vierstellige Nummer.

»Also, geht doch.« Lynn gab die Nummer ein. »Dann schauen wir mal, was wir hier haben. Sehr schön, fangen wir mit Ihren WhatsApp-Nachrichten an.«

Eine Weile schwieg Lynn, tippte mit dem Finger immer wieder auf das Display. Dann fing sie an zu schmunzeln.

»Sie sind anscheinend eine ganz schöne Nervensäge. Diesen Arthur ballern Sie ja ordentlich zu: ›Maria, hör endlich auf. Wenn du so weitermachst, blockiere ich dich. Wir schaffen das hier allein. Roland hat alles im Griff. Entspann dich endlich mal.‹ Wer ist Arthur? Worum geht es da?«

»Ein Kollege.« Während sie sprach, starrte Frau Mooser weiter auf den Punkt über meinem Kopf. »Ich bin zurzeit beurlaubt.«

»Von was?«

»Ich bin Hauptkommissarin bei der Kripo Heidelberg. Beurlaubt für ein halbes Jahr.«

Lynn ließ das Handy sinken. »Verfickte Scheiße.«

Einen Moment war es so still im Schuppen, dass man nur noch das Summen einer Fliege hörte, die im verzweifelten Versuch, in die Freiheit zu gelangen, immer wieder vor die kleine Scheibe des Fensters flog. Eine Kripobeamtin zu sein, war nicht gut, wenn man in unserer Situation steckte. Das kapierte selbst ich.

»Weiß die Polizei über uns Bescheid? Los, reden Sie!«

»Nein. Frau Böckle hat mich heute Morgen abgepasst«, antwortete Frau Mooser. »Sie wusste nicht, ob sie in der Pension die Treppe heruntergefallen war oder ob man sie niedergeschlagen hatte. Außerdem erzählte sie von einem Gast namens Vinzent, der verschwunden sei. Er hätte ihr gesagt, er wollte heute Morgen nach Handschuhsheim. Da Frau Böckle mich nicht in Ruhe gelassen hat, habe ich ihr angeboten, mit hierherzufahren, um uns umzusehen. Zur Polizei gehen wollte sie aus irgendwelchen Gründen nicht.«

In Lynns Zügen spiegelte sich eine Mischung aus Ungläubigkeit und Entsetzen. Sie wandte sich zu mir.

»Also hat Vinzent dir doch unsere Adresse genannt?«

»Nein. Ich habe Sie auf der Straße gesehen und bin Ihnen gefolgt. Es ist genauso, wie ich gesagt habe.«

»Wer weiß noch davon, dass Vinzent nach Handschuhsheim wollte?«

»Niemand.«

»Von mir auch nicht«, sagte Frau Mooser. »Ich habe Frau Böckle sowieso nicht geglaubt, weil sie außerdem noch Geister gesehen hat und es in ihrer Familie einen Haufen Verrückte gibt.«

Einen Haufen Verrückte! Von einem »Haufen« hatte ich nie gesprochen.

»Ihr wisst, was passiert, wenn ihr lügt!«, drohte Lynn.

»Ich lüge nicht.« Frau Mooser klang sehr entschieden. »Ich habe den Kollegen nicht Bescheid gegeben, weil ich mich gestern mit Ihnen gestritten habe. Die Herren meinten, ich würde mich zu viel in Dienstangelegenheiten einmischen. Wenn das nicht gewesen wäre, hätte ich sie sicher gleich über Frau Böckles abenteuerliche Geschichte informiert und nicht blödsinnigerweise mit ihr noch einen Ausflug nach Handschuhsheim gemacht.«

Lynn biss sich auf die Unterlippe, sah von mir zu Frau Mooser und wieder zu mir, als wollte sie in unseren Gesichtern lesen, ob wir die Wahrheit sagten. Dann beschäftigte sie sich weiter mit Frau Moosers Chatverläufen.

»›Vera-Liebes, ist dir noch übel?‹«, las sie vor. »›Kümmert sich Roland genug um dich? Wenn nicht, sag mir Bescheid, dann lasse ich ihn zum Objektschutz versetzen. Hab dich lieb.‹ Wer ist Vera? Wer Roland?«

Ich sah, wie sich die Muskeln an Frau Moosers Wangen bewegten. Aber sie sagte nichts. Verdammt, warum redete die nicht? Das war mein Knie, um das es jetzt ging.

»Wer ist Vera?«, wiederholte Lynn in scharfem Ton.

Hauptkommissarin Mooser blieb stumm. Da hob Lynn die Waffe auf und zielte auf mich.

»Ich dachte, wir hätten einen Deal? Wer ist Vera?«

Schweigen. Die konnte mich doch nicht einfach hängen lassen! Diese Verrückte würde mir das Knie zerschießen!

»Nicht schießen«, flehte ich. »Bitte! Ich kann nichts dafür, wenn sie nichts sagt!«

Frau Moosers Augen verengten sich zu schmalen Schlitzen. Als würde sie gleich etwas von sich geben, dass mich mein Knie und sie den Kopf kosten würde. Dann fragte sie: »Was haben Sie mit diesen Informationen vor?«

»Sie stellen hier keine Fragen, Sie antworten nur. Wer ist Vera?«

Noch einmal vergingen Sekunden. Die Fliege flog vor die Scheibe, brummte und summte, flog wieder vor die Scheibe. Frau Mooser jedoch schien zu meditieren. Sag was! Los, sag was!

Endlich antwortete sie.

»Vera ist meine Tochter. Roland ist mein Schwiegersohn und vertritt mich auf der Dienststelle.«

»Na also. Warum nicht gleich so?« Lynn legte die Pistole wieder vor ihren Füßen ab. »Dann ist Ihr Schwiegersohn auch bei der Kripo?«

Frau Mooser nickte.

»Ist Ihre Vera krank?«

»Nein, sie ist schwanger.«

»Wievielter Monat?«

Diesmal wartete Lynn nicht so lange, sondern nahm gleich die Pistole und hielt die Mündung in meine Richtung.

»Was tut das denn zur Sache?«

»Keine Fragen, das hatten wir doch schon! Aber wenn es Ihnen beim Antworten hilft: Ihrer Tochter wird nichts passieren. Vorausgesetzt, Sie bocken hier nicht rum.«

»Sie ist im vierten Monat.«

Die Pistole wanderte erneut auf den Boden zurück.

»Okay, dann schauen wir mal weiter.« Lynn wandte sich wieder dem Display zu. »Oho, und wen haben wir hier? Da schreibt ein Arno: ›Meine liebste, schöne, runde Freundin, wie schade, dass du nicht bei mir bist. Sehne mich nach deinem warmen, weichen Körper. Freue mich, bald wieder bei dir zu sein. Habe übrigens die neuen Unterhosen an. Passen prima.‹ Na, das freut uns aber. Ihr Partner?«

»Ja«, lautete die knappe Antwort.

»Und dann noch der Browserverlauf …« Es dauerte eine Weile. »Wie ich es mir gedacht habe. Alles da.« Lynn schüttelte den Kopf. »Und das bei einer Kripobeamtin. Dabei ist es so einfach, das abzustellen.«

Ich wusste, was das hieß. Wenn sie in die Chronik ging, die der Browser speicherte, mit dem Frau Mooser im Internet surfte, konnte sie nachverfolgen, was Frau Mooser sich angeschaut hatte. Sie würde sämtliche Seiten angezeigt bekommen, die in der letzten Zeit aufgerufen worden waren. Ich wusste nicht, was Frau Mooser alles im Netz nachschaute, aber ich war damit ein offenes Buch.

»›… Stubenwagen günstig kaufen‹«, murmelte Lynn. »›So werden Sie lästige Ohrgeräusche los‹ … ›Mit Tinnitus leben‹ …

›Wenn das Pfeifen den Schlaf raubt‹ … Sieht ganz danach aus, als hätten Sie einen Tinnitus. Stimmt's?«

»Möglich.«

Lynn stöberte in den Daten. Mal wirkte sie amüsiert, dann fragte sie scheinbar besorgt nach, um von Frau Mooser kurz abgefertigt zu werden.

»Prima, sehr aufschlussreich«, sagte sie nach einer Weile und legte Frau Moosers Handy beiseite. Dafür nahm sie meines.

»Na, sieh einmal an. Da steht schon etwas.«

Ich hatte mein Handy so eingestellt, dass wichtige Nachrichten direkt auf dem Display angezeigt wurden, sobald man es einschaltete.

»Drei Herzchen, aber kein Kommentar dabei. Von ›Flo‹. Wer ist das?«

»Meine Tante, Florentine. Ich bin bei ihr aufgewachsen.«

Lynn fragte und fragte. Ich redete und redete, vor lauter Angst, ich könnte sie verärgern und sie würde die Pistole nehmen und auf Frau Mooser schießen. Lynn interessierte sich in einer freundlichen Weise, als säßen wir in einem Seminar bei einem Kennenlernspiel und ich wäre an der Reihe, mich vorzustellen. Ich erzählte Lynn alles, wie ich in die Pension nach Heidelberg gekommen war, dass ich dort zurzeit allein war, weil mein Chef auf Teneriffa eine Verwandte besuchte, erzählte von Flo, von Ülkse, von Jens, meinem Ex und sogar von Sarahs Schwangerschaft.

Sie ließ sich allerlei Daten geben, die sie in meinem digitalen Adressverzeichnis nachprüfte, anscheinend der Test, ob ich ehrlich war. In meiner E-Mail sah Lynn die Bestätigung meines letzten Einkaufs bei Amazon, und ich musste ihr das Passwort für mein Konto dort nennen.

Sie loggte sich ein und sah nach, was ich in den letzten Monaten bestellt hatte. Dabei entdeckte sie nicht nur, dass ich mir regelmäßig ein sündhaft teures Haaröl kaufte, sie fand auch die Bestellung für die praktische Zahnprothesenbox, die ich Flo zu Weihnachten geschenkt hatte, und die für die verstellbaren Ohrenwärmer für Hugo. Außerdem erfuhr sie so gleich noch die Titel der zuletzt gekauften Bücher: »Wie verjage ich die Neue aus dem Leben meines Alten«, »Verhex den Ex« und »Wenn der Vater geht. Wie verlassene Kinder stark werden«.

»Dein Vater ist abgehauen?«, schloss Lynn ganz richtig aus dem letzten Titel.

»Ja. Nachdem meine Mutter gestorben ist, hat er mich bei meiner Tante abgesetzt. Angeblich für ein Wochenende. Danach ist er nie mehr aufgetaucht.«

Einen kurzen Moment blieb sie still, dann fragte sie: »Er hat dich also nicht gewollt?«

»Kann man so sagen.«

»Hast du ihn trotzdem vermisst?«

Hatte ich das? Manchmal schon. Wenn ich an den Vater dachte, den ich auch kannte. Den, der mir als Kind abends Geschichten vorgelesen hatte, oder den Vater, der stundenlang mit mir auf dem Schoß am Bett meiner kranken Mutter gesessen hatte.

»Hast du oder hast du nicht?«

»Ja, ab und zu. Aber ich hatte meine Tanten, die für mich da waren. Vor allem Flo. Mit der Zeit habe ich immer weniger an ihn gedacht.«

Lynn fragte weiter. Woran meine Mutter gestorben war und ob ich als Kind glücklich gewesen war. Es war seltsam, einem Menschen, der mich mit der Waffe bedrohte, so vertrauliche Dinge zu erzählen. Aber sie schien wirklich an mir interessiert zu sein, und so paradox es war, neben all meiner Angst schlich sich fast so etwas wie ein Hauch Sympathie für sie in mein Herz.

Vielleicht lag es auch daran, dass ihr Gesicht so gar nicht zu der Waffe passte, die vor ihr lag. Ihre Haut war porzellanfarben, und die blauen Augen wirkten in ihrem schmalen Gesicht fast übermäßig groß. Lynn sah eher aus wie eine Madonna mit kurzen Haaren, aber nicht wie eine Frau, die vorhatte, einer von uns ins Knie zu schießen. Wahrscheinlich traute ich mich deshalb, sie zu fragen.

»Was ist mit Vinzent geschehen? Lebt er?«

Da wich die Freundlichkeit aus ihrem Gesicht, und ihre Lippen wurden schmal. Sie senkte den Kopf und schaute auf das Display, fuhr mit dem Finger darüber und sagte nichts mehr. Kurz darauf klopfte es, und die Tür wurde aufgezogen. Lynn drehte sich zu der Gestalt um, die auf der Schwelle stehen geblieben war.

»Komm rein und mach zu«, sagte sie.

Im Gegenlicht konnte ich zunächst nicht mehr als den Umriss eines Mannes erkennen. Klein und kompakt. Der Hüne konnte es nicht sein.

»Also gut, Infos haben wir jetzt genug«, sagte Lynn. »Melden wir als Erstes einmal die von der Kripo ab. Wir wollen ja nicht, dass man nach euch sucht.«

Ich aber starrte ungläubig auf den Mann, der hereingekommen war und sich mit verschränkten Armen neben sie stellte.

6

Ich konnte nicht anders, ich musste die ganze Zeit auf die buschigen Augenbrauen des Mannes sehen, die in der Mitte fast zusammenstießen. Er mochte nicht viel größer sein als ich, aber wie der Hüne war er breitschultrig und muskulös, vielleicht Ende dreißig, Anfang vierzig. So wie er sich neben Lynn aufbaute, sah es aus, als wäre er ihr Bodyguard. Er hatte nur kurz zu Frau Mooser geschaut, ich dagegen schien ihn zu interessieren. Er fixierte mich mit seinen leicht schräg stehenden Augen.

»Du kannst es wohl nicht lassen, uns in die Quere zu kommen, was?«

Ich war mir sicher: Das war der Mann, dessen Bild ich in der Zeitung gesehen hatte. Der Mann, der überall gesucht wurde, weil er mit der Entführung des Industriellen zu tun haben sollte.

»Wenn du zu uns gehören willst, sag es doch einfach.«

Ein Grinsen tauchte auf seinem Gesicht auf, und seine Augenbrauen verschmolzen zu einem dunklen Balken. Musste ich jetzt etwas sagen? Am besten, ich blieb einfach still. Ich senkte den Blick, aus Angst, ihn zu provozieren, wenn ich ihn noch länger anstarrte. Aber genau das schien ihn zu ärgern. Er trat zu mir und beugte sich herab.

»Ich wusste, das mit dir würde nur Ärger geben.«

Er griff in meine Haare und zog meinen Kopf nach hinten, sodass ich ihn ansehen musste. Ich spürte seinen warmen Atem auf meinem Gesicht. Er stank nach Rauch und Kaffee.

»Sieh mich an, wenn ich mit dir rede! Du rennst mir hinterher, was?«

»Benn! Lass sie in Ruhe!« Lynn sprang auf und zog ihn von mir weg. »Du hast schon genug angerichtet!«

Ich kämpfte dagegen, nicht vor lauter Panik nach Luft zu schnappen. Ruhig atmen. Durch die Nase, ein und wieder aus.

Einfach geradeaus schauen, in Frau Moosers versteinertes Gesicht. Dieser Mann kannte mich.

In meinem Kopf fügte sich etwas zu einem verschwommenen Ganzen zusammen. Als ich in der Pension niedergeschlagen wurde, war ich für einen kurzen Moment aus der Bewusstlosigkeit aufgetaucht. Ich hatte etwas Helles gesehen. Mit einem dunklen Strich darin. Ein Gesicht? Mit buschigen dunklen Brauen? Natürlich. Es war sein Gesicht, das ich gesehen hatte. In der Pension. Einen kurzen Moment lang.

»Die andere ist wahrscheinlich unser größeres Problem.« Lynn setzte sich wieder auf die Kiste. »Sie ist bei der Kripo. Angeblich ist sie beurlaubt.«

»Bei der Kripo? Echt jetzt? Und dann sitzt du hier noch seelenruhig rum?«

Lynn erzählte kurz die Version, die Frau Mooser ihr für unser Auftauchen auf dem Hof geliefert hatte.

»Glaubst du das etwa? Vielleicht sind die schon auf dem Weg hierher. Ich habe gleich gesagt, lass uns besser abhauen!«

»Nein. Wir bleiben. Ich glaube ihr. Ich habe ihr Handy gecheckt, die hat nichts weitergegeben. Die hat seit gestern Nachmittag nicht mehr telefoniert. Nur ein paar Nachrichten, mit denen sie die Leute pestet. Ich habe alles kontrolliert.«

»Vielleicht hat sie ein zweites Handy! Oder das ist eine Finte von den Bullen.«

»Wir bleiben bis morgen!«

»Lynn, wenn wir das hier nicht durchziehen können, machen wir es anders.« Benn beugte sich zu ihr, legte seine Hand auf ihre Schulter und flüsterte, als sei sie ein störrisches Kind, dem man gut zureden muss. »Ich helfe dir, das habe ich versprochen. Wir kriegen den schon. Das muss doch nicht unbedingt morgen laufen.«

Sie schüttelte seine Hand ab.

»Und ich sage: Nein! Wir bleiben. Ich werde jetzt nicht riskieren, dass noch etwas schiefgeht. Haben die anderen sich gemeldet?«

»Ja, sie kommen mit dem Transporter vorbei und holen euch

ab. In einer Stunde ungefähr. Lynn, bitte, überleg dir das noch mal! Der läuft uns nicht weg. Wir können das ein andermal durchziehen.«

»Halt die Klappe!«, fuhr sie ihn an. »Ich melde die beiden jetzt ab, und du wirst auf sie aufpassen, während wir weg sind. Sorg dafür, dass sie keinen Lärm machen.«

»Also gut, wie du willst.« Benn richtete sich wieder auf. »Auch egal. Ich stecke sowieso bis zum Hals in der Scheiße.« Dann drehte er sich um, ging hinaus und knallte von außen die Tür zu. Lynn schien das nicht zu beeindrucken. Sie nahm sich das Handy von Frau Mooser vor.

»Machen wir weiter«, sagte sie mit ruhiger Stimme. »Ich würde vorschlagen, Sie tun etwas für Ihren Tinnitus. Was schreiben wir denn da?« Sie verzog den Mund, wie jemand, der eine volle Schachtel Pralinen vor sich hat und nur eine davon wählen darf. »Nehmen wir uns erst einmal Arthur vor. Sie haben auf seine Nachricht von gestern noch gar nicht reagiert. Also …« Lynn begann in Windeseile etwas in Frau Moosers Handy einzutippen. »Was halten Sie davon? ›Arthur, danke! Du hast recht, ich sollte endlich einmal entspannen. Mein Tinnitus quält mich sehr, habe mich daher kurzfristig entschlossen, einige Tage wegzufahren, vielleicht mache ich eine Badekur in Tschechien. Melde mich, wenn ich wieder zurück bin. Stelle mein Handy aus, damit endlich Ruhe ist. Grüß alle von mir, besonders Roland.‹ Hört sich gut an, oder?« Sie schaute noch einmal kurz auf das Display. »Und weg damit!«

Das leise Zischen war zu hören, mit dem die App meldete, dass die Nachricht verschickt worden war.

Ähnliches schickte Lynn an Frau Moosers Tochter Vera und an Arno, Frau Moosers Partner, immer mit der Bitte, es an alle weiterzugeben, die es noch wissen müssten, da Frau Mooser – schon ganz beim festen Vorsatz, zu entspannen – sich nur bei den Liebsten abmelden würde.

Danach war ich dran, und ich verfluchte den Tag, an dem ich Flo das alte Smartphone von Katja aufgeschwatzt und ihr mühsam beigebracht hatte, es zu bedienen. Nach einer guten halben Stunde war nicht nur Frau Mooser auf dem Wellnesstrip, auch ich ließ es mir gut gehen und bummelte mit dem One Country Pass der Deutschen Bahn durch Italien.

Lynn schien sehr zufrieden zu sein.

»Das war es dann«, sagte sie mit dem Anflug eines Lächelns auf dem Gesicht.

Was sollte das heißen, das war es dann? War das unser Todesurteil? Abgemeldet, niemand würde uns vermissen, niemand nach uns suchen. Und irgendwann in der Dunkelheit würden sie uns von hier wegschaffen und mit einer Kugel im Kopf am Straßenrand liegen lassen?

Als Lynn aufstand und die Tür öffnete, um hinauszugehen, fiel das Licht auf Frau Mooser, als hätte man kurz einen Scheinwerfer auf sie gerichtet. Sie saß da und blickte stur geradeaus. Dann schloss sich die Tür. Wir waren wieder allein im Dämmerlicht, und nicht einmal die Fliege war mehr zu hören.

»Ich kenne den Mann«, flüsterte ich in die Stille hinein. »Der muss in der Pension mit dabei gewesen sein.«

Aber Frau Mooser antwortete nicht.

»Was sollen wir denn jetzt tun? Sagen Sie doch was!«

»Seien Sie still!«

Da erst verstand ich, dass sie lauschte.

»Hören Sie etwas?«, fragte ich nach einer Weile.

»Nein. Jetzt nicht.« Frau Mooser sprach so leise, dass ich Mühe hatte, sie zu verstehen. »Aber wenn nebenan die Tür zum Hof geöffnet wird, das hört man. Haben Sie das mitbekommen, als Lynn eben drüben reingegangen ist?«

Hatte ich nicht. Ich hatte auch nicht darauf geachtet.

»Wir müssen wissen, wann sie kommen. Je mehr Vorlauf wir haben, desto besser.«

»Ich kenne diesen Mann«, sagte ich noch einmal. »Er war mit Lynn in der Pension. Ich habe sein Gesicht gesehen, ganz kurz nur. Er steht in der Zeitung wegen einer Entführung.«

»Wie schön, dass Sie endlich bis drei zählen können«, knurrte Frau Mooser.

»Er muss hinter der Tür gestanden haben. Als ich kurz zu

mir gekommen bin, habe ich sein Gesicht gesehen. Ich habe mich eben erst wieder daran erinnern können, als ich ...«

»Schon gut.« Sie reckte den Oberkörper in die Höhe, als wollte sie sich ein wenig strecken. »Sieht ganz so aus, als wären wir dank Ihrer Hilfe den Entführern dieses Chemiefabrikanten Creumer direkt in die Arme gelaufen. Haben Sie die Zeitungen gesehen, die nebenan auf dem Tisch liegen? Da steht Creumers Entführung überall auf der Titelseite. Gestern haben die Kollegen erzählt, dass man sein Auto auf einem Parkplatz an der A 5 nahe Darmstadt gefunden hat. Jemand hat beobachtet, wie ein Kerl mit Waigel-Brauen einen Mann, auf den Creumers Beschreibung passte, dort unsanft in ein Auto verfrachtet hat. Vermutlich haben sie da den Wagen gewechselt.«

»Und was machen wir jetzt?«

»Also, ich lasse mich massieren, und anschließend lege ich mich ins Moorbad. Eine Badekur!« Frau Mooser hörte sich so angewidert an, als zappelten die Blutegel schon auf ihrem Rücken. »Was für ein Schwachsinn! Das glaubt sowieso niemand.«

Hoffnung flammte in mir auf. Handyortung, Hubschrauber, die über Heidelberg kreisten, Spürhunde, die an Frau Moosers alten Pullovern schnupperten und hechelnd an der Leine zogen. Wenn eine Kripobeamtin vermisst wurde, geriet wahrscheinlich der ganze Polizeiapparat in Aufruhr.

»Die werden auf jeden Fall nach Ihnen suchen, oder?«

Frau Moosers Antwort machte all meine Hoffnung zunichte.

»Nein. Die werden froh sein, wenn sie eine Weile nichts von mir hören. Wahrscheinlich denken die, ich bin beleidigt. Beim letzten Telefonat habe ich mich mit Arthur gestritten. Nur, weil ich ab und zu nachgefragt habe, wie es läuft. Er hat es garantiert meinem Schwiegersohn erzählt, und wenn der es weiß, weiß auch meine Tochter von dem Streit. Und bei Ihnen?«

Ich sagte die traurige Wahrheit: »Mich vermisst niemand.«

Hugo würde sich über meinen Trip nach Italien wundern, aber mehr nicht. Für ihn war ich sowieso ein Ausbund an Sprunghaftigkeit, weil ich die Kaffeebecher manchmal nicht der Größe nach ins Regal einsortierte. Und Flo würde sich freuen, dass ich Urlaub machte, und wahrscheinlich drei Tage lang in Ülske rumerzählen, Commissario Brunetti und seine Frau hätten mich auf ihre Dachterrasse zum Pizzaessen eingeladen.

»Wenn niemand nach uns sucht ...« Ich konnte nicht mehr weiterreden. Vor meinem inneren Auge tauchten zwei Skelette auf, die zu Staub zerfielen, als jemand die Schuppentür öffnete.

»Jetzt hören Sie auf mit der Jammerei«, ranzte Frau Mooser mich an. »Ich sage Ihnen was: Ich werde mein Enkelkind sehen, und wenn ich jeden von denen einzeln an die Wand nagle.«

»Klar«, brachte ich mühsam hervor. »An die Wand nageln. Sicher.«

Dabei konnten wir nicht einmal in der Nase bohren. Und wenn ich noch lange so sitzen musste, mit den Armen auf dem Rücken, die Knie direkt vor der Nase, würde ich wahrscheinlich auch nie mehr gerade stehen können.

»Wenn die hier wieder abziehen, werden sie sich etwas für uns einfallen lassen. Wir müssen vorher hier raus.« Frau Mooser schaute zu dem Regal, vor dem ihre Einkaufstüten standen. »Sehen Sie meine Tüten da? Darunter liegt meine Handtasche mit dem Schlüsselbund drin. Können Sie die Finger bewegen?«

Das Klebeband war um meine Handgelenke gewickelt, aber meine Finger waren frei. Als ich sie krümmte, begannen sie, entsetzlich zu kribbeln.

»Ja, das geht.«

»Das Band da«, sie wies mit dem Kinn auf meine zusammengeklebten Füße, »das ist normales Klebeband, nicht einmal besonders dick. Sie rutschen rüber zu den Tüten. Dann versuchen Sie, an meine Tasche zu kommen. Da ist der Schlüsselbund drin, den holen Sie raus und kommen damit zu mir.«

»Na, prima. Und dann schließe ich was auf?«

»Mein Gott!« Frau Mooser seufzte, als hätte sie den dümmsten Mitarbeiter aller Zeiten vor sich. »Wir brauchen den Schlüssel, um das Paketband durchzubekommen. In einer der Tüten ist auch eine Gartenschere, aber die ist noch in der Verpackung, die bekommen wir so nicht auf.«

Ich sah Benns zorniges Gesicht vor mir. Noch einmal würde Lynn ihn vielleicht nicht mehr stoppen können.

»Und warum ich?«

»Weil Sie ungefähr fünfundzwanzig Kilo leichter und mindestens dreißig Jahre jünger sind als ich. Also los, wir haben keine Zeit zu verlieren.«

Das Regal, vor dem die Tüten und Frau Moosers Tasche standen, war mindestens zwei Meter von mir weg. Selbst wenn wir hören konnten, wann nebenan jemand das Gebäude verließ, ich würde niemals wieder an meinem Platz sein, ehe derjenige hier war.

»Und wenn sie wiederkommen?«

»Dann lasse ich mir etwas einfallen«, versprach Frau Mooser. Ein ziemlich vages Versprechen dafür, dass ich dabei war, mein Leben zu riskieren. Ich zögerte. Vielleicht sollte man besser abwarten. Am Ende ließen die uns einfach hier zurück und ein vorbeigehender Fußgänger würde uns hören. Sobald sie weg waren, konnten wir um Hilfe rufen.

»Wir könnten noch abwarten. Möglicherweise ...«

»Frau Böckle! Die haben jemanden entführt. Die landen alle für zig Jahre hinter Gittern, wenn sie erwischt werden. Diese Leute haben ein verdammt gutes Motiv, Zeugen zu beseitigen. Los jetzt!« Und nach einer kleinen Pause fügte sie hinzu: »Bitte!«

Wahrscheinlich war es dieses »Bitte«, das mich meine Zweifel überwinden ließ. So viel Freundlichkeit war ich von dieser Frau einfach nicht gewohnt. Also setzte ich die Füße vor, stützte dann meine zusammengebundenen Hände hinter dem Rücken auf dem Boden ab und drückte mich hoch, um meinen Hintern ein paar Millimeter anzuheben und hinterherzuschieben. Nach kurzer Zeit brannten die Muskeln in meinen Armen wie Feuer.

»Gut so!«, spornte Frau Mooser mich an. »Sie machen das prima! Jetzt noch ein bisschen schneller!«

Ich rutschte und ächzte. Als ich vor dem Regal war, drehte ich mich, sodass ich mit den Händen an die Tüten kam. Ich fühlte glattes Plastik, leicht angerautes Papier, dann endlich das weiche Leder der Handtasche. Ich zog sie näher an meinen Rücken heran. Zum Glück war der Reißverschluss nicht zu. Ich fand die Öffnung, schob meine Hände hinein und ertastete alles Mögliche, bis ich endlich das Metall der Schlüssel an meinen Fingern spürte.

»Ich habe sie!«

»Okay. Rutschen Sie jetzt nach vorn, ich komme Ihnen entgegen!«

Frau Mooser setzte sich in Bewegung, und ich verstand jetzt, warum ich den Hauptteil hatte erledigen müssen. Nach kurzer Zeit verwandelte sich ihr Kopf in einen tiefroten Ballon. Trotzdem trieb sie mich weiter an.

»Weiter, weiter! Gleich müssen Sie sich umdrehen.«

Schließlich saßen wir Rücken an Rücken in der Mitte des Schuppens, und mir lief der Schweiß den Nacken hinunter.

»Suchen Sie einen Schlüssel mit einem scharf gezackten Bart heraus!«

Ich ließ die Schlüssel durch meine Finger wandern, tastete an den Kanten entlang. Da rutschte mir der ganze Bund aus der Hand.

»Ich habe ihn verloren!«

»Dann heben Sie ihn wieder auf!«

Aber ich hatte kaum noch Kontrolle über meine Finger. Hatten sie eben noch gekribbelt, fingen sie nun an, taub zu werden. Je mehr ich sie bewegte, desto mehr quetschte ich mir durch das Plastikband die Blutzufuhr ab. Die Tränen stiegen mir in die Augen.

»Versuchen Sie es! Nicht aufgeben, Mila! Wir beide kommen hier raus! Dann gehen wir zusammen ins Füllhaltermuseum, und anschließend holen wir unser Kaffeetrinken nach. Und ich zeige Ihnen das Ultraschallbild von meinem Enkelkind.«

»Ich schaffe das nicht. Meine Hände sind ganz taub.«

»Wir können hier rauskommen! Diese Leute machen dumme Fehler. Die sind völlig unerfahren in solchen Dingen. Paketband ist ein dummer Fehler. Wir haben eine Chance! Aber Sie müssen sich jetzt zusammenreißen!«

Ich sah Flo vor mir, wie sie nach dem Tod ihrer Zwillingsschwester Alma weinend durch das Haus geirrt war. Wie sie mit leerem Blick im Garten saß, in Almas Lieblingspullover, den sie aus ihrem Schrank geholt hatte und nicht ausziehen wollte. Wie sie Nacht um Nacht vor dem Fernseher verbrachte, weil sie mit Alma auch den Schlaf verloren hatte. Es war der Beginn von Flos Flucht aus der realen Welt gewesen. Wenn mir etwas zustieß, würde das Flos Ende bedeuten, dann würde sie völlig in die Welt der Illusionen abtauchen. Zusammenreißen! Nicht heulen! Doch die Tränen liefen aus mir heraus, als hätte jemand den Wasserhahn aufgedreht. Ich tastete mit den Fingerkuppen über den Boden, wie eine Spinne, die auf hohen Beinen davonlief. Da war der Schlüsselbund! Frau Mooser hatte am metallischen Klimpern gehört, dass ich ihn gefunden hatte.

»Bravo! Ich wusste, Sie schaffen das!«

Ich befühlte ihre Hände, bis ich glaubte, den zackigen Schlüsselbart in die richtige Position gebracht zu haben. Dann zog ich die scharfe Kante über das Plastikband, während meine Finger sich in starre Krallen verwandelten, die nicht mehr zu mir zu gehören schienen. Es waren die wahrscheinlich längsten Minuten meines Lebens. Endlich spürte ich, wie das Band ein wenig nachgab.

»Weiter! Weiter, weiter!«

Frau Mooser trieb mich an wie ein Muli, das sie schwer bepackt über die Alpen jagen musste. Schließlich zerriss das Band mit einem letzten Ruck.

»Gut gemacht!«

Ein Geräusch erklang, als würde Pflaster von nackter Haut gezogen. Gleich danach kroch Frau Mooser auf den Ellbogen an mir vorbei zu ihren Tüten vor dem Regal.

»Extra für Linkshänder«, sagte sie mit Besitzerstolz, als sie aus einer der Tüten die Gartenschere hervorholte und die Verpackung aufriss.

Ächzend zog sie die Beine an, schnitt mit der Schere das Band um ihre Füße auf und nahm es so vorsichtig ab, als wäre es eine Kostbarkeit, die es zu bewahren galt. Plötzlich hielt sie inne. Auch ich hatte es gehört: Nebenan hatte jemand die Tür zum

Hof geöffnet! Keine von uns beiden regte sich, wie erstarrt harrten wir aus. Aber es kam niemand zum Schuppen. Stattdessen erklangen Geräusche, die ich erst nicht zuordnen konnte. Bis mir klar wurde, dass anscheinend das Hoftor aufgezogen wurde. Kurz darauf dröhnte ein Motor. Es musste der eines größeren Wagens sein. Vielleicht der Transporter, von dem Benn gesprochen hatte. Er fuhr in den Hof ein. Türenschlagen. Stimmen.

»… sollten uns beeilen … das Treffen ist in einer Stunde … sind schon auf dem Weg … Benn bleibt hier … haben ein kleines Problem …«

Während ich vor lauter Angst, gleich könnte jemand kommen und die Tür aufreißen, reglos dasaß, befreite Frau Mooser mich von meinen Fesseln.

»Los, setzen Sie sich wieder an die Wand, genau dahin, wo Sie gesessen haben.«

Auch bei mir hatte sie das Band an den Füßen mit großer Vorsicht durchtrennt. Als ich wieder vor der Mauer lehnte, legte sie es so um meine Beine, dass die Schnittstellen hinten lagen, und drückte es fest. Auf den ersten Blick konnte man nicht erkennen, dass es nicht mehr ganz war. Allerdings nur auf den ersten Blick. Wenn man genau hinschaute, sah man, dass das Band keine Spannung mehr hatte.

Wieder Türenschlagen im Hof. Der Motor wurde angelassen, die Flügel des Tores mit einem dumpfen Geräusch geschlossen. Schritte über den Hof, die verebbten. Die Tür nebenan wurde zugezogen. Dann war es ruhig.

Frau Mooser beugte sich zu mir, legte ihre Hände auf meine Schultern und schaute mir in die Augen, als wollte sie mich hypnotisieren.

»Jetzt hören Sie mir gut zu, Mila! Ich habe nicht vor zu sterben, ohne wenigstens vorher einmal mein Enkelkind gesehen zu haben. Deshalb werden Sie jetzt gleich genau das tun, was ich Ihnen sage! Keine Flennerei, keine unkontrollierten hysterischen Ausbrüche. Sie tun nur das, was ich sage! Okay?«

Fünf Minuten später schrie ich wie am Spieß.

7

Es dauerte nicht lange, und Benn schloss die Schuppentür auf, die Pistole in der Hand.

»Halt den Mund!«, herrschte er mich an.

Frau Mooser saß wieder auf ihrem Platz mir gegenüber, die Hände hinter dem Rücken, das Klebeband um die Fußgelenke gelegt.

»Unter dem Regal ist eine Ratte!«, stieß ich hervor. »Eine dicke, fette Ratte!«

»Die ist wirklich ziemlich groß«, bestätigte Frau Mooser und schaffte es sogar, angewidert auszusehen.

Benn hatte diesen skeptischen Gesichtsausdruck, den ich so gut von Flo kannte, wenn ich sie offensichtlich anlog. Die Mundwinkel nach unten gezogen, die Augen leicht zusammengekniffen, als gelte es, in der Ferne die Wahrheit auszumachen. Immerhin, die erste Hürde hatten wir geschafft: Anscheinend war ihm nicht aufgefallen, dass die verstaubte Weinflasche, die vorhin noch auf dem Boden gelegen hatte, verschwunden war. Er ging zum Regal und stieß mit dem Fuß davor. Leider drehte er sich gleich wieder um.

»Wollt ihr mich verscheißern?«

»Nein. Sie ist quer hier durchgelaufen und unter dem Regal verschwunden«, beteuerte ich.

»Dann lassen wir die Ratte mal schön da, wo sie ist. Bestimmt war sie schon vor euch hier. Das heißt, ihr seid bei ihr zu Gast. Da schreit man nicht rum, da benimmt man sich, verstanden?«

Benn schien nicht vorzuhaben, etwas zu unternehmen. Er würde sich nicht hinabbeugen und unter dem Regal herumstochern oder sonst etwas tun, wodurch Frau Mooser genug Zeit gehabt hätte, unbemerkt hinter seinem Rücken aufzustehen. Also musste es anders gehen. Wenn das mit der Ratte nicht klappt, provozieren Sie ihn, hatte Frau Mooser gesagt. Ich sollte ihn dazu bringen, dass er sich zu mir herabbeugt. Aber ich sollte ihn nicht so sehr provozieren, dass er ausrastete und möglicherweise auf mich schießen würde. Die hatte gut reden.

»Sie sollen auf uns aufpassen, hat Lynn gesagt.« Ich versuchte, einen arroganten Tonfall hinzubekommen, doch vor lauter Angst zitterte meine Stimme. »Sorgen Sie dafür, dass die Ratte hier rauskommt!«

Benn schien das eher zu amüsieren.

»Ah, ich bin hier der Kammerjäger«, entgegnete er. »Möchte die Gnädigste vielleicht auch noch eine Tasse Tee? Oder darf ich etwas Gebäck bringen?«

Von der anderen Seite nickte Frau Mooser mir zu, als wollte sie mich ermuntern, weiterzumachen. Aber wenn man in den Lauf einer Waffe schaut, ist Mut eine sehr flüchtige Angelegenheit.

»Magst du etwa keine Tiere?«, frage Benn. »Dabei sind Ratten so toll. Sie haben einen super Geschmackssinn, dagegen schmeckst du so gut wie gar nichts. Und ein seidiges Fell. Wirklich schöne Tiere.« Er ließ sich auf der Kiste nieder, auf der Lynn eben gesessen hatte. »Aber nicht die schönsten. Was sind die schönsten Tiere auf der Welt? Wenn die Antwort richtig ist, serviere ich den Tee, Madame. Wenn sie falsch ist, zeig ich dir noch ein sehr, sehr schönes Tier, und zwar ganz aus der Nähe.«

Er blickte zur Wand, an der das Regal stand. Auf dem schmutzigen Grau war ein dunkler Fleck zu sehen. Ich hatte bislang nicht so genau hingeschaut, und das war gut so, denn jetzt entdeckte ich, dass der Fleck Beine hatte. Es war eine Spinne, so groß, dass sie sich für Alpträume aller Art eignete.

»Die lass ich mal über deinen Kopf krabbeln, was hältst du davon?« Benn lächelte, ganz der freundliche Quizmaster. »Also, was ist das schönste Tier auf der Welt?«

»Eine Kröte«, würgte ich hervor.

»Falsch. Aber immerhin hast du nicht Bambi gesagt.« Er ließ die Waffe sinken. »Nein, das schönste Tier auf der Welt ist die Libelle. Wusstest du, dass es keinen Libellenflügel gibt, der genauso ist wie der andere? Jeder ist einzigartig und auf seine eigene Weise wunderschön.« Sein Gesicht nahm einen schwärmerischen Ausdruck an. »Außerdem sind sie exzellente Jäger. Sie schnappen sich ihre Beute im Flug. Manche können sogar rückwärtsfliegen. Libellen sind schnell, geschickt und gefährlich.« Benn setzte sich aufrecht hin, sodass der Aufdruck auf seinem T-Shirt gut zu sehen war. »Wie wir. Lynn hat die Libellen zusammengerufen. Die ›Polaris-Libellen‹. Eine ganz neue Spezies. Wir sorgen für Orientierung, so wie früher der Polarstern den Seefahrern gezeigt hat, wo's langgeht. Wir bringen die auf den richtigen Kurs, die es nötig haben.«

Erst jetzt bemerkte ich, dass es eine Libelle war, die Benns T-Shirt schmückte. Ihre ausgebreiteten filigranen Flügel spannten sich quer über seinen Brustkorb.

»Manche Libellen entwickeln richtige Strategien, wie sie Krieg gegen ihre Feinde führen«, erklärte er. »Ich habe auch eine Strategie: Wer uns im Weg steht, muss weg. Lynn ist da zu weich. Aber das wird sich schon noch ändern.«

Wer im Weg steht, muss weg. Lynn war nicht da. Was hatte der vor? Vor lauter Aufregung streikte mein Gehirn, als wäre es ein Bildschirm, auf dem es nur noch grau flimmerte.

»Und die Beute der Libellen, ist das Herr Creumer?«, fragte Frau Mooser. »Haben Sie deshalb jede Zeitung gekauft, in der etwas über seine Entführung steht?«

»Sieh an, da denkt jemand mit.« Benn wandte sich zu ihr. »Wenn Sie sowieso schon Bescheid wissen, verrate ich Ihnen noch etwas: Creumer war nur der Anfang. Typen wie der richten die Welt zugrunde. Aber wir holen uns jetzt einen nach dem anderen. Bis die kapieren, was man machen darf und was man besser sein lässt.«

Benn sah zu der Spinne an der Wand.

»Das da, das ist ein Meisterwerk der Natur. Da stecken Tausende Jahre Evolution drin. Jedes Jahr sterben Unmengen von Tierarten aus. Klimaerwärmung, Insektensterben, Mikroplastik bis in die Tiefsee, und was tun unsere Politiker? Schmieren sich Gel in die Haare, damit sie den Wirtschaftsbossen besser in den Arsch kriechen können.«

Er beugte sich vor und stützte die Ellbogen auf den Knien ab. Die Hand mit der Pistole hing herab.

»Die Menschen, die neben Creumers Fabrik wohnen, kratzen sich halb tot, weil sie Ekzeme haben. Dann gibt es ein Gutachten, natürlich von völlig neutraler Stelle, und siehe da: Alles ist prima. Da wächst einfach nur zu viel Ambrosia in der Nähe. Der Dreck, den Creumer in seiner Fabrik produziert, hat damit nichts zu tun. Dass Creumer mit dem Boss der Firma golfen geht, die das Gutachten erstellt hat, ist natürlich reiner Zufall und hat überhaupt nichts zu bedeuten.«

Benn redete sich in Rage. Eine Sekunde lang hatte ich die irrwitzige Hoffnung, die Waffe würde ihm dabei einfach aus der Hand fallen. Dann könnte ich blitzschnell meine Beine nach vorn strecken und sie wegtreten. Aber den Gefallen tat er mir nicht.

»Leuten wie Creumer passiert nie etwas. Angst um den eigenen Arsch, das ist das Einzige, was die dazu bringt, einmal ernsthaft nachzudenken.«

»Ist das Ihre Art, die Welt zu retten?«, fragte Frau Mooser. »Einen Menschen zu entführen und umzubringen?«

»Da haben Sie ein völlig falsches Bild von uns. Herr Creumer ist von ganz allein zu uns gekommen. Die geile Sau konnte es gar nicht abwarten. Und wir sind echt nett zu ihm. Wir schenken ihm Zeit, über das nachzudenken, was er tut. Weit weg von dem Stress, den diese Typen aus den Chefetagen sonst haben. Da kann er sich mal voll und ganz darauf konzentrieren, was er falsch gemacht hat. Der gute Herr Creumer hat eine richtig tolle Lodge, mitten im Grünen.« Ein zynisches Lächeln breitete sich auf Benns Gesicht aus. »In seiner Superlodge sind nur leider die Getränke ausgegangen. Durst hilft ungemein beim Nachdenken. Gegen eine leere Minibar ist so eine kleine Ratte echt ein Furz.«

»Eine Superlodge. Natürlich«, erwiderte Frau Mooser. »Ist das auch so ein dreckiger Schuppen wie der hier?«

Benn erhob sich von der Kiste und schob die Waffe in den Hosenbund.

»Okay, ich verstehe ja, dass Sie versuchen, mich auszuhorchen, Sie sind schließlich bei der Kripo. Aber jetzt ist mal gut.« Er würde gehen. Aber er durfte nicht gehen. Ich musste etwas tun, sonst hatte ich es vermasselt. Nur, weil ich vor lauter Angst den Mund nicht aufbekommen hatte. Benn drehte sich zur Tür. Gleich war unsere Chance vorbei. Ich sammelte all meinen Mut. Ich wusste, ich konnte gemein sein. Allein das, was ich Sarah an den Kopf geworfen hatte, als ich sie mit Jens in unserem Bett erwischt hatte, reichte, damit ich in die Hölle kam. Ich durfte das hier nicht verpatzen. Ich musste einfach so tun, als wäre das mein großer Auftritt. Wahrscheinlich der wichtigste meines Lebens. Mila Böckle, das Biest. Luft holen und raus ins Scheinwerferlicht!

»Du … du … laberst doch nur Blödsinn«, stammelte ich los.

»Als ob ihr irgendetwas erreichen könntet. Auf den richtigen Kurs bringen, dass ich nicht lache.«

Benn hatte die Hand schon auf der Klinke.

»Gequirlte Scheiße ist das. ›Polaris-Libellen‹! Schon der Name ist so was von dämlich. Libellen sind sowieso nichts als überflüssiges Ungeziefer. Was für hässliche Viecher. Für die kommt das Insektensterben gerade richtig.«

Langsam dreht Benn sich wieder um. Ärgern, provozieren, wütend machen. Nur nicht aufhören.

»Du hast nur ein großes Maul und nichts dahinter. Du traust dich nie, mir die Spinne ins Gesicht zu setzen!« Meine Stimme klang so schrill, als krabbelten die acht haarigen Beine schon über meine Nase. »Ich sag dir auch, warum: weil du dann Krach mit Lynn bekommst. Du bist nur ihr Schoßhündchen, das brav Sitz macht, wenn sie es will. Und statt Leckerlis bekommst du ein T-Shirt.«

Benn ließ die Klinke los und kam auf mich zu.

»Wenn ich in deiner Situation wäre, würde ich mir gut überlegen, was ich sage.«

Er klang ärgerlich. Endlich. Lynn und er, das war das Einfallstor. Mit dem Schoßhund konnte ich ihn provozieren.

»Warum? Weil das Schoßhündchen ein bisschen rumknurrt?

Hol die Spinne! Oder hau mir eine runter! Aber das machst du nicht, weil ich es Lynn erzählen werde.«

Misstrauisch sah Benn zwischen Frau Mooser und mir hin und her.

»Was ist hier los?«, fragte er. »Was soll das?«

Der Schoßhund witterte etwas. Weiter. Nur keine Zeit lassen zum Nachdenken.

»Was hier los ist? Ich habe die Schnauze voll davon, hier herumzusitzen. Du fängst die Ratte nicht und sabberst uns mit deinem Weltverbesserer-Mist voll. Ich bin stocksauer, das ist los!«

Er schaute zu mir. Gut so.

»Hast du auch ein Hundehalsband? So eins mit kleinen Herzchen drauf?«

»Halt jetzt den Mund! Es reicht!«

»Hol doch die Spinne! Aber du traust dich nicht, du Weichei!«

Benn baute sich vor mir auf und schaute auf mich runter. Der Riese und der Zwerg. Im Märchen siegt immer der Kleinere. Aber das hier, das war kein Märchen.

»Macht Lynn dir auch manchmal ein Schleifchen ins Haar?« Ich presste meinen Rücken gegen die kalte Wand. »Welche Farbe denn? Rosa oder hellblau?«

Benn beugte sich herab und stützte sich mit einer Hand an der Wand über mir ab. Aus dem Augenwinkel sah ich, wie Frau Mooser aufstand. Reden. Ich musste reden. Möglichst laut. Er durfte nichts von dem mitbekommen, was hinter seinem Rücken vorging.

»Hebst du eigentlich das Bein zum Pinkeln? Findet Lynn das gut? Steht sie auf so was?«

»Du hältst jetzt die Klappe!«

Der Zorn funkelte in Benns Augen, seine Brauen schoben sich zusammen. Ich versuchte, mich klein zu machen, wünschte, die Mauer hinter mir würde sich auftun und mich einfach verschlucken.

»Rosa steht dir bestimm…«

Weiter kam ich nicht. Benn holte mit der freien Hand aus

und schlug mir ins Gesicht. Mein Kopf stieß mit solcher Wucht vor die Wand, dass ein Schwarm kleiner glitzernder Punkte vor meinen Augen herabrieselte. Fast im selben Moment hörte ich ein Geräusch, als würde ein tönerner Blumentopf zerschlagen. Die Flasche zerbarst auf Benns Schädel, Scherben flogen nach allen Seiten, der Wein spritzte mir ins Gesicht. Einen Atemzug lang bewegte Benn sich nicht. Dann drang ein Stöhnen aus seiner Kehle. Er versuchte, sich zu seiner Angreiferin umzudrehen, doch noch während er sich drehte, sank er zusammen.

Frau Mooser stand da wie die Freiheitsstatue, den abgebrochenen Flaschenhals in der Hand, den Arm noch zum Schlag erhoben. Zwei, drei Sekunden lang. Aber Benn rührte sich nicht mehr. Rasch zog Frau Mooser die Waffe aus seinem Hosenbund.

Ich spürte etwas Warmes an meiner Schläfe herablaufen. Als ich mit den Fingern darüberfuhr, waren sie rot.

»Das ist Blut!« Ich hielt Frau Mooser meine Hand hin.

»Darum kümmern wir uns später. Los, stehen Sie auf! Wir gehen jetzt zum Hoftor. Vor dem Fenster bücken Sie sich und kriechen auf dem Boden vorbei. Solange wir nicht wissen, ob die tatsächlich alle weg sind, müssen wir absolut leise sein!«

Ich stützte mich an der Wand ab und richtete mich auf. Dabei schwankte ich wie ein Schilfrohr im Wind.

»Hier, pressen Sie das auf Ihre Stirn.« Frau Mooser reichte mir ein Taschentuch. »Machen Sie jetzt bloß nicht schlapp.«

»Glauben Sie wirklich, von den anderen ist noch jemand da?«

»Keine Ahnung. Wenn wir Glück haben, nicht. Aber wenn jemand da ist und die hören uns, dann war es das. Also reißen Sie sich zusammen.«

Sie durchsuchte Benns Hosentaschen und fluchte leise, weil sie anscheinend nicht fand, was sie suchte. Dann öffnete sie die Schuppentür und spähte hinaus.

»Kommen Sie!«

Der große rostige Schlüssel steckte von außen auf der Tür. Frau Mooser schloss ab, und wir krochen auf allen vieren an den Fenstern des Anbaus vorbei, weiter an den Mauern des

Hauptgebäudes entlang, bis wir vor dem Hoftor standen, immer mit Blick zum gelben Anbau. Aber es blieb still. Am Tor angekommen, drückte Frau Mooser die Klinke runter. Nichts tat sich. Es war abgeschlossen.

»Das hatte ich befürchtet«, wisperte sie.

Sie schaute am Tor hoch. Ihr Gesicht hatte die Farbe einer grauweißen Mauer angenommen. Schweißperlen glänzten auf ihrer Stirn. Für einen kurzen Moment schoss die Angst in mir hoch, Frau Mooser könnte jetzt einfach zusammensacken. Herzinfarkt, Schlaganfall oder was auch immer eine übergewichtige Kommissarin im fortgeschrittenen Alter so dahinraffte. Das wäre mein Ende. Ohne sie war ich aufgeschmissen.

»Sie haben doch seine Waffe. Wir können da reingehen, und wenn noch jemand drin ist, halten Sie die mit der Waffe …«

Ein lautes Geräusch ließ mich zusammenfahren. Entsetzt schaute ich in Richtung Schuppen. Es krachte und knarzte, dann war Ruhe, dann krachte und knarzte es wieder. Benn war auferstanden und schien sich wie ein wütender Stier mit aller Kraft von innen gegen die hölzerne Tür zu werfen.

»Klettern Sie über das Tor«, befahl Frau Mooser. »Schnell!«

»Aber ich …«

»Nun machen Sie schon! Ich komme da bestimmt nicht rüber.«

Sie lehnte sich mit dem Rücken vor das Tor und schob die Hände zur Räuberleiter zusammen. Ich stellte meinen Fuß hinein, stieg mit dem anderen auf die Klinke, krallte mich an der Oberkante des Tores fest und zog mich hoch, so weit es ging, bis es mir gelang, ein Bein nach oben zu schwingen und die Ferse hinter dem Tor zu verkanten. In Ülske waren uns früher kein Baum und kein Schuppendach zu hoch gewesen, wenn es galt, an die ersten Kirschen oder die dicksten Äpfel zu kommen. Aber diesmal ging es nicht um den dicksten Apfel, sondern um mein Leben, und das Adrenalin in meinen Adern wirkte wie ein Turbodoping. Ich zog mich mit Händen und verkanteter Ferse nach oben, bis ich rittlings auf dem Tor saß. Dann beugte ich mich vor, schwang auch das andere Bein rüber, ließ mich an langen Armen auf der anderen Seite herabhängen und zu Boden plumpsen. Ich prallte so hart auf den Gehweg, dass mir kurz die Luft wegblieb. Sobald ich wieder atmen konnte, fing ich an zu schreien.

»Hilfe! Hilfe! Hierher! Wir brauchen Hilfe!« Doch die Mühltalstraße in Handschuhsheim war so leer wie die Dorfstraße in Ülske an einem heißen Sonntagnachmittag. Schon rumste es von der Hofseite gegen das Tor. Und noch einmal erzitterten die Torflügel, als hätte der Stier sein Opfer auf die Hörner genommen und würde es voller Wucht gegen das Tor schleudern. Ich rannte die Straße hinunter und schrie um Hilfe. Weiter unten sah ich endlich Menschen. Ein Paar stand vor der Gastwirtschaft und studierte die Speisekarte.

»Rufen Sie die Polizei!« Ich lief, stolperte die letzten Meter auf sie zu. »Schnell, die Polizei!«

»Mein Gott, wie sehen Sie denn aus?« Die zierliche Brünette sah mich an, als wäre ich ein Zombie. »Hatten Sie einen Unfall?«

»Er bringt sie um!« Ich zeigte hinter mich. »Da, da oben, der bringt sie um! Rufen Sie die Polizei! Sagen Sie, die Entführer des Chemiefabrikanten sind hier. Sie haben Frau Mooser. Hauptkommissarin Maria Mooser. Schnell!«

Die Augen der beiden wurden immer größer.

»Los!«, schrie ich sie an. »Nun machen Sie schon!«

Endlich zog die Frau ein Handy hervor. Als sie anfing zu sprechen und klar war, dass am anderen Ende die Polizei sein musste, lief ich wieder zurück. Warum hatte ich keinen Schuss gehört? Frau Mooser hatte die Pistole. Sie hätte auf Benn schießen können.

Am Tor angekommen, hämmerte ich mit den Fäusten davor.

»Die Polizei kommt! Sie ist gleich da!«

Ich hielt inne. Von der anderen Seite war nichts zu hören. Also schlug ich weiter auf das Tor ein, trat mit den Füßen davor, schrie immer wieder, dass die Polizei unterwegs wäre. Warum hatte sie nicht geschossen? Sie hätte ihn doch einfach erschießen können. Ich hatte Frau Mooser da reingerissen, ihr durfte nichts zugestoßen sein. Nur weil ich meine Klappe nicht hatte halten können, war sie da drin. Wegen mir würde sie vielleicht nie ihr Enkelkind sehen. Ich wütete, hämmerte und trat, bis mich meine Kraft verließ. Der blond gelockte breitschultrige Mann und die zierliche Brünette waren mir gefolgt. Der Mann legte den Arm um mich und zog mich mit sanftem Druck vom Tor weg.

»Ist ja gut«, sagte er, »ist ja gut. Die Polizei ist gleich hier. Beruhigen Sie sich!«

Die Frau drückte mir ein Taschentuch an die Schläfe. Sie führten mich an den Bordstein, damit ich mich dort hinsetzte. Wie eine Marionette tat ich, was sie wollten, und lauschte. Ich hörte das Läuten der nahen Kirche, deren Turm wie der Fingerzeig Gottes in den Himmel ragte. Hinter dem Tor aber war es totenstill.

8

Die Zeit kann sehr eigenwillig sein. Wenn man etwas Schönes erlebt und sich wünscht, sie möge stillstehen, rauscht sie vorbei, wie ein Fluss, der weiß schäumend über einen Felsen hinab in die Tiefe stürzt. Dann wiederum, wenn man sehnsüchtig auf etwas wartet, verwandelt sie sich in einen Brei, der zäh über die Tischkante tropft, um sich mit quälender Langsamkeit auf dem Boden zu kleinen Minutenpfützen und größeren Stundenlachen zu vereinen. Auf Hilfe wartend, in der dunklen Ahnung, dass Frau Mooser da drinnen im Hof lag, vielleicht in ihrem Blut, mit zerbrochenen Gliedmaßen, verging die Zeit so langsam, dass ich in einer Sekunde zur Bäckerei und zurück hätte laufen können. Es war dumm und leichtsinnig, hier zu warten. Sicher hatte Benn die Pistole längst wieder zurück. Aber ich sagte zu meinen beiden Helfern keinen Ton davon, dass hinter dem Hoftor jemand war, der nichts mehr zu verlieren hatte. Ich würde nicht eher hier weggehen, bis ich wusste, was mit Frau Mooser geschehen war.

Die Frau hatte sich neben mich auf die Kante des Bürgersteigs gesetzt und redete mit sanfter Stimme auf mich ein. Ich hörte ihr nicht zu, aber allein, dass sie da war, beruhigte mich. Es kam jemand die Straße hoch, blieb stehen und fragte, was los sei. Bald darauf kam der Nächste. Nach und nach bildete sich eine kleine Traube Neugieriger und Hilfsbereiter. Jemand tupfte das Blut von meinem Gesicht, ein anderer reichte mir eine Wasserflasche.

Obwohl die Sonne auf mich herabschien, war mir so kalt, als hätte man mich bei Minusgraden einmal kurz in den Dorfweiher getaucht. In mir hatte sich das gleiche schreckliche Gefühl breitgemacht wie damals, als der alte Reschke herübergelaufen kam und sagte, Alma wäre bei ihm auf dem Hof zusammengebrochen. Es war die beklemmende Angst, dass etwas wirklich Schlimmes passiert war und das Leben nie mehr so sein würde wie vorher. Ich schaute die Straße hinunter, sehnte herbei, dass endlich die Polizei auftauchte, und die Zeit tropfte dahin.

Dann hörte ich die Martinshörner. Der erste Polizeiwagen hielt vor uns. Direkt dahinter stoppte ein zweiter. Einem der Männer, die ausstiegen, war ich schon einmal begegnet. Groß, schlank, mit kurzen blonden Haaren.

»Frau Böckle!« Er kam auf mich zu. »Was ist hier los?«

Roland Alsberger, Schwiegersohn und Vertretung von Frau Mooser, kannte mich also noch. Auch ihn hatte ich bei meiner damaligen unglückseligen Begegnung mit der Heidelberger Kripo kennengelernt. Recht gut sogar.

»Frau Mooser ist noch da drin, hinter dem Tor. Mit einem Mann. Er ist einer der Entführer von diesem Chemiefabrikanten.« Natürlich fing ich an zu heulen. »Das ist alles nur passiert, weil ich sie um Hilfe gebeten habe. Wir hatten ihn eingesperrt und ihm die Pistole abgenommen. Aber er hat sich befreit. Und jetzt ist es ganz still da drinnen, und sie hat nicht geschossen und …«

»Ganz ruhig! Was genau ist passiert?«

Es strömte nur so aus mir heraus. Nachdem Herr Alsberger mich angehört hatte, telefonierte er, befragte mich danach weiter und wollte alles ganz genau wissen.

Nach und nach schien um uns herum eine Armee anzurücken. Ein Mercedes-Bus hielt, aus dem gleich ein ganzer Trupp Männer und Frauen heraussprang. Ein Einsatzwagen nach dem nächsten fuhr heran, Menschen wurden zurückgedrängt, die Straße zu beiden Seiten hin abgesperrt. Ab und zu drehte Roland Alsberger sich um und gab Anordnungen. Noch während wir miteinander sprachen, begutachtete ein Sanitäter meine Schläfe, verpasste mir aus einer Flasche einen Sprühstoß mit einer beißenden Flüssigkeit und ein Pflaster.

»Versuchen Sie noch einmal, sich ganz genau zu erinnern«, bat Herr Alsberger. »Als dieser Wagen in den Hof fuhr, haben Sie da gehört, dass dort Leute ausgestiegen sind?«

»Ich habe gehört, dass eine Autotür zugeschlagen wurde, aber mehr weiß ich nicht.«

Eine Melodie erklang. Roland Alsberger zog ein Handy aus der Tasche seiner Lederjacke, tippte kurz auf das Display und hielt es ans Ohr. Ich konnte zwar die Stimme der Person hören, die da sprach, aber nichts verstehen.

»Alles klar … okay … ja, okay, machen wir … ja, sofort …« Er steckte das Handy wieder ein. »Bringt sie hier weg!«, rief er und deutete auf mich.

Ab dann war ich nur noch ein Mensch, der im Weg war. Eine Beamtin half mir hoch und führte mich eilig die Straße hinunter. Ich verrenkte mir fast den Hals, um noch mitzubekommen, was hinter mir vorging. Anscheinend wartete man auf etwas. Jemand kam und lief mit einem langen Stab vor dem Tor auf und ab. Es sah aus, als hielte er ein Handy an einer Selfie-Stange über das Tor.

Die Beamtin ließ mich in einem Polizeiwagen Platz nehmen, der etwas die Straße hinunter hinter der Absperrung stand. Ich presste meinen Kopf an die Seitenscheibe, um sehen zu können, was oben geschah. Jemand machte sich am Schloss des Tores zu schaffen, kurz darauf wurden die Flügeltüren geöffnet und ein ganzer Pulk Polizisten verschwand im Hof.

Dann passierte zunächst nichts mehr. Die Zeit tropfte nicht einmal mehr, sie blieb einfach stehen. Manchmal lief jemand in den Hof hinein, oder es kam jemand heraus. Bis die immer lauter werdende Sirene eines Krankenwagens zu hören war. Die Absperrung wurde geöffnet, der Wagen fuhr die Straße hoch und bog in den Hof ein.

Als Alma damals zusammengebrochen war und ich den Krankenwagen hörte, war ich ihm auf der Straße entgegengelaufen, aus lauter Angst, sie könnten vorbeifahren und Alma sterben, weil die Hilfe zu spät kam. Ich hatte nicht wahrhaben wollen, was der alte Reschke längst wusste: Die bleiche Alma, die in seinem Garten lag, war nicht bewusstlos, sondern tot. Weil ihr Herz beschlossen hatte, dass es an der Zeit war, mit dem Schlagen aufzuhören. Niemand war an Almas Tod schuld gewesen. Heute aber gab es eine Schuldige: mich. Wenn der Krankenwagen gleich davonraste, wusste ich, dass Frau Mooser schwer verletzt sein musste. Und wenn er langsam davonfuhr, dass keine Eile mehr nötig war.

Ich wollte nicht mehr mitbekommen, was geschah. Ich machte die Augen zu, krümmte mich zusammen und presste die Hände auf die Ohren. Nichts sehen, nichts hören. Einfach nicht mehr da sein. Vielleicht hatte der Herrgott Mitleid mit mir, ließ mich gleich in meiner Dachkammer aufwachen, und ich würde durch das Fenster in den blauen Himmel schauen. Doch auch wenn ich nicht mehr sah, was um mich herum vorging, kreiste das Bilderkarussell in meinem Kopf: Frau Mooser in einer Blutlache im Hof, der Pfarrer mit dem Gebetbuch in der Hand an Almas Grab, Frau Mooser mit leerem Blick zusammengesunken hinter dem Hoftor.

Ich weiß nicht, wie lange ich dort so gesessen habe. Irgendwann riss jemand die Tür an der anderen Wagenseite auf. Erschrocken fuhr ich hoch.

»Was veranstalten Sie denn hier?« Das Gesicht, in das ich schaute, sah seltsam verzogen aus. Als wäre es auf der einen Seite dicker als auf der anderen. »Spielen Sie Verstecken, oder was?«

Frau Mooser rutschte neben mich auf die Rückbank.

»Von wegen Netzausbau. Ich habe erst Verbindung bekommen, als ich mich auf die Toilettenschüssel gestellt habe«, schimpfte sie. »Was starren Sie mich denn so an? Sehe ich so schlimm aus?« Sie strich sich über die Wange. »Ist schon dick geworden, was?«

Mein Sprachzentrum wurde so von Glückshormonen überschwemmt, dass es kurzfristig streikte. Ich griff nach Frau Moosers Hand und hielt sie ganz fest. Die warme Hand einer lebenden Frau Mooser.

»Hoffentlich nur ein kleiner Kratzer«, sagte sie mit Blick auf das Pflaster an meiner Schläfe. »Soll ich Sie zur Vorsicht ins Krankenhaus bringen lassen?«

Ich schüttelte den Kopf. Immer noch hielt ich Frau Mooser fest, als könnte sie wie ein Luftballon einfach davonfliegen. Sie erwiderte kurz den Druck meiner Hand, eine kleine verschworene Geste, dann zog sie die ihre weg.

»So, jetzt reicht es mal mit dem Händchenhalten.« Schon stieß Frau Mooser die Autotür wieder auf. »Kommt jetzt jemand?«, rief sie. »Oder soll ich selbst fahren? Wir müssen hier weg, hopp, hopp!«

Mit Schwung zog sie die Tür erneut zu.

»Wenn halb Handschuhsheim voller Polizeiwagen steht, kann man gleich im Radio durchgeben, dass wir hier sind. Außer Benn war niemand mehr da drinnen. Lynn und Jakob und wer immer dort gewesen ist, sie müssen alle mit dem Wagen mitgefahren sein, den wir im Hof gehört haben. Wenn wir Glück haben, kommen sie auch alle hierher zurück.«

Der erste Rausch ließ nach. Die Worte kehrten wieder.

»Warum haben Sie denn nicht auf Benn geschossen?«, fragte ich. »Sie hatten doch seine Pistole!«

»Weil die nicht geladen war. Vielleicht hat Lynn ihm nicht über den Weg getraut.«

»Ich hatte solche Angst! Ich dachte, er bringt Sie um. Ich habe die ganze Zeit vor dem Tor gesessen. Sie hätten wenigstens mal rufen können, dann hätte ich gewusst, dass Sie noch leben!«

»Tut mir leid, dass ich nicht mit Ihnen plaudern konnte. Aber ich musste den Schlüssel für das Hoftor suchen, und da ich den nicht gefunden habe, mich auf der Toilette verbarrikadieren. Da hatte ich leider keine Zeit für ein Schwätzchen. Ich wusste ja nicht, ob der Kerl noch einmal zu sich kommt.« Schon wieder öffnete sie die Tür und rief raus: »Machen wir hier ein Zeltlager auf, oder was?«

Eine Polizistin kam angelaufen und setzte sich auf den Fahrersitz.

»Ich kann zwar nicht mehr über ein Tor klettern, aber anderes klappt noch ganz gut. Knie hochziehen zum Beispiel.« Obwohl Frau Moosers Gesicht auf der einen Seite geschwollen war, konnte man den zufriedenen Ausdruck darin gut erkennen. »Im ersten Moment dachte ich, unser guter Benn bricht mir das Kreuz. Aber der Kerl weiß mit seiner Kraft nicht umzugehen. Zum Glück.«

Wie ich erfuhr, hatte Frau Mooser nicht nur ihr Knie benutzt, um es in Benns empfindlichste Weichteile zu rammen, sie hatte ihm außerdem noch ein Kantholz über den Schädel gezogen, das auf dem Stapel neben dem Tor gelegen hatte.

»Ich glaube, der hat einen Kopf aus Stahl. Ich mu…«

Das Klingeln ihres Handys unterbrach sie.

»Ja … Ja, mach das … Ich fahre mit Frau Böckle auf die Dienststelle und kümmere mich um die Fahndung … Auf jeden Fall. Ja, würde ich räumen lassen.« Sie drückte das Gespräch weg. »Erst soll ich mich nicht einmischen, jetzt fragt er, was er tun soll. Typisch mein Schwiegersohn. Macht gute Arbeit, aber er ist noch sehr unsicher. Er will immer alles kontrollieren. Aber ohne Risiko geht es nicht. Ich wusste, dass er ewig zögern würde, den Hof zu stürmen. Da muss er noch ein bisschen was lernen.«

Frau Mooser steckte das Handy wieder ein. Langsam ahnte ich, von wem der Anruf war, den Herr Alsberger bekommen hatte, bevor man mich weggebracht hatte.

»Wie sind Sie an Ihr Handy gekommen?«

»Lag da auf dem Küchentisch. Ihres habe ich auch. Das bekommen Sie später wieder. Los, wir fahren!«, wies Frau Mooser die Frau hinter dem Steuer an.

Noch bevor der Wagen sich in Bewegung setzte, klopfte es am Seitenfenster. Ein rundliches Männergesicht tauchte auf.

»Ich habe die Kollegen in Frankfurt informiert«, sagte der Mann. »Wir übernehmen die Suche nach Creumer. Die schicken uns per Boten etwas von ihm für die Hundestaffel.«

»Gut. Mach du weiter mit Creumer, Alsberger übernimmt hier. Ich kümmere mich um den Rest. Und sorgt endlich dafür, dass die Einsatzwagen hier verschwinden!«

Anscheinend hatte Frau Mooser ihre Beurlaubung auf eigene Faust beendet. Der Mann wandte sich schon zum Gehen, da rief sie ihn noch einmal zurück.

»Becker! Besorg dir eine Liste von allen Förstern in der Gegend. Telefoniert sie ab, fragt nach Hütten, Höhlen, etwas in der Art, vor allem Richtung Wilhelmsfeld.« Dann drehte sie sich zu mir. »Sie haben doch sicher Ihren Hausschlüssel mit. Geben Sie den mal her!«

Den Schlüssel zur Pension der Polizei aushändigen? Natürlich hatte ich ihn mit, ich war ja von zu Hause gekommen. Was hatte Frau Mooser vor?

»Haben Sie ihn mit, oder nicht?«

Ich zog den Schlüssel hervor, und sie nahm ihn mir aus der Hand.

»Ist Hugo Bemke oder Benske, oder wie immer der heißt, der Besitzer? Er ist in Urlaub, haben Sie gesagt. Ist er da erreichbar?«

»Nein«, erwiderte ich rasch, »der ist nicht erreichbar. Ich vertrete ihn. In allem.«

»Okay, umso besser. Wie war noch Ihre Hausnummer?«

Das war es. Hugo würde mich umbringen. Ich zögerte noch einmal, nur zwei, drei Sekunden, aber Frau Mooser hatte es gleich bemerkt.

»Was ist denn? Ist Ihnen nicht gut?«

»Doch, doch.«

Meine blöde Loyalität hatte mich in diese Situation gebracht. Wäre ich direkt zur Polizei gegangen, wären wir nie in diesem verdammten Hof gelandet. Jetzt war Schluss. Dann würde Hugo eben auffliegen. Ich nannte ihr die Adresse und die Nummer von Vinzents Zimmer.

Frau Mooser gab die Informationen samt Schlüssel an den Kollegen weiter.

»Seht euch da mal um, vor allem in der Fünf. Da ist ein junger Mann wahrscheinlich zusammengeschlagen worden. Vielleicht ist auch mehr passiert, er ist seitdem verschwunden. Denkt an alle Möglichkeiten. Am besten, ihr holt die Spusi gleich dazu. Malek soll sich um den Formalkram kümmern. Frau Böckle vertritt den Besitzer, sie ist mit allem einverstanden.«

Der Mann mit dem runden Gesicht nickte und verschwand mit meinem Schlüssel. Die Fensterscheibe fuhr wieder hoch.

»Ich brauche unbedingt etwas zum Kühlen.« Frau Mooser betastete ihre Wange und verzog dabei das Gesicht. »Ein Gutes hat die ganze Sache immerhin: Wir wissen jetzt, dass sie Creumer nicht gleich umgebracht haben und wo er stecken könnte.«

»In diesem Helmsfeld, von dem die geredet haben?«, fragte ich.

»Ja, aber Helmsfeld gibt es hier nicht. Da haben Sie eben wahrscheinlich nur die Hälfte gehört. Dafür gibt es Wilhelmsfeld. Ein Luftkurort, so zwanzig Kilometer von hier entfernt. Liegt oben auf der Höhe, sehr schön, mit viel Wald drum herum.«

Wir fuhren im Schritttempo los. Mit uns setzte sich eine ganze Autokarawane in Bewegung. Es ging durch eine lange, schmale Straße, überall parkten Wagen, und es war so eng, dass man dachte, gleich müsste ein Seitenspiegel dran glauben.

»Eine Lodge im Grünen mit einer leeren Minibar.« In Frau Moosers Stimme schwang ein bitterer Unterton. »Ob die denken, das ist alles ein netter Scherz?«

Als wir erst einmal aus Handschuhsheim heraus waren, fuhren wir Richtung Innenstadt, erst auf einer Allee, dann auf einer Straße mit vielen Geschäften, die auf eine der Neckarbrücken führte. Wir querten den Fluss, und ich konnte in der Ferne die Schlossruine am Berghang sehen. Bestimmt tummelten sich die verliebten Paare auf der Schlossterrasse für ein Selfie mit Neckarblick und Händchenhalten im Sonnenschein. Ich dagegen saß in einem Polizeiwagen neben einer Hauptkommissarin, und der Mann, mit dem ich gern auf die Schlossterrasse gegangen wäre, war verschwunden. Aber immerhin: Er existierte – ich war nicht verrückt!

Wir fuhren am trubeligen Bismarckplatz vorbei, bogen ab, und bald darauf hielt der Wagen vor dem hellen Gebäude mit dem großen Bullaugenfenster in der Tür. Ich kannte es noch von meinem letzten unfreiwilligen Besuch. Hier war die Kripo untergebracht.

Oben in der Abteilung kam uns Herr Pöltz entgegen.

»Maria!« Der große, untersetzte Mann breitete die Arme aus und drückte Frau Mooser an sich, als wäre sie aus jahrelanger Gefangenschaft zurückgekehrt. »Wie schön, dass du heil wieder da bist!«

Ich konnte mir denken, was in Herrn Pöltz vorgegangen

sein musste, als er gehört hatte, was los war. Bestimmt plagte ihn ein sauschlechtes Gewissen, weil er mir verraten hatte, wo das Krokodil frühstücken ging.

»Schon gut. Alles gut, Arthur.« Frau Mooser klopfte ihm auf den Rücken und befreite sich aus seinen Armen. »Besorg mir ein Kühlpack und eine Kanne Kaffee. Und dann machen Frau Böckle und ich uns an die Arbeit. Ruf Tobias an, wir brauchen ihn für die Phantombilder.«

Sie zog aus ihrer Jackentasche unsere Handys, aus der anderen Benns Pistole.

»Gib das in die Technik und lass alles auf Fingerabdrücke untersuchen. Meine und die von Frau Böckle sind auch dabei, aber die habt ihr ja schon. Vielleicht ist einer von denen schon einmal aufgefallen.«

In Frau Moosers Büro hatte sich nicht viel verändert. Der Schreibtisch mit der Resopalplatte und der graue Linoleumboden verbreiteten den besonderen Charme der Bürowelt. Nur ein Gießkännchen in Form eines rosafarbenen Plastikschweins sorgte auf der Fensterbank für einen kleinen Farbtupfer.

Während Herr Pöltz uns mit Kaffee, Schmerztabletten und Kühlpacks versorgte, tauchte ein junger Mann samt Laptop auf. In den nächsten zwei Stunden beschäftigten wir uns mit den Formen von Nasen, Lippen und Augen und allem, was sonst noch ein Gesicht ausmacht. Als Tobias den Laptop wieder zuklappte, lagen drei schwarz-weiße Ausdrucke vor uns. Es waren Bilder von Lynn, Jakob, dem Hünen, und Vinzent, vielleicht nicht hundert Prozent genau, aber immerhin so ähnlich, dass man sie gut erkennen konnte.

Frau Mooser lief ein paarmal raus und rein, telefonierte, anscheinend ging es um die Genehmigung für die Fahndung. Dann kam Herr Pöltz mit einem Tablett voller belegter Brötchen herein. Frau Mooser warf einen kritischen Blick darauf.

»Keine mit Salami?«

Herr Pöltz schien ihre Meckerei einfach zu überhören. Als er den Raum wieder verlassen hatte, lehnte Frau Mooser sich auf ihrem Stuhl zurück.

»So, und jetzt noch einmal zu Ihnen, Mila. Ich darf doch bei Mila bleiben, oder?«

Das hörte sich an, als wäre es freundlich gemeint, aber der Unterton in ihrer Stimme ließ mich wachsam werden.

»Klar.« Ich nahm mir ein Käsebrötchen und biss hinein.

»Weshalb haben Sie eben so gezögert, als ich Ihren Hausschlüssel haben wollte?«

Zum Glück hatte ich den Mund voll, und mit vollem Mund spricht man nicht.

»War das nur Zufall, dass Vinzent bei Ihnen aufgetaucht ist? Oder hatte er einen Grund, zu Ihnen zu kommen? Seien Sie ehrlich, Mila, hängen Sie in dieser Sache mit drin?«

Ich wischte ein paar Krümel von meinem Pulli und schüttelte den Kopf.

»Sie haben mich das letzte Mal, als wir miteinander zu tun hatten, nach Strich und Faden belogen. Ich bin ein alter Hase, ich rieche zehn Meilen gegen den Wind, wenn etwas nicht stimmt. Also, lügen Sie mich diesmal wieder an, oder arbeiten wir zusammen?«

Ich würgte den nächsten Bissen meines Brötchens hinunter.

»Alles, was ich erzählt habe, stimmt«, sagte ich. »Sie haben doch gesehen, dass die mich nicht kannten. Ich habe mit denen nichts zu tun, absolut gar nichts.«

»Sie müssen die anderen ja nicht gekannt haben. Aber vielleicht sind Sie Vinzent gestern nicht zum ersten Mal begegnet.«

»Ich habe Sie nicht angelogen.«

»Bestimmt?«

Was sollte diese blöde Fragerei? War ich die Lügnerin vom Dienst, oder was? Nur weil ich früher einmal einen Fehler gemacht hatte?

»Ich habe nicht gelogen.«

»Was ist dann los? Eine kleine Cannabisplantage im Hof? Ein illegales Bordell?«

»Nein, aber …« Wie drückte man so etwas am besten aus?

»Das Finanzamt weiß nicht so ganz über die Pension Bescheid. Und für das Denkmalamt existiert einiges nicht. Ein paar größere ... kreative Änderungen. Hugo hat deshalb immer Angst, die Polizei könnte uns den Laden dichtmachen.«

»War das der Grund, warum Sie nicht zu den Kollegen wollten?«

Ich nickte. Das und die Tatsache, dass ich mir selbst nicht geglaubt hatte. Genauso wenig wie Frau Mooser mir meine Geschichte geglaubt hatte. Aber ich schluckte meine Bemerkung mit dem letzten Brötchenkrümel runter.

»Ich wollte nicht, dass Hugo Ärger bekommt, weil ich die Polizei gerufen habe«, erklärte ich. »Ich wusste ja nicht, was wirklich passiert ist. Ob überhaupt etwas passiert ist.«

Noch einmal beugte sich Frau Mooser vor und sah mir direkt in die Augen.

»Mila, ist das wirklich alles?«

»Ja. Soll ich's schwören? Auf die Bibel? Oder den Bußgeldkatalog?«

Das Krokodil bedachte mich mit einem mahnenden Blick.

»Und, werden wir jetzt Ärger bekommen?«

»Wir sind nicht das Denkmalamt«, antwortete Frau Mooser.

»Wie finden die Leute eigentlich in Ihre Pension?«

»Das läuft über Mund-zu-Mund-Propaganda.«

»Ausschließlich?«

»Es gab einmal eine Website.«

Allerdings hatte Hugo sie inzwischen vor lauter Angst, aufzufliegen, vom Netz genommen.

»Hat Vinzent etwas darüber gesagt, wie er an Ihre Adresse gekommen ist? Vielleicht hat er jemanden erwähnt, der Sie empfohlen hat?«

»Nein, hat er nicht.«

Ein paar Sekunden lang sah Frau Mooser mich schweigend an. Ich hätte zu gern gewusst, was hinter ihrer Stirn vor sich ging.

»Also gut«, sagte sie schließlich. »Dann machen wir jetzt eine Pause. Wenn Sie das noch schaffen, würde ich gleich gern noch das Protokoll aufnehmen lassen. Morgen haben wir vielleicht schon einige Details vergessen.«

In meinem Kopf pochte es leise. Kein Wunder, gestern hatte Benn mich niedergeschlagen, heute war ich dank seiner Ohrfeige mit dem Hinterkopf vor die Wand geknallt. Ich hatte es wahrscheinlich nur Herrn Pöltz' Schmerztabletten zu verdanken, dass es mir nicht noch schlechter ging.

»Alles klar. Ich geh mal eben raus«, sagte ich und stand auf. »Ich brauche frische Luft.«

»Ach, Mila …« Frau Mooser hörte sich an, als wäre ihr gerade noch eine kleine Belanglosigkeit eingefallen. »Sie haben doch sicher nichts dagegen, wenn wir einmal einen Blick in Ihr Handy werfen? Wie war noch der Code?«

Na super. Vor ein paar Stunden schnüffelte eine Frau, die mir ins Knie schießen wollte, in meiner Privatsphäre herum, jetzt die Polizei. Man gönnt sich ja sonst nichts. Ich merkte, wie es in mir zu brodeln begann, aber ich traute mich nicht, Nein zu sagen. Ich hatte Angst, es könnte Frau Moosers Misstrauen weiter schüren. Also nannte ich ihr die Nummer.

»Ich bin dann mal weg.« Ich nahm meine Jacke und ging zur Tür.

»Vergessen Sie das Wiederkommen nicht.«

Mit jedem Schritt aus dem Gebäude wuchs mein Ärger auf Frau Mooser. *Vergessen Sie das Wiederkommen nicht.* Blöde Kuh. Ich hatte meinen Kopf riskiert, hatte Benn provoziert, damit wir beide da wieder heil herauskamen und sie ihr Enkelkind sehen konnte, und sie glaubte mir nicht. Was konnte ich dafür, dass Vinzent ausgerechnet bei uns übernachten wollte?

Ich ging auf die andere Straßenseite, zwischen den beiden Häuserblocks hindurch, als müsste ich Abstand zwischen mir und Frau Mooser schaffen, ging bis zu dem Gebäude, das ein Schriftzug als »Stadtbücherei« auswies. Dort hockte ich mich vor dem Eingang auf die Stufen. Ein Mann kam an mir vorbei, auf dem Weg in den Büchertempel. Er lächelte mir zu, ich schaute weg. Bestimmt passierte etwas Schreckliches, wenn ich zurücklächelte.

Flo hatte mich hierhinverfrachtet, damit ich mich verlieben sollte. Weil man in Heidelberg angeblich sein Herz verliert. Das romantische Heidelberg. Aber wie es aussah, hatte ich hier mindestens genauso viel Pech mit den Männern wie in Ülske. Das Pech klebte eben an mir, nicht am Ort. Vinzent, der Märchenprinz, der verschwunden war. Er hatte etwas mit den Libellen zu tun, ohne Zweifel, aber das hieß nicht, dass er einer von ihnen sein musste. Vielleicht hatte er nur mitbekommen, dass sie Creumer entführt hatten, und wollte ihnen ins Gewissen reden. Vinzent gehörte bestimmt nicht zu denen. Ich schaute hoch in den Himmel. Es war zu hell, um Sternschnuppen zu sehen. Aber wenn ich einen Wunsch frei gehabt hätte, dann den, Vinzent noch einmal wiederzusehen.

***

Die Lampe brannte unentwegt. Wahrscheinlich hatten sie ihm das Licht dagelassen, damit er den Kanister mit dem Schlauch sehen konnte. Er wusste nicht mehr, wie lange er schon hier war, das Gefühl für Zeit war ihm abhandengekommen. Mal sah er zwischen den Holzlatten etwas hell schimmern, dann wieder schien es draußen dunkel zu sein.

Er hatte um Hilfe gerufen, hatte geschrien und getobt, bis die Kraft ihn verließ. Der beißende Gestank seines Urins füllte die Hütte bis in den letzten Winkel. Wie ein Dämon hatte der Durst von ihm Besitz ergriffen, gaukelte ihm allerlei vor, was die Qual nur schlimmer machte: eine Flasche Wasser, die er ansetzte und in großen Schlucken leer trank, klares, kühles Wasser. Der Brunnen in seinem Garten, in dem die Vögel badeten. Silbern glänzender Tau auf zartgrünen Grashalmen. Dabei klebte seine Zunge am Gaumen. Selbst wenn er gewollt hätte, er konnte nicht mehr schreien.

Aber er musste auch nicht schreien. Irgendwann war die Hoffnung zurückgekehrt. Sie würden auf jeden Fall wiederkommen. Sie mussten wiederkommen, und zwar in einem Zeitraum, in dem sie sicher sein konnten, dass er noch lebte. Es gab einen einfachen Grund: das Geld.

Franka war eine viel zu kluge Frau, um einfach zu zahlen,

ohne dass sie wusste, ob er noch am Leben war. Franka machte keinen Deal mit unsicherem Ausgang. Sie würde ein Bild von ihm verlangen, irgendetwas, damit sie sicher sein konnte, dass die Zahlung eines Lösegelds Sinn machte. Franka verschwendete nicht einfach ein paar Millionen.

Er hatte eine tolle Frau geheiratet, das war ihm lange nicht mehr so klar gewesen wie jetzt. Wenn ihr nicht gefiel, was er tat, dann schaute sie einfach nicht hin. Seine kleinen Affären, sein Laster. Er hatte sich um Diskretion bemüht, damit sie wegschauen konnte. Ein Arrangement, mit dem sie beide leben konnten. Was sie nicht wissen sollte und wollte, erledigte er in der Mittagspause.

Nun hatte seine Diskretion dafür gesorgt, dass er hier saß und keiner wusste, wo er war. Er würde spazieren gehen, hatte er im Sekretariat gesagt. Frische Luft schnappen vor dem nächsten Meeting. Das glaubte sowieso niemand, aber alle waren damit zufrieden. Sie würden sich um ihn sorgen. Das halbe Sekretariat würde in Tränen aufgelöst dasitzen. Diese Ökofritzen mochten denken, er wäre ein Egoist. Aber er hatte den Betrieb zum Erfolg geführt. Und dabei etliche mit durchgeschleppt, die man anderswo längst vor die Tür gesetzt hätte. Eine Menge Leute lebten von der Firma und lebten gut davon.

Das Schlucken fiel ihm schwer. Etwas Flüssiges im Mund nur zu spüren, den Mund einmal auszuspülen, musste eine Wohltat sein. Lieber einen Finger abgehackt bekommen, als nichts zu trinken zu haben. Ein einziger Schluck Wasser, dafür würde er jeden Preis zahlen. Eine Million, zwei, egal.

Der Schlauch war direkt vor ihm. Er hob den Kopf. Er musste nur die Lippen um das Plastik legen, dann würde die Flüssigkeit seine Zunge lösen. Wie viel davon konnte er trinken, bis es irreversible Schäden gab?

Ein Geräusch! Was war das? Da draußen war doch was!

»Hallo!«, krächzte er. »Ich bin hier drin. Helfen Sie mir! Hallo!«

Die Wörter dröhnten in seinem Kopf wie in einer leeren Halle.

»Hallo! Ich bin hier!«

Dann war wieder alles still.

Das Lachen kam ganz unten aus seinem Bauch, kämpfte sich nach oben, bevor es aus ihm herausgluckste. Der erfolgreiche Lutz Creumer, verdurstet in einer Hütte. Oder besser noch: verreckt an seinem eigenen Pflanzenschutzmittel. Vielleicht kamen die nicht wieder. Vielleicht ging es denen einfach um das Gleiche wie ihm: Schädlingsbekämpfung. Für die war er wahrscheinlich Brachfliege und Maiszünsler in einem.

Der Drang, seine Lippen um den dünnen Schlauch zu legen, wurde übermächtig. Nur einmal die Flüssigkeit im Mund spüren. Die pelzige Zunge wieder vom Gaumen lösen. Er beugte sich vor, öffnete die ausgetrockneten Lippen. Hielt inne.

Trinken und verrecken. Nicht trinken und verrecken.

Er hatte die Wahl.

9

Krokodile sind Lauerjäger. Sie verhalten sich absolut ruhig, verharren halb abgetaucht im Wasser, bis die nichts ahnende Beute sich am Ufer blicken lässt, um dann hervorzuschnellen und ihre Zähne hineinzuschlagen. Frau Moosers Beute war das Telefon, das sie immer wieder aus den Augenwinkeln fixierte. Aber jedes Mal, wenn es geklingelt und sie telefoniert hatte, sah ich an ihrem Gesichtsausdruck, dass es nicht der Anruf war, den sie erhofft hatte.

Nachdem ich zurückgekehrt war, musste ich zunächst für das Protokoll zwei Beamten noch einmal alles ganz genau erzählen. Danach sah ich mit Frau Mooser am PC gefühlt Tausende von Fotos durch, alle von Menschen, die schon einmal etwas verbrochen hatten, aber weder Lynn noch Jakob waren dabei. Herr Pöltz kam ab und zu herein, um neuen Kaffee zu bringen, Frau Moosers Kühlpack auszutauschen oder etwas mitzuteilen. Er war wohl so eine Art Info- und Versorgungszentrum für die Abteilung. Dann brachte er Frau Moosers Handy zurück.

»Hier.« Er legte es vor sie auf den Schreibtisch. »Die Klinik hat gerade angerufen. Dieser Benn wird heute nicht mehr zu vernehmen sein.«

Frau Moosers Gesicht verfinsterte sich. »In Handschuhsheim tut sich anscheinend auch nichts. Das ist schlecht. Ganz schlecht.«

»Du meinst wegen Creumer?« Herr Pöltz blieb vor dem Schreibtisch stehen. »Selbst wenn man einen von denen vernehmen könnte, heißt es nicht, dass wir erfahren, wo sie Creumer versteckt halten.«

»Sie haben ihn jetzt seit Montagmittag. Das sind zwei Tage. Wenn sie Creumer wirklich ohne Wasser eingesperrt haben, wird es langsam Zeit.«

»Drei Tage schafft man, Maria. Manche schaffen sogar vier.«

»Ich hätte mich besser von dem Kerl verprügeln und wieder einsperren lassen sollen. Dann wäre er jetzt in der Lage zu reden.«

»Ja, oder er hätte dir den Schädel eingeschlagen und wäre abgehauen. Mach dir keine Vorwürfe. Geh lieber nach Hause und leg dich etwas hin. Du siehst furchtbar aus.«

»Danke, Arthur.« Trotz Kühlung war ihre Wange immer noch leicht geschwollen und nahm langsam eine rotbläuliche Farbe an. »Deine Komplimente sind immer noch die besten.«

Herrn Pöltz' mitleidiger Blick traf auch mich.

»Und Sie gehören ebenfalls ins Bett.«

Ohne Zweifel, Herr Pöltz war ein sensibler Mensch. Ich war so müde, dass ich mich sehr zusammenreißen musste, um nicht einfach meinen Kopf auf Frau Moosers Schreibtischplatte zu legen und die Augen zuzumachen.

»Wir melden uns, sobald es etwas Neues gibt. Du bist beurlaubt, Maria! Ferver ist ab morgen aus der Reha zurück. Wenn der mitbekommt, dass du hier herumwirbelst, gibt es jede Menge Ärger. Für dich und für uns wahrscheinlich auch.«

»Ferver.« Frau Mooser sprach es aus, als wäre es ein alternativer Name für den Riesenstinkwurz.

»Wenn ich dich daran erinnern darf, bist du auf deinen eigenen Wunsch hin beurlaubt«, sagte Herr Pöltz. »Es sind noch zwei Monate. Das schaffst du schon. Oder beantrage die Aufhebung.«

»Ja, ja. Ist ja gut.«

»Wir halten dich auf dem Laufenden. Ich verspreche es.«

»Also gut.« Sie stand auf. »Und Sie halten sich zu unserer Verfügung«, sagte sie zu mir. »Sie kennen das ja: Heidelberg nicht verlassen. Auch keine Bahnreise durch Italien, okay?«

»Und mein Handy?«, fragte ich.

»Bekommen Sie später«, antwortete Herr Pöltz. »In die Pension können Sie jetzt allerdings nicht zurück. Die Spurensicherung hat eben erst dort angefangen. Da muss man abwarten, wann die wieder freigegeben wird.«

Es dauerte einen Moment, ehe ich verstand, was das für mich bedeutete.

»Ich geh nur in mein Zimmer. Ich muss nicht in das Zimmer, in dem Vinzent war.«

Herr Pöltz schüttelte bedauernd den Kopf. »Nein, in das Haus können Sie erst einmal nicht rein.«

»Aber wo soll ich dann schlafen?«

Frau Mooser nahm ihre Jacke aus dem Garderobenschrank. »Sie haben sicher Freunde hier in Heidelberg, bei denen Sie für ein, zwei Nächte unterkommen können.«

Ich sah mich schon zugedeckt mit ein paar Zeitungsseiten am Neckarufer liegen. Oder zusammengekauert im Eingang der Heiliggeistkirche. Nachts war es noch verdammt kalt.

»Frau Böckle!« Frau Mooser beugte sich zu mir. »Hallo! Mila! Was ist denn?«

»Ich habe hier keine Freunde.«

»Dann gehen Sie eben in ein Hotel.«

Ein Hotel. Ich hatte gerade noch so viel Geld, dass es für das Nötigste reichen würde, bis Hugo zurückkam. Die Taxifahrt nach Handschuhsheim war bereits eine Sonderausgabe gewesen, die ich mir eigentlich nicht hatte leisten können. Und schon der Gedanke, jetzt allein in einem kleinen schäbigen Hotelzimmer zu hocken, trieb mir die Tränen in die Augen.

»Aber das ist doch kein Grund zu weinen.« Herr Pöltz zog ein Taschentuch hervor und hielt es mir hin. »Das war alles ein bisschen viel für Sie, nicht wahr? Gibt es denn Verwandtschaft in der Nähe? Wir könnten Sie dorthin bringen lassen.«

»Nein, ich habe hier niemanden. Ich habe nur noch meine Tante, und die wohnt in Norddeutschland. Ich bin ganz allein.«

Dankbar nahm ich Herrn Pöltz das Taschentuch aus der Hand.

»Hm«, machte der und tätschelte mir kurz die Schulter. »Schon gut, nicht weinen.«

Frau Mooser war in ihre Jacke geschlüpft und steckte ihr Handy ein.

»Sag mal, Maria … dein Arno, der kommt erst an Pfingsten wieder, oder?«

»Stimmt.« Sie stopfte auch noch das Kühlpack in ihre Jackentasche.

»Vielleicht könnte Frau Böckle eine Nacht bei dir bleiben?
Dann wärt ihr beide nicht allein.«

»Ich habe kein Problem damit, allein zu sein.«

»Maria!«

Das Krokodil schwieg.

»Wenn die Spusi in der Pension nichts findet, kann sie morgen wieder zurück. Ich glaube, es wäre gut, wenn Frau Böckle jetzt etwas Gesellschaft hätte.«

Nett von Herrn Pöltz, aber wollte ich das? Eine Nacht bei dieser Frau verbringen? Die nichts Besseres zu tun hatte, als mir zu unterstellen, ich würde sie belügen, nachdem ich vor Sorge um sie halb umgekommen war? Ich könnte mich bedanken und freundlich ablehnen. Aber was dann? Frau Mooser kam mir mit ihrer Antwort zuvor.

»Also gut«, sagte sie. »Eine Nacht.«

Woher der plötzliche Wandel? Bestimmt ließ sie sich nur darauf ein, um mitzubekommen, ob ich vielleicht heimlich zum Telefon schlich, jemanden anrief oder irgendetwas anderes tat, das ihr Misstrauen mir gegenüber bestätigen würde. Ich glaubte nicht, dass sie mich sonst mit nach Hause genommen hätte. Egal, die Würfel waren gefallen. Außerdem würde ich sowieso die meiste Zeit schlafen, musste mich also nicht Frau Moosers speziellem Charme aussetzen. So hatte ich immerhin eine kostenfreie Übernachtungsmöglichkeit inklusive Polizeischutz. Es war wahrscheinlich das Beste, was mir in meiner Situation passieren konnte.

Herr Pöltz zwinkerte mir zu, als wir gingen. Sollte ich die Nacht bei Frau Mooser ohne weiteren Schaden überleben, würde ich ihm einen Heiratsantrag machen.

Schweigend verließen wir das Gebäude. Ich wusste nicht, was ich hätte sagen sollen, und Frau Mooser machte nicht den Eindruck, als hätte sie Lust auf Small Talk. Wir querten eine viel befahrene Straße und gingen dann weiter die Römerstraße entlang, die sich schnurgerade dahinzog. Schon bald kamen wir an ein Haus, über dessen Eingangstür ein großer Pferdekopf aus Stein oder Gips hing, der von oben mit weit aufgerissenen

Augen auf mich herabschaute. Es sah aus, als hätte das Pferd die Tollwut oder wäre dem Wahnsinn verfallen, so wie ich, die ich freiwillig einem Krokodil folgte. Schnell ging ich daran vorbei. Schließlich liefen wir durch eine Grünfläche, ein kleiner Garten, vor dem ein Schild »Essbares Heidelberg« verriet, dass hier gemeinsam gegärtnert und geerntet wurde.

»Machen Sie da auch mit?«, fragte ich, nur um einmal etwas zu sagen.

»Vielleicht später mal«, meinte das Krokodil.

Damit war unsere Unterhaltung schon wieder beendet.

In der Altstadt war alles eng bebaut, Haus fügte sich an Haus, manche davon recht schmal. Hier in der Heidelberger Weststadt dagegen schienen die Häuser riesig zu sein, mit blühenden Vorgärten, und manche Fassade schmückten barbusige Frauen oder goldfarbene Verzierungen. Vor der Haustür eines dieser großen Häuser blieb Frau Mooser stehen und zog einen Schlüsselbund aus der Tasche.

Ich weiß nicht, was ich erwartet hatte, aber die Wohnung einer Hauptkommissarin, das musste schon etwas Besonderes sein. Vielleicht ein paar Waffen, die wie Trophäen an der Wand hingen, oder statt Bildern Zeitungsauschnitte von zur Strecke gebrachten Serienkillern. Doch was mich hinter der Eingangstür erwartete, war völlig unspektakulär. Aber es war gemütlich, und im Wohnzimmer standen im Regal jede Menge Bilder einer jungen Frau, die offenbar ähnliche Haarprobleme hatte wie ich: Locken mit einem Eigenleben. Das musste dann wohl Frau Moosers Tochter Vera sein. Ein bisschen sahen wir uns sogar ähnlich.

»Sie können im Arbeitszimmer schlafen.«

Sie zeigte mir einen Raum mit vollgestopften Bücherregalen, einem Schreibtisch und einer roten, abgewetzten Couch mit dicken Polstern, aus denen man wahrscheinlich nie mehr hochkam, wenn man einmal hineingesunken war.

»Das Bad ist gleich da vorn. Bettzeug bringe ich Ihnen. Haben Sie Hunger? Ich muss jetzt auf jeden Fall noch etwas Ordentliches essen.«

»Ich würde lieber gleich schlafen gehen«, wandte ich ein.

»Ach, was«, entgegnete das Krokodil. »Sie haben nur ein halbes Brötchen gegessen, davon können Sie unmöglich satt sein.« Alles zog mich auf diese Couch, aber wenn Frau Mooser mich mit nach Hause nahm, sollte ich nicht zu unhöflich sein. Ich würde blitzschnell etwas essen und dann meinen immer noch schmerzenden Kopf auf dieses weiche Sofa legen.

Bald darauf saß ich am Küchentisch und schaute Frau Mooser beim Kochen zu. Ungefragt schenkte sie mir Rotwein in ein Glas ein, das so groß war, dass es bestimmt Perkeos Lieblingsglas geworden wäre. Bis Frau Mooser die Spaghetti ins Wasser gab, hatte sie ihres schon leer.

»Viel ist leider nicht mehr da. Sie können zu Ihren Nudeln Pesto oder Ketchup haben.«

Ihr Handy klingelte. Offensichtlich gab es schon wieder Nachrichten, die sie nicht erfreuten. Ich sah, wie sie die Stirn runzelte.

»Ja? ... Was genau hat Becker gesagt? ... Haben sie sich mit den Förstern in Verbindung gesetzt? ... Die sollen gefälligst voranmachen. Viel Zeit bleibt nicht mehr. Für Creumer tickt die Uhr ... Ja, ich weiß. Ja. Ich werde das schon mit Ferver regeln. Jetzt hör auf, mich damit zu nerven.«

Ohne ein »Tschüss« oder »Auf Wiedersehen« drückte sie das Gespräch einfach weg. Ich ahnte gleich, wer ihre geballte Freundlichkeit wieder einmal abbekommen hatte.

»War das Herr Pöltz?«

»Ja. Es tut sich nichts.«

Ich weiß nicht, was mich dazu brachte. Vermutlich war es der Wein, den ich viel zu schnell getrunken hatte. Herr Pöltz war den ganzen Nachmittag über so freundlich gewesen und so besorgt um uns, dass ich es einfach sagen musste. Höflichkeit hin oder her.

»Ich finde, Sie behandeln Herrn Pöltz schlecht. Dabei ist er verdammt nett zu Ihnen.«

»Ich wüsste nicht, was Sie das angeht.«

Frau Mooser zog mit so viel Schwung die Besteckschublade

am Tisch auf, dass es darin klapperte. Zum Glück holte sie nur eine Gabel heraus.

»Ständig ist er gerannt und hat etwas für Sie erledigt, aber Sie haben nichts Besseres zu tun, als sich zu beschweren, dass es keine Salamibrötchen gibt.«

»Keine Sorge, der verkraftet das schon. Arthur kennt mich lange genug.«

Ich kippte den Rest aus meinem Glas hinunter.

»Ist das ein Freifahrtschein, einen anderen Menschen mies zu behandeln?«

Okay, das war zu viel gewesen. Ich sah es ihr an: Heute Nacht würde ich doch unter der Brücke schlafen müssen. Dann konnte ich den Rest auch noch sagen, den, der mir schon die ganze Zeit auf der Seele lag.

»Und mich fragen Sie, ob ich in der Sache mit drinhänge! Benn hat mich geschlagen und mir mit einer Waffe vor dem Gesicht herumgefuchtelt. Das heute habe ich auch für Sie getan. Ich bin vor Angst fast gestorben. Ich hätte einfach gewartet, ob man uns freilässt. Lynn hätte bestimmt dafür gesorgt, die wollte nicht, dass uns etwas passiert. Aber Sie wollten ja unbedingt da raus. Ich habe meinen Arsch riskiert, damit Sie Ihr Enkelkind sehen können. Und was machen Sie? Kaum sind wir draußen, verdächtigen Sie mich, dass ich Sie anlüge.«

Frau Mooser fischte mit der Gabel in dem blubbernden Wasser herum. Sie ignorierte mich einfach.

»Sie sind ein unfreundlicher und undankbarer Mensch!«

Den »Kotzbrocken« sparte ich mir, so viel Kontrolle hatte ich noch. Am besten, ich verschwand freiwillig.

»Ich geh dann mal. Tschüss.«

Da drehte Frau Mooser sich um und zeigte mit der Gabel auf den Stuhl.

»Setzen Sie sich wieder!«

Sie stellte die Flamme am Herd kleiner, kam an den Tisch, nahm die Rotweinflasche und schenkte mir nach. Was jetzt? Wenn ein Krokodil seine Beute erst einmal gefasst hat, zerreißt es sie. Doch sobald ich wieder Platz genommen hatte, ging Frau

Mooser aus der Küche. Ich hörte es im Wohnzimmer rascheln, dann ein Geräusch, als würde eine Schublade aufgezogen. Als sie zurückkam, hielt sie etwas in der Hand, das sie vor mich auf den Tisch legte.

»Ich mag zwar unfreundlich und undankbar sein, aber ich halte meine Versprechen.«

Es war ein Stück Papier im typischen Grau in Grau eines Ultraschallbildes. Man sah einen eierförmigen Kopf und einen kleinen gekrümmten Körper.

»Mein Enkelkind.« Sie zeigte auf einen hellen Fleck. »Das da ist ein Füßchen, sehen Sie? Süß, nicht?«

Für mich sahen solche Bilder alle sehr ähnlich aus. Und ob dieser Fuß »süß« war oder nicht, ließ sich danach nun wirklich nicht beurteilen. Aber für eine werdende Großmutter war es bestimmt der süßeste Fuß der Welt.

»Ja, total niedlich«, sagte ich.

Frau Mooser strich mit der Handkante das leicht geknitterte Bild glatt.

»Hoffentlich gerät es nicht zu sehr nach mir. Ich wünsche Vera, dass es ein Kind wird, das freundlich in die Welt hineinschaut. Nicht so wie ich. Aber wenn man meinen Job lange genug macht, dann geht einem das Misstrauen in Fleisch und Blut über. Man kann gar nicht mehr anders, als alle Möglichkeiten in Betracht zu ziehen. Selbst wenn man damit manchmal jemanden verletzen muss.«

Sie legte das Bild beiseite.

»Es tut mir leid, Mila. Ich danke Ihnen. Sie haben das heute wirklich sehr gut gemacht.«

Wahrscheinlich war es das höchste Lob, das man von einer Frau Mooser bekommen konnte.

»Vor einigen Jahren wäre ich noch selbst über das Tor geklettert. Aber dafür bin ich inzwischen zu dick. Und morgens, wenn ich aufstehe, tut mir die Schulter weh. Abends, wenn ich ins Bett gehe, die Knie, und nachts pfeift es in meinem Ohr.«

»Immerhin haben Sie Benn ausgeschaltet. Das hätte ich bestimmt nicht geschafft.«

»Das ging nur, weil er ohne Sinn und Verstand auf mich zugerannt kam. Von Deckung und Tritttechniken hat der noch nie etwas gehört. Im Nachhinein weiß ich nicht einmal, ob das so gut war. Vielleicht kostet es Herrn Creumer das Leben.«

»Ich finde, Herr Pöltz hat recht. Wer weiß, was Benn sonst mit Ihnen angestellt hätte. Vielleicht hätte Ihr Enkelkind dann eine Oma weniger gehabt.«

»Ja, stimmt schon. Man sollte sich besser nicht in Spekulationen verlieren.« Sie stand auf und rührte mit der Gabel im Topf. »Ich bin mit den Jahren dünnhäutiger geworden. Man macht sich mehr Gedanken. Und manchmal bin ich so k.o., wenn ich von der Arbeit nach Hause komme, dass ich mich erst einmal hinlegen muss. Aber wenn Ermittlungen laufen, muss man funktionieren. Nicht nur acht Stunden. Sonst wird man zur Gefahr für sich und für andere.«

»Wollten Sie deshalb in den Vorruhestand?«

»Ja. Aber es gab eine Reihe Leute, die meinten, ich sollte bleiben. Und ich selbst hatte auch Zweifel. Also habe ich den Antrag zurückgezogen. Ich habe gedacht, ich lasse mich erst einmal beurlauben, um zu testen, wie das ist, nicht zu arbeiten. Ich sage Ihnen: Es ist eine Katastrophe! Zumindest für mich. Ein Leben ohne den Stress und die ständige Anspannung kann ich mir gar nicht vorstellen. Außerdem ist es schon ein verdammt gutes Gefühl, wenn man ein Verbrechen aufklärt, vielleicht sogar eines verhindern kann. Aber dieser ganze Druck macht einen fertig.«

Frau Mooser nahm den Topf vom Herd und kippte den dampfenden Inhalt in ein Sieb, das in der Spüle stand. Dann füllte sie zwei Teller mit Bergen von Nudeln.

»Ferver, mein Chef, hat mir angeboten, dass er mich anderweitig einsetzt. Bald steht der Umzug der Dienststelle in die ehemaligen Campbell Barracks an, da braucht er jemanden, der die Fäden in der Hand hält. Aber ich weiß nicht, ob ich das will. Irgendwie hänge ich zwischen den Stühlen.«

»Sind Sie deshalb so grantig?«

»Möglich.«

»Tut mir leid«, sagte ich.

»Pesto?«, fragte Frau Mooser.

Wir aßen, und sie redete. Über ihre Arbeit, über Fälle, die sie gelöst hatte, über ihre Kollegen, die sie anscheinend sehr mochte, auch wenn sie sie nicht so behandelte. Und über Arno, ihren Freund, der die Gartenschere bekommen sollte, die sie in Handschuhsheim gekauft hatte. Arno war Journalist und reiste zurzeit quer durch Kasachstan. Eine Reise, zu der er sie zwar gern mitgenommen hätte, auf die sie aber keine Lust gehabt hatte. Dazwischen schaute sie immer wieder auf ihr Handy. Aber es gab keine Neuigkeiten, weder von den »Polaris-Libellen« noch von Creumer noch von Vinzent.

Nach der letzten Nudel ließ das Krokodil mich gehen. Ich schleppte mich ins Arbeitszimmer, fiel auf die superweiche Couch und war eingeschlafen, noch bevor ich einen Socken ausgezogen hatte.

Ich weiß nicht, wovon ich wieder wach wurde. Vielleicht weil mir mein Rücken so wehtat, dass ich kaum noch liegen konnte. Vielleicht war es auch dieses leise Geräusch, das hinter einem der Bücherregale hervorkam. Ein Knistern, dann war eine Weile Ruhe, dann ging es wieder los. Als ich aufstand und am Regal rüttelte, war es sofort still. Aber das dauerte nicht allzu lange. Sobald ich auf dem Sofa lag, knisterte und knusperte es weiter. Frau Mooser hatte offensichtlich schon einen Gast, der in diesem Zimmer nächtigte. Einen mit Fell und spitzen Zähnen. Ich hoffte sehr, es war eine Maus und keine Ratte, wie wir sie Benn hatten unterjubeln wollen. Nachdem ich fünfmal am Regal geruckelt und einmal wütend davorgetreten hatte, war endlich Ruhe.

Mit dem erholsamen Schlaf war es danach allerdings vorbei. Meine Träume ließen mich immer wieder hochschrecken. Mal sah ich Benns wutverzerrtes Gesicht vor mir, mal Lynn, die mit der Pistole auf mein Knie zielte. Dann war ich zurück in der Altstadt und ging die Gasse hinunter, die zur Alten Brücke führt. Es war so neblig, dass ich die dicken Türme, die rechts und links wie mächtige Wächter neben dem Brückentor stehen, kaum erkennen konnte. Ich wusste, ich würde Vinzent hier treffen.

Als ich durch das Tor ging, ließ ich den Nebel hinter mir. Die Brücke lag im strahlenden Sonnenschein da. Vinzent lehnte an der Brüstung und lächelte mich an. *Hallo, Mila. Schön, dass du endlich da bist.* Er zog ein Kästchen hervor und kam auf mich zu. Es war eines dieser Etuis aus dem Juwelierladen. *Für dich*, sagte er und klappte es auf. Auf dem Samt lag ein Füller, der aussah wie mein alter Schulfüller. Vinzent zog mich an sich, aber in mir stieg nur Angst hoch. Ein kalter Wind wehte vom Brückenkopf herüber, als hätte jemand die Tür zum Keller geöffnet. Der Fluss unter uns hatte eine seltsame Farbe angenommen. Dunkel war er, fast schwarz. Samtschwarz. Als wäre es Tinte.

Ich löste mich aus Vinzents Armen und sah den Nebel, der durch das Tor waberte, als wäre er mir gefolgt. Er fing an, sich überall auszubreiten, wie ein dicker grauer Schleier, schwebte über den steinernen Boden, kam auf uns zu und baute sich vor uns zu einer undurchdringlichen Wand auf. Aus dem Dunst lösten sich kleine glitzernde Punkte. Es waren Libellen, grünlich, bläulich oder golden schillernd. Sie flogen auf uns zu, schwirrten um uns herum, immer mehr und mehr, bis die Luft zu vibrieren schien. Wie ein Bienenschwarm setzten sie sich auf Vinzents Arme, seine Brust, seinen Kopf. Das Etui fiel zu Boden. Es sprang auf, und der Füller rollte heraus. Hastig bückte ich mich, um ihn aufzuheben, aber immer, wenn ich danach greifen wollte, rollte er ein Stück weiter, bis er in den schwarzen Fluss fiel. Vinzent schlug um sich, aber die Libellen ließen nicht von ihm ab. *Ich muss nur noch jemanden retten*, rief er mir zu. *Ich komme dich morgen …* Dann waren das Surren und Sirren so laut, dass ich ihn nicht mehr verstehen konnte. Es vereinte sich zu einem einzigen schrillen Ton, der mich hochfahren ließ. Fast wäre ich dabei vom Sofa gefallen.

Hatte ich das jetzt geträumt? Doch gleich darauf war es wieder zu hören: ein lang gezogener Ton, so schrill und laut, dass er Tote hätte aufwecken können. Das musste die Türklingel sein.

Die Bodendielen knarrten, als Frau Mooser durch den Flur zur Haustür ging. Dann erklang die Stimme eines Mannes. Es war Herr Alsberger. Die beiden sprachen miteinander, und auch wenn ich nicht jedes Wort verstand, der Klang ihrer Stimmen ließ keinen Zweifel daran: Etwas Wichtiges war geschehen.

10

Ich lag noch einen Moment da und lauschte, aber die beiden waren anscheinend in die Küche verschwunden. Ich konnte nicht mehr hören, was gesprochen wurde. Also stand ich auf, ging kurz ins Bad, brachte meine Haare mit Frau Moosers Bürste halbwegs unter Kontrolle und begab mich zur Küche. Vor der Tür hielt ich inne. Ich würde es nicht »Lauschen« nennen, es war eher ein höfliches Zögern, das mich bewog, dort stehen zu bleiben.

»… mitbekommen, dass sie in Handschuhsheim aufgeflogen sind. Kein Wunder, bei dem Menschenauflauf«, hörte ich Herrn Alsberger sagen. »Es kursierten Dutzende Fotos im Internet, bevor wir es verhindern konnten.«

»Du darfst unsere Leute nicht zu früh abziehen.« Frau Mooser gab Anweisungen. Typisch. »Bleibt da und bleibt vor allem unsichtbar. Benn hat Lynn gestern schon gedrängt, ihre Zelte in Handschuhsheim abzubrechen, aber heute sollte dort irgendetwas laufen. Es hörte sich an, als wären sie mit jemandem verabredet, auf den sie schon länger gewartet haben. Vor allem Lynn wollte deshalb bleiben. Vielleicht hat derjenige nichts von der Sache mitbekommen und taucht da auf.«

»Ach, eigentlich hatte ich vor, das Objekt unbewacht zu lassen und mich nicht mehr drum zu kümmern.«

»Schon gut. War ja nur ein kleiner Tipp.«

»Arthur hat im Netz einen Blog entdeckt. Der nennt sich ›Das Raunen der Libellen‹. Da werden allerlei angebliche Versäumnisse des Staates angeprangert, vor allem in Hinblick auf Umweltvergehen. Creumer und sein Pflanzenschutzmittel tauchen allerdings nicht auf. Wäre auch blöd. Die werden im Netz sicher keine Hinweise darauf geben, wen sie im Visier haben.«

»Wer ist der Verfasser?«

»Laut Impressum eine Renata Kolschwik. Aber unter der Adresse, die dort angegeben ist, existiert eine Frau mit dem

Namen nicht. Vermutlich steckt Lynn dahinter. Das hört sich alles nach viel Frust und Wut an, und es gibt eine Menge Kommentare. Möglicherweise haben die sich darüber zusammengefunden. Tobias sieht zu, ob wir darüber weiterkommen. Wir haben den Blog sperren lassen.«

»Gut so ... Jetzt sind es schon drei Tage. Wenn Creumer nicht bald etwas zu trinken bekommt, war es das. Nierenversagen, Koma und ...«

Die Kaffeemaschine spuckte und röchelte. Sie hatten Herrn Creumer also noch nicht gefunden. Ob sie etwas Neues über Vinzent wussten? Diese blöde Kaffeemaschine. Ich musste einen Schritt näher rangehen.

Zu nah, Frau Mooser hatte mich entdeckt.

»Hallo, Mila, kommen Sie rein! Hier gibt es Kaffee.«

Bestimmt war ich knallrot, als ich die Küche betrat.

»Ich wollte nicht stören«, murmelte ich.

»Soso«, knurrte das Krokodil.

Bevor ich nach Heidelberg gekommen war, hatte Flo mir fast täglich von den vielen attraktiven Männern vorgeschwärmt, die es hier geben sollte. Herr Alsberger gehörte eindeutig dazu. Er sah aus, als wäre er einer Krimiserie entsprungen. Der müde Cop nach einer harten Nacht, mit Stoppeln im markanten Gesicht. Die Uhr an der Wand zeigte halb neun, und es roch wie morgens bei uns in der Pensionsküche, wenn der Essensdunst vom Vorabend sich mit dem Duft von frischem Kaffee mischte. Das Geschirr von gestern stand noch auf der Spüle, die Weinflasche leer auf dem Tisch. Daneben lag mein Handy.

»Hallo, Frau Böckle«, begrüßte mich Herr Alsberger. »Ich habe Ihnen Ihr Handy vorbeigebracht.«

»Und, bin ich verdächtig?«

Als sich unsere Blicke trafen, lächelte er. »Keine Sorge. Alles gut.«

Frau Mooser holte eine Tüte Milch aus dem Kühlschrank. Dann nahm sie drei Becher vom Regalbrett und stellte sie auf den Tisch.

»Haben Sie in der Pension etwas entdeckt?« Ich setzte mich

auf den Stuhl gegenüber von Herrn Alsberger. »Ich meine, wegen Vinzent?«

Der müde Cop warf Frau Mooser einen fragenden Blick zu. »Erzähl es ihr ruhig, Roland«, sagte sie. »Mila erfährt es sowieso.«

»An einem Dachbalken und an einer Tischlampe im Zimmer fünf waren Haare und Hautfetzen.« Herr Alsberger legte den Arm über die Rückenlehne des Stuhls neben sich. Das fliederfarbene Hemd, das er unter seiner Lederjacke trug, war so zerknittert, als hätte er darin geschlafen. »An dem Balken befanden sich außerdem Blutspuren.«

Die Haare an der Tischlampe wunderten mich nicht. Die Lampe stand auf dem winzigen Schreibtisch nahe der Tür. Mit irgendetwas musste Benn mich schließlich niedergeschlagen haben. Aber die an dem Balken waren ganz sicher nicht von mir.

»War das viel Blut an dem Balken? Da kann sich auch jemand mal den Kopf gestoßen haben.«

Eine kleine Schramme, ein bisschen Blut, das passierte schon einmal. Das musste noch nichts heißen. Der Balken war dunkelbraun gestrichen. Das Blut konnte schon lange da sein. Das wäre wahrscheinlich weder Hugo noch mir aufgefallen. Aber diese Seifenblase platzte gleich wieder.

»Nein, da ist sicher mehr passiert«, antwortete Herr Alsberger. »Es muss jemand mit Wucht vor den Balken geprallt sein.«

Ich erinnerte mich an das Geächze und Gestöhne hinter der Zimmertür. Und wie plötzlich es still geworden war.

»Wir haben Benn inzwischen vernehmen können. Er heißt mit Nachnamen Weelgres. Erbe einer florierenden Firma für Baustoffe, die vor einigen Monaten von ihm verkauft wurde. Er hat eine umfassende Aussage gemacht, zumindest darüber, was an dem Abend in der Pension passiert ist. Herr Weelgres hat alles auf sich genommen.«

Die Kaffeemaschine hörte auf zu spucken. Frau Mooser verteilte die dampfende Flüssigkeit auf die Becher und setzte sich zu uns.

112

»Und was hat er auf sich genommen?«, fragte ich.

»Alles, was mit Vinzent geschehen ist.« Herr Alsberger hielt inne, ganz kurz nur, aber lange genug, um mich Schlimmes ahnen zu lassen. »Benn Weelgres hat Lynn zur Pension begleitet. Sie wollte mit Vinzent sprechen. Warum, hat er nicht verraten. Es gab Streit, Benn und Vinzent haben miteinander gerangelt, dabei ist Vinzent mit dem Kopf vor den Balken geprallt und zusammengebrochen. Dann kamen Sie rein, und Benn hat Sie niedergeschlagen.«

»Aber wo ist Vinzent abgeblieben?«

»Als die merkten, dass Sie nicht wieder zu sich kamen, haben sie Sie vor die Treppe getragen, sodass man denken sollte, Sie wären hinuntergefallen. Das war wohl Lynns Idee. Vinzent war inzwischen wieder bei Bewusstsein, aber sehr benommen. Sie haben seine Sachen eingepackt und ihn runter an den Neckarstaden geschleift, weil dort in der Nähe das Auto stand. Sie wollten ihn mit nach Handschuhsheim nehmen.«

Gut vorstellbar, dass die drei nicht einmal besonders aufgefallen waren. Wahrscheinlich hatte jeder gedacht, Vinzent sei das »Opfer« eines der feuchtfröhlichen Junggesellenabschiede, die immer wieder in der Heidelberger Altstadt gefeiert wurden. Da konnte es schon einmal vorkommen, dass sich Leute in Feierlaune so betranken, dass sie nicht mehr geradeaus gehen konnten.

»Bis sie unten an der Straße waren, reagierte Vinzent nicht mehr. Sie haben ihn in einem Hauseingang abgesetzt.«

»Und dann? Ihn einfach dort sitzen lassen?«

»Nein. Zu dem Zeitpunkt wollte Lynn unbedingt einen Krankenwagen rufen. Benn hat sie weggeschickt und versprochen, sich um alles zu kümmern. Anonym den Rettungsdienst rufen und so lange bleiben, bis sicher wäre, dass Vinzent geholfen wird, um dann selbst unauffällig zu verschwinden.« Herr Alsberger rührte in seinem Kaffee. »Aber das hat er nicht gemacht. Als Lynn gegangen war, holte er den Wagen, lud Vinzent ein und ist aus der Stadt gefahren. Er sagt, dass Vinzent da nicht mehr gelebt habe. Angeblich hat er seine Leiche im Wald verscharrt.

Irgendwo auf der anderen Neckarseite. Wo genau, könne er nicht mehr sagen. Er hätte völlig unter Strom gestanden.«

Vinzent tot? Der Mann, der noch vor Kurzem mit mir gescherzt und geflirtet hatte? Unvorstellbar.

»Benn Weelgres behauptet, als sie Vinzent in dem Hauseingang abgesetzt haben, hätte er bemerkt, dass ihm Blut aus dem Ohr lief und er nicht mehr geatmet hat«, erklärte Herr Alsberger weiter. »Aber er wollte Lynn nichts sagen, weil sie dann zusammengeklappt wäre und die Leute vielleicht etwas bemerkt hätten. Weelgres hat immer wieder betont, dass Lynn Hilfe holen wollte. Es war ihm wohl wichtig, dass sie gut dasteht. Der scheint ihr treu ergeben zu sein.«

»Aber Sie haben Vinzent nicht gefunden, oder?«

»Nein, bislang nicht.«

»Es könnte doch sein, dass er nur bewusstlos war. Vielleicht liegt er unter einem Haufen Laub und kann sich nicht helfen. Benn kann sich getäuscht haben. Da denkt man, jemand ist tot, aber er ist gar nicht tot. So etwas passiert bestimmt oft!«

Ich schaute zu Frau Mooser. Die erfahrene Hauptkommissarin. Sie würde nicken. Mir zustimmen. Aber Frau Mooser schwieg.

»Aber es könnte so sein. Möglich wäre es doch!«

»Möglich ist vieles«, sagte Frau Mooser schließlich in einem Tonfall, als würden wir darüber reden, dass es heute regnen könnte. »Sag mal, was anderes, Roland, hat Vera mit dir über die Babywippe gesprochen? Es gibt welche nur mit Vibration, mit Vibration und Schaukel und mit Vibration und Musik. Die mit Musik wäre vielleicht …«

Die beiden wechselten einfach das Thema. Vinzent war abgehandelt wie ein Punkt auf der Tagesordnung, über den es nichts mehr zu sagen gab.

»Sie haken ihn einfach ab, nicht wahr?«, platzte es aus mir heraus. »Suchen Sie überhaupt nach ihm?«

Herr Alsberger sah mich überrascht an. »Natürlich suchen wir nach ihm.«

»Nein, tun Sie nicht! Sie sitzen hier rum und trinken Kaffee.«

Sobald ich es gesagt hatte, schämte ich mich auch schon dafür. Aber es ging nicht anders. Ich stand auf und ging aus der Küche. Meine Beine fühlten sich seltsam steif an, als gehörten sie gar nicht zu mir. Im Arbeitszimmer ließ ich mich auf die Couch fallen und starrte an die Decke. Mein Kopf war leer, die Gedanken ausgeflogen.

Ich weiß nicht, wie lange ich so dort gelegen habe. Irgendwann klopfte es, und Frau Mooser kam herein, mit meinem Smartphone in der Hand.

»Roland ist gegangen. Ich werde mich auch gleich aufmachen. Vielleicht sollten Sie Ihre Angehörigen darüber aufklären, dass Sie nicht auf Rundreise durch Italien sind? Ich habe meine Kur auf jeden Fall abgesagt.«

»Und, haben Sie alles gründlich gecheckt?« Ich richtete mich auf. »Meine Kontakte? Meine Mails? Ob ich mit Vinzent schon seit drei Jahren befreundet bin?«

»Seien Sie nicht auf uns wütend, Mila. Wir sind die falsche Adresse. Wir sind nicht schuld an dem, was geschehen ist.«

»Aber Sie reden über Vinzent, als wäre er tot. Manchmal täuschen Menschen sich auch!«

»Wenn es mir richtig mies geht, hilft mir am besten, wenn ich etwas tun kann. Gehen Sie alles noch einmal durch, jede Bemerkung von Vinzent, jede Geste. Überlegen Sie, ob Ihnen noch etwas einfällt, irgendein Detail, das von Bedeutung sein könnte.« Sie legte das Handy auf den kleinen Tisch neben der Couch. »Vielleicht erinnern Sie sich noch an etwas, das wichtig für die Ermittlungen ist. Das können Sie tun. Für Vinzent, für Herrn Creumer und für diejenigen, die die ›Polaris-Libellen‹ noch im Visier haben.«

Plötzlich bückte Frau Mooser sich und begutachtete etwas, das auf dem Teppich lag.

»Schon wieder so ein Biest.«

Auf dem Boden waren einige längliche dunkle Körnchen zu sehen, die Hinterlassenschaften des nächtlichen Ruhestörers.

»Sie können übrigens ab heute Mittag wieder in die Pension. Dann müssen Sie nicht mehr mit meinem Haustier zusammen nächtigen. Die Räume werden freigegeben, bis auf die Fünf, die bleibt erst einmal versiegelt. Den Schlüssel können Sie bei uns abholen. Kommen Sie am besten gegen eins, dann ist er sicher da.«

Frau Mooser blieb vor der Couch stehen, als würde sie auf etwas warten.

»Also, ich müsste dann jetzt los«, sagte sie. »Gleich ist Besprechung.«

Nun fiel der Groschen bei mir: Sie wollte, dass ich ihre Wohnung verließ.

»Ja, sicher, ich gehe dann.«

Ich suchte meine Schuhe zusammen.

»Und vergessen Sie Ihr Handy nicht.«

»Hören Sie mich wieder ab? So wie beim letzten Mal?«

»Nein, diesmal nicht. Wir hören nicht nach Belieben ab, dafür gibt es klare Bestimmungen.«

Wozu auch, ich musste nicht weiter kontrolliert werden. Man konnte mich gehen lassen. Raussetzen auf die Straße. Weil sie beim Filzen meines Handys festgestellt hatten, dass ich, was die Libellen anging, unschuldig war wie eines von Reschkes neugeborenen Kälbern.

Bis ich meine Schuhe angezogen hatte, stand Frau Mooser schon mit dem Schlüssel in der Hand an der Haustür. Gemeinsam verließen wir die Wohnung. Auf dem Gehsteig vor dem Haus blieb sie stehen.

»Wie gesagt: Verlassen Sie die Stadt nicht. Es ist gut möglich, dass wir Sie noch brauchen. Und wenn Ihnen etwas einfällt, rufen Sie mich an. Okay?« Frau Mooser zog aus der Innentasche ihrer Jacke eine Visitenkarte hervor. »Hier, falls Sie meine Nummer nicht mehr haben. Und noch mal danke. Auch von meinem Enkelkind.«

Das Krokodil bemühte sich tatsächlich, nett zu sein.

»Tschüss dann«, sagte es und schwamm davon.

Es war noch keine halb zehn. In die Pension konnte ich ab Mittag, aber wohin jetzt? Ich ging einfach los, ließ mich durch die

Straßen treiben wie ein Blatt, das in den Bach gefallen ist und vom Wasser davongetragen wird. Schon jetzt schien die Sonne, und es versprach ein schöner Tag zu werden. Ein so schöner Tag, dass ich beschloss, erst dann zu glauben, dass Vinzent tot war, wenn man seine Leiche gefunden hatte. Vielleicht fiel das unter Realitätsverleugnung, aber das lag eben in der Familie, dafür konnte ich nichts.

Am Bismarckplatz schwappte ich mit der Menge in die Fußgängerzone hinein, bis ich zu der geschwungenen Holzbank am Eingang zur St.-Anna-Gasse kam, wo der Zeitungsleser saß. Eine lebensgroße Bronzefigur, die ganz versunken in ihre Lektüre zu sein schien. Ich setzte mich gleich daneben. Ein guter Platz, um Nachrichten zu verbreiten.

Ich schickte allen, bei denen Lynn mich unter meinem Namen abgemeldet hatte, eine Planänderung. Wegen eines Wasserrohrbruchs in der Pension hatte ich meine Reise nach Italien abblasen müssen. Das war einfacher, als komplizierte Erklärungen abzugeben.

Hugo konnte ich das nicht schicken. Ein Wasserrohrbruch bedeutete für ihn wahrscheinlich eine ähnliche Katastrophe wie ein Besuch der Polizei. Es war besser, Hugo erfuhr die Wahrheit. Und zwar bald, dann würde er sich vielleicht schon wieder beruhigt haben, bis er zurückkam.

Ich versuchte, ihn anzurufen, aber ich landete nur auf der Mailbox. Also schickte ich ihm per WhatsApp eine Nachricht, dass er sich bei mir melden sollte. Doch auch hier tauchte das Häkchen nicht auf, das normalerweise erschien, wenn die Nachricht angekommen war. Wie es aussah, war Hugo tatsächlich nicht zu erreichen. Hockte der in einem kanarischen Funkloch?

Trotz Sonnenschein wurde mir langsam kalt. Ich verabschiedete mich von meinem stummen Sitznachbarn und ließ mich vom Schaufenster der kleinen Chocolaterie anlocken, die gleich am Beginn der Gasse lag. Dort konnte man ein »Heidelberger Herz« erstehen, Schokoladenherzen mit einer Nougat-Trüffel-Füllung, eingewickelt in rot glänzendes Stanniolpapier. Für Verliebte und Schokoladenverliebte. Vielleicht hätte Hugo mir lieber so ein Herz schenken sollen, statt mit ernstem Gesicht irgendwelche Geständnisse anzukündigen.

Was ich jetzt brauchte, war ein Platz zum Aufwärmen. Also ging ich zurück zum Kaufhaus am Bismarckplatz und fuhr mit dem gläsernen Aufzug außen am Gebäude hoch zum Restaurant. Dort holte ich mir einen Kaffee, und da es noch früh am Tag war, ergatterte ich sogar einen Platz direkt an den großen Fenstern.

Von hier aus konnte man die sanft geschwungenen Berghügel auf der anderen Neckarseite sehen, die Fahnen, die auf der Brücke im Wind flatterten, und diesseits über den Dächerteppich hinweg bis hin zur Altstadt. Sogar die beiden dicken Türme an der Alten Brücke waren zu erkennen. Wenn ich nicht erst gestern in einem verdreckten Schuppen eingesperrt gewesen wäre, mit einer Pistole vor der Nase, hätte ich glatt auf die Idee kommen können, in einer friedlichen, schönen Stadt zu leben. Schade, dass Vinzent das nicht sehen konnte.

Eine ältere Dame ließ sich am Nachbartisch nieder, mit einer Tasse in der Hand. Sie erinnerte mich an meine redefreudige Sitznachbarin aus der Handschuhsheimer Bäckerei. Die hatte ich über allem, was gestern geschehen war, ganz vergessen. Was hatte sie mir noch erzählt? Ich hatte nicht wirklich hingehört, weil ich so in Sorge gewesen war, Frau Mooser könnte mir entwischen. Es ging um das Füllhaltermuseum. Und hatte sie nicht etwas von einem Gerücht erzählt? Über einen Kwacko oder so ähnlich. Einen Füller, mit dessen Verkauf man eine Firma hätte retten können? Mein Traum fiel mir wieder ein, in den sich der Füller geschlichen hatte. Der Füller, den Vinzent mir auf der Brücke geschenkt hatte und der im samtschwarzen Neckar verschwunden war.

Vinzent wollte wohl nicht wegen des Füllhaltermuseums nach Handschuhsheim, sondern um Lynn und die anderen in der Mühltalstraße zu treffen. Aber er hatte über einen besonderen Füller gesprochen, als wir in der Küche saßen. Hatte er davon nur erzählt, um mir einen belanglosen Grund zu nennen, warum er nach Heidelberg gekommen war? Oder hing das doch zusammen? Das Gerücht um den kostbaren alten Füller aus Handschuhsheim – Vinzent, der nach Handschuhsheim wollte, und der besondere Füller, den er erwähnt hatte?

Ich suchte mit meinem Smartphone im Internet nach »Kwacko Füller« und landete bei Angeboten für »Kaweco Füller«. Natürlich, das war es. Kaweco. So hieß die alte Füllhalterfabrik in Handschuhsheim. Ich surfte weiter. Auch wenn die Firma in Handschuhsheim nicht mehr existierte, die Marke Kaweco gab es noch. Ein Unternehmen aus Wiesloch hatte in den dreißiger Jahren den Namen gekauft, in den neunziger Jahren waren die Rechte dann von einer Firma aus Nürnberg erworben worden, der h&m gutberlet gmbh, die immer noch »Kawecos« produzierte. Ich schaute mir das Sortiment an. Vinzent hatte von »wertvollen« Füllern gesprochen, solche, die Millionen wert waren. Die Kaweco-Füller waren schön anzusehen, einige sogar recht teuer. Aber immer noch erschwinglich.

Ich suchte nach wertvollen Füllern und tauchte ab in eine Welt, von der ich nicht einmal geahnt hatte, dass sie existierte. Da wurden Füller angepriesen, die glücklich machten, Füller aus Gold, Platin und Rhodium, besetzt mit Rubinen, Diamanten oder Tsavoriten, grünen Granaten, die Milliarden von Jahren alt waren. Es ging um Luxus und Reichtum. Es gab Füller, die kosteten tatsächlich so viel, dass man dafür alle Bauern in Ülske und Umgebung mit neuen Treckern hätte ausrüsten können. So wie der »Monte Celio« von Montblanc, mit einem Diamanten von der Größe einer Haferflocke oben in der Kappe. Ich fand sogar den Füller wieder, den Vinzent erwähnt hatte: den »Fulgor Nocturnus«, was so viel hieß wie »nächtlicher Glanz«. Er war der teuerste von allen, rundum besetzt mit schwarzen Diamanten und Rubinen, verkauft auf einer Auktion in Shanghai für schlappe acht Millionen Dollar.

Schließlich geriet ich auf Seiten wie »Penexchange« und »Fountainpen«, wo sich die Füllerliebhaber trafen. Dort tauschte man sich über alles aus, was in puncto Füller interessant sein konnte, Qualitätsunterschiede in der Tinte, Vor- und Nachteile von Gold- und Edelstahlfedern, über Sonderanfertigungen, Lieblingsfüller und vieles mehr. Nach der zweiten Tasse Kaffee fand ich in einem der Foren einen Eintrag, der vor ein paar Wochen eingestellt worden war: »Weiß jemand etwas über einen Füller ›Perkeo Diamant‹? Soll ein Kaweco sein. Ist angeblich in einem Haus in Heidelberg gefunden worden.« Die Antworten waren spärlich. Und eindeutig: Niemand hatte davon gehört.

Der geheimnisvolle Kaweco. Vielleicht sollte ich besser mit Frau Mooser darüber reden. Details, die wollte sie doch haben. Ich hatte ihr erzählt, dass Vinzent mir gesagt hatte, er wäre wegen eines besonderen Füllers nach Heidelberg gekommen. Aber von meinem Gespräch in der Bäckerei und dem Gerücht über den Füller wusste sie bislang nichts.

Wieder einmal kam Frau Mooser mir zuvor. Mein Handy begann zu summen.

»Hallo, Mila«, hörte ich ihre Stimme. »Man hat ihn gefunden. Er lebt. Können Sie zu uns auf die Dienststelle kommen? Jetzt gleich?«

»Ja, natürlich.«

»Super. Wir brauchen Sie hier. Sie müssen sich etwas ansehen. Bis dann.«

»Wen haben Sie gef…«

Das Gespräch war weg. Ich saß da und starrte ungläubig auf das Handy in meiner Hand. Die hatte tatsächlich einfach aufgelegt.

11

Natürlich hätte ich zurückrufen können. Frau Moosers Rufnummer war nicht angezeigt worden, aber ich hatte ja ihre Karte. Doch noch während ich in meiner Jackentasche danach suchte, wurde mir klar: Wenn es Creumer war, den sie gefunden hatten, würde ich enttäuscht sein. Und ich wollte nicht enttäuscht sein, weil man einen Menschen vor dem Tod bewahrt hatte. Also ließ ich es sein.

Ich hastete los und schaffte es, in knapp zehn Minuten bei der Kripo zu sein. Als ich oben in den Flur kam, standen an verschiedenen Büros die Türen offen. Ich hörte Lachen, Reden und Geschirrgeklapper. Ganz anders als gestern, als es hier still gewesen war und eine seltsame Anspannung in der Luft gehangen hatte. Es roch sogar anders. Nach Vanille und ein wenig nach Katze.

Herr Pöltz saß in seinem Büro hinter dem Schreibtisch.

»Hallo, Frau Böckle«, rief er mir zu. »Gehen Sie gleich in den Raum hinten links. Die anderen sind schon da.«

Ich klopfte am Ende des Flurs an die Tür. Drinnen saßen Frau Mooser, Herr Alsberger und ein Mann mit ultrakurzen Haaren, der mir freundlich zunickte. Er war damals bei meiner Vernehmung dabei gewesen. Der Raum machte einen ähnlich sterilen Eindruck wie Frau Moosers Büro. Ein großer Tisch, ein paar Stühle, das war es. Als würde hier gleich eine OP stattfinden. Allerdings lag auf dem Tisch eine aufgerissene Tüte mit Brezeln, daneben stand ein aufgeklapptes Notebook.

»Kommen Sie rein! Schön, dass Sie schon da sind«, begrüßte Frau Mooser mich und wies auf den Kollegen. »Herrn Mengert kennen Sie ja bereits.«

»Wer ist es?«, platzte ich noch im Türrahmen heraus. »Wen haben Sie gefunden?«

»Na, Herrn Creumer, das habe ich doch eben am Telefon gesagt.«

Hatte sie nicht, ganz bestimmt nicht. Diesmal wusste ich, dass mein Kopf funktionierte. Aber es waren zu viele Leute da, um zu streiten.

Herr Creumer also. Ich schluckte. Ich würde nicht schon wieder anfangen zu heulen. Wenn Herr Creumer gefunden worden war, prima. Das hieß gar nichts. Trotzdem konnte Vinzent noch am Leben sein.

»Sie hatten ihn in der Nähe von Wilhelmsfeld in eine Hütte gesperrt. Auf einem verwilderten Grundstück direkt am Waldrand«, erklärte Frau Mooser. »Gefesselt an einen Stuhl, mit einem Kanister des Pflanzenschutzmittels vor sich, das seine Firma produziert. Samt Strohhalm drin. Er ist im Krankenhaus. Dehydriert, aber es geht ihm recht gut. Der ist bald wieder auf den Beinen.«

Man sah Frau Mooser die gute Laune an. Sie strahlte geradezu. Das musste das »verdammt gute Gefühl« sein, von dem sie mir erzählt hatte. Hauptkommissarin Maria Mooser surfte auf der Adrenalinwelle.

»Kommen Sie, setzen Sie sich zu mir.« Sie wies auf den freien Platz neben sich. »Die haben einen USB-Stick mit einem Video in der Hütte hinterlassen. Alsberger und ich haben es uns schon angesehen. Zwei Personen konnte ich identifizieren, aber es ist noch eine dritte dabei. Sie müssen uns sagen, ob das Vinzent ist.«

Herr Alsberger schaute ganz freundlich zu mir herüber. Ich schämte mich immer noch, dass ich heute Morgen so gemein zu ihm gewesen war. Zum Glück schien er es mir nicht allzu übel genommen zu haben.

»Mir ist da noch eine Sache eingefallen«, sagte ich, während ich mich mit etwas Sicherheitsabstand neben das Krokodil setzte. »Vinzent hat doch gesagt, er wäre wegen eines Füllers nach Heidelberg gekommen.«

Ich berichtete von meiner Begegnung in der Handschuhsheimer Bäckerei, dem angeblich wertvollen Kaweco, mit dem man eine Fabrik hätte retten können, und den Einträgen in dem Internetforum, dass ein Füller, ein »Perkeo Diamant«, in einem

Haus in Heidelberg gefunden worden sei. Als ich fertig war, stand Herr Mengert wortlos auf und ging hinaus.

»Die Kollegen haben auch etwas gefunden«, sagte Frau Mooser.

Herr Mengert kam gleich wieder zurück, mit einem Buch in der Hand, das er vor mich auf den Tisch legte. Es war ein Bildband mit dem Titel »Füllfederhalter«, in dem jede Menge davon abgebildet waren. Alle sahen aus, als wären sie ziemlich teuer.

»Das lag bei den Libellen in Handschuhsheim auf dem Tisch«, erklärte Frau Mooser. »Schlagen Sie mal die Stellen auf, an denen die Eselsohren drin sind.«

Es waren zwei Eselsohren. Auf beiden Seiten waren Kaweco-Füller zu sehen. Einer aus Gold mit einem wunderschönen filigranen Relief darauf, ein Frauenkopf neben einem Pferde-kopf, eingerahmt von Diamantsplittern, wie der Text daneben verriet. Die andere Seite zeigte einen Füller mit einem dunklen Korpus, reich verziert mit goldenen Ornamenten. Nicht ganz so extravagant wie der »Fulgor Nocturnus« oder der »Monte Celio«, aber bestimmt auch nicht billig. Am Rand stand in einer runden Handschrift: »›Perkeo Diamant‹, so?«

»Vielleicht haben die Libellen den Füller gefunden, um den die Gerüchte kreisen?«, sagte ich. »Diese Kaweco-Firma war in Handschuhsheim. Das würde passen.«

»Zumindest haben sie sich viel Mühe gemacht, den Eigentü-mer des Hauses ausfindig zu machen, in dem sie untergeschlüpft sind. Die Nachbarn haben erzählt, dass junge Leute bei ihnen geklingelt und nachgefragt haben, wem es gehört. Es war von außen zu sehen, dass es leer steht. Anscheinend hat Benn dann das Haus angemietet und dem Besitzer eine Menge Geld dafür geboten, dort wohnen zu können. Vorübergehend für sechs Wo-chen. Ging auch nicht länger, danach wird das Anwesen saniert.«

»Wenn die wirklich den Füller gefunden haben, werden sie ihn sicher zu Geld machen wollen. So etwas ist bestimmt ein gutes Renditeobjekt.« Herr Mengert hatte die Salzkrümel von einer Brezel gekratzt und war dabei, sie sorgfältig zu einem kleinen Häufchen zusammenzuschieben. »Das ist wahrscheinlich wie bei den Briefmarken: Je weniger es davon gibt und je älter, desto höher der Preis. Die brauchen Kohle für ihre Aktionen.«

»Nicht unbedingt«, wandte Herr Alsberger ein. »Mit dem Erbe von Benn Weelgres können die sich schon eine Weile finanzieren.«

»Ja, aber vielleicht finanzieren die nicht nur sich. Wer weiß, wie viele es von denen gibt.«

»Wir sollten auf jeden Fall alles im Auge behalten, wo teure Füller angeboten werden«, entschied Frau Mooser. »Wenn die den Füller haben und ihn verkaufen wollen, wäre das eine Chance, an die Libellen heranzukommen.«

»Ich kümmere mich darum.« Herr Mengert ließ sich ganz genau erklären, was ich wo im Internet entdeckt hatte. »Der einzige Füller, den ich einmal hatte, hat gekleckst wie der Teufel«, sagte er. »Bin ich froh, dass es Kulis gibt.«

»Ja, aber mit einem diamantenbesetzten Füller schreibt man auch nicht mehr, den heftet man sich ans Revers, um Frauen zu beeindrucken.« Die Stimme kam von der Tür. Es war Herr Pöltz, mit einem Zettel in der Hand. »Es gibt Neuigkeiten: In dem Kanister in der Hütte war kein Pflanzenschutzmittel. Soviel sie im Labor im Moment sagen können, enthält die Flüssigkeit Polyphenole.«

»Und das heißt?«, fragte Herr Alsberger. »Ist das ein Gift?«

»Eher nicht, nein.« Als Herr Pöltz sich auf dem Stuhl neben mir niederließ, wusste ich, woher der Katzengeruch in der Abteilung kam. »Polyphenole sind sekundäre Pflanzenstoffe. In dem Kanister ist anscheinend Apfelsaft.«

»Der gute Odenwälder Apfelsaft.« Herr Mengert fuhr sich mit der Hand über die Stoppeln auf seinem Kopf und grinste. »Naturtrüb oder klar?«

»Mengert!«, mahnte Frau Mooser.

»Schon makaber«, sagte er. »Der Typ verdurstet fast und denkt, das Einzige, was er trinken kann, ist das giftige Zeug, das er selbst herstellt. Dabei sitzt er die ganze Zeit vorm Apfelsaft. Wahrscheinlich ist der auch noch bio.«

»Schauen wir uns lieber das Video an«, würgte Frau Mooser ihn ab.

Wir rückten zusammen, bis wir aufgereiht wie die Spatzen auf der Wäscheleine saßen. Herr Alsberger drückte ein paar Tasten am Notebook, und gleich darauf erschien das erste Bild. »Was wir schützen wollen« stand da in großen Buchstaben. Danach folgten aneinandergefügte kurze Sequenzen: ein Bachlauf, Baumkronen, die sich im Wind wiegten, Kinder auf einem Spielplatz, eine grün schillernde Libelle, die mit flirrenden Flügeln über einem Teich schwebte. Dann kam ein Schnitt, und man sah drei Personen, die sich hinter Tiermasken verbargen, vor einer gelb gestrichenen Wand. Eine Katze, ein Affe und ein Frosch. Die Katze begann zu sprechen, und mir war gleich klar, dass das Lynn sein musste. Klein und schmal saß sie da und las mit fester Stimme von einem Blatt ab.

»Wir sind die Gruppe der ›Polaris-Libellen‹. Wir stehen für das Gemeinwohl ein und kämpfen gegen die, die diese Welt aus egoistischen Motiven zerstören. Profitgier und das Streben nach Macht und Status bestimmen das Schicksal unserer Erde. Das ist die Wurzel allen Übels. Es führt dazu, dass notwendige Schritte zur Abwendung der Klimakatastrophe unterlassen werden, es führt zu Armut, Hunger, Krieg und Zerstörung. Da die Instanzen versagen, die einschreiten sollten, werden wir das nun tun. Wir werden für den Staat handeln.«

Jetzt übernahm der Affe, der neben ihr saß. Im Vergleich zu Lynn schien er riesig zu sein. War das Jakob? Der Hüne, der uns auf dem Hof erwischt hatte? Auch er hatte ein Blatt in der Hand und las davon ab. Seitlich hinter seinem Kopf war auf der maisgelben Wand ein dunkler Fleck zu sehen.

»Einige Beispiele des Versagens: Obwohl ihre verheerende Wirkung längst bekannt war, wurde jahrelang zugelassen, dass Pestizide wie …«

Von der Stimme her war es Jakob. Aber ich konnte gar nicht mehr richtig zuhören. Dieser verdammte Fleck. Ich musste die ganze Zeit auf diesen verdammten Fleck sehen.

»… werden weiterhin in Deutschland täglich hunderttausend

männliche Küken qualvoll erstickt oder geschreddert. Deutscher Elektroschrott landet auf Müllkippen in Afrika und Indien und verätzt die Beine und Lungen von Kindern, die dort nach Wiederverwertbarem suchen, weil sie Geld für das tägliche Überleben verdienen müssen.«

Die Kamera schwenkte etwas zur Seite, sodass der Frosch ganz ins Bild kam. Es war ein schlaksiger, hochgewachsener Mann in einem hellen T-Shirt. Das konnte nicht Vinzent sein. So dünn war Vinzent nicht. Mit tiefer Stimme begann der junge Mann vorzulesen.

»Wir werden Personen, die aufgrund egoistischer Interessen unserer Natur, Menschen oder Tieren Leid und Schaden zufügen, spüren lassen, dass das falsch ist. Dazu werden wir alle uns zur Verfügung stehenden Mittel …«

Dieser verdammte Fleck. Er war so groß wie eine Kartoffel. Da hatte jemand mit einer anderen Farbe, die nicht ganz passte, nachgestrichen. Etwas übertüncht, was nicht zu sehen sein sollte.

»… Wer sich davor schützen möchte, kann das tun, indem er rechtzeitig umschwenkt und für statt gegen unsere Welt arbeitet. Wir erwarten, dass dies jeweils öffentlich bekannt gegeben und durch Taten belegt wird.«

Die Kamera schwenkte zurück zu Lynn. Nun war ein wenig mehr am linken Bildrand zu sehen als vorher.

»Wir werden unsere Welt schützen und Orientierung geben«, sprach Lynn die Schlussworte der Erklärung. »Wir werden dafür sorgen, dass Egoismus, Gier und Rücksichtslosigkeit endlich Grenzen gesetzt werden.«

Ganz am Rand, etwa in Kopfhöhe von Lynn, konnte man jetzt die Ecke eines Bildes sehen, das dort an der Wand hing. Es war nur ein kleiner Ausschnitt. Ein Stück von einem schmalen silberfarbenen Rahmen und dem Gemälde darin. Am liebsten wäre ich aufgestanden, um näher heranzugehen. Ein leichtes Kribbeln zog meinen Nacken hoch. Feine Nadelstiche, die bis unter die Kopfhaut gingen.

»Halt mal an«, sagte Herr Mengert. »Kannst du das Bild da ranzoomen?«

Herr Alsberger ließ das Video zurücklaufen, dann vergrößerte er den linken Ausschnitt. Alles, was man von dem Bild im silbernen Rahmen erkennen konnte, war etwas Weißes, das aussah wie eine Gardine oder eine Art Spitze auf dunklem Hintergrund. Inzwischen klopfte mein Herz mit einer solchen Wucht, dass ich Angst hatte, die anderen im Raum könnten es hören. Herr Alsberger zoomte das Bild noch größer, aber es fing an, unscharf zu werden. »Auf jeden Fall ist das nicht in der Hütte aufgenommen worden, in der Creumer war«, sagte er. »Und auch nicht in dem Haus in Handschuhsheim. Da hängen keine Bilder an der Wand. Was soll das sein? Hat jemand eine Idee?«

Ich wusste genau, was das war. Auf dem Bildausschnitt sah man die weißen Rüschen am Kleiderärmel der Liselotte von der Pfalz. Die dicke Liselotte, die so oft mit spöttischem Blick auf mich herabgeschaut hatte, bis wir sie bei den Renovierungsarbeiten gegen ein paar blaue Pferde ausgetauscht hatten. Ich wusste auch, wie der Fleck an die maisgelbe Wand gekommen war. Letzten Herbst hatte ich einen dicken Falter, der dort saß, mit einem Schuh erschlagen. Die Stelle war damals von Hugo notdürftig überpinselt worden. Ende Februar hatten wir das Zimmer gestrichen, zusammen mit der Küche und dem Bad. Die Wand war inzwischen weiß, den Fleck gab es nicht mehr. Aber es hatte ihn gegeben. Genau wie das Bild von Liselotte. Im Zimmer mit der Nummer drei. In unserer Pension.

»Ich wende mich mal an die Uni«, sagte Herr Pöltz. »Vielleicht können die aus der Kunstgeschichte uns weiterhelfen.«

Die Libellen mussten die Aufnahmen schon vor Wochen gemacht haben. Spätestens bis Ende Februar. Sie hatten alles lange im Voraus geplant. Und wir hingen da mit drin. Eindeutig. Das Kribbeln im Nacken wurde unerträglich. Ich durfte jetzt auf keinen Fall anfangen, nach Luft zu schnappen. Dann konnte ich gleich ins Gefängnis gehen.

»Und, Frau Böckle?« Frau Mooser beugte sich ein wenig vor, um mich sehen zu können. »Was sagen Sie? Lynn und Jakob, das sind Katze und Affe. Der Frosch, ist das Vinzent?«

»Ich weiß nicht.« Ich versuchte, meine Gesichtszüge unter Kontrolle zu halten. »Ich ... ich glaube nicht.«

Wieso waren die in der Pension gewesen? Wenn die bei uns gewohnt hatten, müsste ich mich doch an Lynn und Jakob erinnern können?

»Sind Sie sicher?«

Ich sollte etwas sagen, so tun, als wäre alles in Ordnung.

»Kann ich das noch einmal sehen?«, bat ich. »Am besten ganz von vorn.«

Ich war in den letzten Monaten zweimal nicht da gewesen. Einmal war ich nach Ülske gefahren, weil Flo die Grippe bekommen hatte, das andere Mal zu Katjas Geburtstag. Immer für ein paar Tage, sonst lohnte sich die weite Fahrt nicht.

Vor mir lief das Video erneut ab. Die konnten nur in der Zeit dort gewesen sein, als ich in Ülske war und Hugo allein in der Pension. Das erklärte auch, warum Vinzent von der Pension gewusst hatte. Wenn er nicht dabei gewesen war, hatten sie ihm zumindest davon erzählt. Hugo. Es schnürte mir die Kehle zu. Ich musste hier raus. Weg aus Frau Moosers Blickfeld.

Das Video war zu Ende.

»Nein, das ist er nicht.« Ich bemühte mich, meine Stimme einigermaßen normal klingen zu lassen. Nicht zittern, nicht nach Luft japsen. »Ganz bestimmt nicht.« Dann stand ich auf.

»Wo ist denn die Toilette?«

»Ist Ihnen nicht gut?« Das Krokodil schaute zu mir hoch. Ich versuchte zu lächeln.

»Ich habe nur eben in der Stadt zu viel Kaffee getrunken.«

»Kommen Sie, ich zeige es Ihnen«, bot Herr Pöltz an.

Als ich hinter ihm herlief, konnte ich Frau Moosers Blicke in meinem Rücken förmlich spüren. Herr Pöltz begleitete mich bis vor die Toilettentür. Schnell ging ich hinein. Ein kleiner Vorraum mit Waschbecken, dahinter die Kabine. Ich schloss ab und lehnte mich von innen gegen die Tür.

Nie und nimmer hatte Hugo etwas mit den Libellen zu tun. Hugo verabscheute Gewalt. Aber hatte er sich nicht auch oft genug aufgeregt? Zuletzt darüber, dass unser Plastikabfall neuerdings nach Malaysia verschifft wurde. Und davor über einen Papierschlamm, den man auf badischen Feldern zum Düngen benutzt hatte und der angeblich giftige Chemikalien enthielt. »Eine unglaubliche Sauerei«, hatte Hugo geschimpft. Was hatte er auf der Dachterrasse bei seinem Abschied gesagt? »Ich habe dir etwas verschwiegen.« Und ich dachte, es ginge um uns. Hugos Geständnis seiner Liebe. Vielleicht ging es um etwas ganz anderes!

Ich brauchte unbedingt eine Handvoll Wasser in meinem Gesicht, damit ich wieder klar denken konnte. Ich verließ die Kabine und drehte im Vorraum den Hahn an dem kleinen Waschbecken auf. Im selben Moment öffnete Frau Mooser von außen die Tür, als hätte sie schon auf dem Gang gewartet.

»Alles in Ordnung, Mila?«

Ich wusste, dass sie die Panik in meinem Gesicht sehen konnte. Frau Mooser durfte nicht erfahren, was los war. Ich würde Hugo nicht reinreißen. Vielleicht war das alles nur ein blöder Zufall. Damit ich sie nicht ansehen musste, beugte ich mich über das Waschbecken und spritzte mir Wasser ins Gesicht.

Das Krokodil blieb in der Tür stehen.

»Mila, wenn das in dem Video doch Vinzent ist, tun Sie ihm und sich keinen Gefallen, wenn Sie ihn decken.«

Ich konnte ihr nicht sagen, was los war. Das war alles zu viel. Ich schaffte das nicht. Ich fing an, nach Luft zu schnappen. Musste schneller atmen. Noch schneller atmen. In meinen Fingern begann es zu kribbeln. Ich bekam keine Luft mehr. Diesmal würde ich ersticken. Ganz sicher. Ich konnte nicht mehr schlucken. Es kribbelte bis in den Kopf hinein. Die Ameisen fraßen mich von innen auf. Schneller Luft holen. Mehr Luft. Aus weiter Ferne hörte ich eine Stimme. »Was ist denn mit Ihnen? Soll ich …« Luft holen. Luft holen. Aber ich bekam keine Luft. Ich krallte mich am Waschbecken fest. Diesmal würde ich sterben. Ganz bestimmt. Das war das Ende. Die Frau im Spiegel verschwamm vor meinen Augen. Dann sank ich zusammen.

12

»Frau Böckle! Hallo! Mila!« Jemand tätschelte meine Wange.
»Vielleicht sollten wir einen Krankenwagen rufen?«
»Die braucht keinen Krankenwagen. Die hat nur hyperventiliert.«
Noch einmal schlug mir jemand auf die Wange. Recht unsanft. Das konnte nur Frau Mooser sein. Als ich mich dazu entschied, wieder in die Welt hineinzuschauen, blickte ich ihr direkt in die Augen. Über ihrer Schulter schwebte bleich wie der Vollmond das besorgte Gesicht von Herrn Pöltz. Ich saß mehr, als dass ich lag, und zwar direkt vor dem Waschbecken.
»Da sind Sie ja wieder!«, sagte Frau Mooser. »Kommen Sie, wir helfen Ihnen auf.«
Die beiden griffen mir unter die Arme und zogen mich hoch. Durch die offene Tür sah ich die anderen im Flur stehen: Herrn Alsberger, Herrn Mengert und noch zwei, drei Leute, die aus ihren Büros gekommen waren.
Sie brachten mich in das nächste Zimmer, setzten mich auf den Stuhl vor dem Schreibtisch, und Herr Pöltz schenkte mir ein Glas Wasser ein. Mein Blackout konnte nur wenige Sekunden gedauert haben. Zum Glück funktionierte danach immer alles wieder. Wie bei einem Aktenvernichter, der sich bei Überhitzung selbst ausschaltet. Der Spuk war vorbei, und ich bekam Luft. Auch mein Kopf arbeitete wieder.
Hugo und die Libellen. Der liebenswerte Hugo, der sich so rührend um mich gekümmert hatte, als ich nach meiner Rückkehr aus Ülske krank geworden war. Stundenlang hatte er mir zugehört, als ich meinen Kummer darüber loswerden musste, dass meine ehemals beste Freundin jetzt das Kind von meinem Ex bekam, das ich gern mit ihm gehabt hätte. Im Winter hatte er mir einen Schal gestrickt, damit ich mich nicht erkältete, und ein Heizöfchen ins Zimmer gestellt, damit ich es warm genug hatte. Er war mein Vertrauter, mein Blitzableiter für schlechte

Laune und der einzige Mensch, der sich immer freute, wenn ich etwas kochte.

Ich hatte Frau Mooser gesagt, ich hätte keinen Freund hier in Heidelberg, aber das stimmte nicht. Hugo war zu so einem selbstverständlichen Teil meines Lebens geworden, dass ich an ihn gar nicht mehr gedacht hatte. Auch wenn ich nicht verliebt in Hugo war und mich wahrscheinlich nie in ihn verlieben würde, war er in den letzten Monaten doch zu einem der wichtigsten Menschen in meinem Leben geworden. Und ich hatte ihn davon abgehalten, mir zu beichten, was er unbedingt loswerden wollte!

»Na, jetzt sehen Sie schon wieder besser aus«, ermunterte mich Herr Pöltz. »Haben Sie denn heute überhaupt schon etwas gegessen?«

Ich schüttelte den Kopf. Im Moment war mir nicht nach Essen zumute. Ich war einfach nur heilfroh, wieder normal atmen zu können.

»Hinten sind noch Brezeln«, sagte Frau Mooser. »Ich hole Ihnen eine.«

Bevor ich etwas erwidern konnte, war sie zur Tür hinaus. Gleich darauf hörte man sie im Flur mit jemandem reden.

»Oje.« Herr Pöltz reckte den Hals, sodass er über mich hinwegsehen konnte. »Jetzt ist sie fällig.«

Ich drehte mich um und sah einen sehr kleinen Mann mit sehr rotem Kopf im Flur stehen. So ganz verstand ich nicht, was da gesprochen wurde. Es ging um Beurlaubung, eine »Ungeheuerlichkeit«, Einmischung und »selber schuld«. Ein kurzes, aber heftiges Gewitter, das sich mit Orkanböen und Donner auf dem Flur entlud. Dann ein wütend dahingeschmettertes »Worauf Sie sich verlassen können!«, und Frau Mooser kam ohne Brezel zurück. Es war nicht zu übersehen: Das Krokodil war so wütend, dass es diesmal wahrscheinlich wirklich jemanden zerreißen würde.

»Der schmeißt mich tatsächlich raus!«, schnaubte sie. »Ich soll den Dienstweg einhalten!«

»Ich habe dir gleich gesagt, das mit der Beurlaubung ist keine gute Idee«, sagte Herr Pöltz.

»Ja, ja, spar dir deinen Kommentar. Ich erwarte deinen Bericht, sobald ihr etwas Neues habt. Am besten, du kommst heute Abend vorbei.« Dann wandte sie sich zu mir. »Geht es Ihnen wieder besser?«

»Vielleicht sollten wir Sie doch zu einem Arzt bringen.« Herr Pöltz musterte mich mit Sorge. »Nur zur Sicherheit.«

»Nein, danke, ist schon gut.« Ich brauchte keinen Arzt. Eher eine Blumenwiese mit ein paar Schmetterlingen und einen Liegestuhl. »Das habe ich manchmal. Ist nicht so schlimm. Ich denke nur jedes Mal, ich sterbe. Aber ich lebe ja immer noch.«

»Na, wenn das so ist, könnten wir zusammen etwas essen gehen.« Frau Mooser hörte sich wirklich freundlich an. »Ich lade Sie ein. Ihre Aussage haben Sie gemacht, die brauchen Sie jetzt sowieso nicht mehr hier.«

Ich ahnte, was sie vorhatte. Sie würde mich ausquetschen, weil sie sich denken konnte, dass meine Panikattacke mit dem Video zusammenhing. Und wenn sie mit mir fertig war, würde nicht mehr von mir übrig sein als eine leere Hülle. Dafür wusste Frau Mooser dann garantiert alles, was sie nicht wissen durfte. Über den Fleck, Liselottes Rüschenärmel und über Hugo, der sich über Papierschlamm auf Äckern aufregte. Ich musste verhindern, dass sie Verdacht schöpfte, ihr eine plausible Erklärung für meine Panik liefern, damit sie von mir abließ. Die beste Lösung war wahrscheinlich, ihr zu erzählen, was sie hören wollte.

Ich tat es nicht gern, aber wenn man Vinzent jemals finden würde, wäre sofort klar, dass er nicht der Mann auf dem Video sein konnte. Ich schadete ihm nicht. Zumindest nicht langfristig, nur für den Moment.

»Frau Mooser, ich … ich glaube, ich muss mich korrigieren … Es könnte sein, dass die dritte Person doch Vinzent ist. Es wäre schon möglich, ich meine, von der Stimme her. Aber sicher bin ich mir nicht.«

Frau Mooser lehnte am Schreibtisch und schaute auf mich herab, die Arme vor dem Körper verschränkt.

»Er war so nett«, schob ich leise hinterher. »So freundlich. Ich kann mir immer noch nicht vorstellen, dass er mit dieser

Entführung etwas zu tun haben soll. Ich weiß, ich hätte das gleich sagen müssen. Es tut mir leid, wirklich.«

Das stimmte sogar. Gestern noch hatte ich ihr Vorwürfe gemacht, weil sie mir misstraute, heute log ich sie an. Aber was sollte ich sonst tun? Vinzent anzuschwärzen war im Moment das Einzige, was mir einfiel, um Hugo zu schützen. Ich senkte den Kopf, ich konnte Frau Mooser nicht länger anschauen.

»Ahnte ich es doch«, sagte sie, und ich glaubte, einen Hauch von Enttäuschung in ihrer Stimme zu hören.

Das würde Hugo nie wiedergutmachen können, selbst dann nicht, wenn er mir noch tausend Jahre morgens das Frühstück machte.

»Du hast es gehört, Arthur. Kümmere dich drum. Ich verschwinde jetzt, bevor Ferver den nächsten Tobsuchtsanfall bekommt.« Frau Mooser ging zur Tür, aber dann drehte sie sich noch einmal zu mir. »Auch jemand, der uns sympathisch ist, kann furchtbare Dinge tun. Menschen sind nicht nur schwarz oder weiß, Mila. Glauben Sie mir, die meisten von uns sind grau.«

Dann war sie weg. Und ich fühlte mich so grau, wie man nur grau sein konnte.

Es dauerte eine halbe Ewigkeit, bis meine Aussage aufgenommen war und ich das Protokoll unterschrieben hatte. Danach spuckte mich die Polizeimaschinerie wieder aus, und ich stand vor dem Gebäude auf der Straße. Man hatte mir den Schlüssel zur Pension wiedergegeben, also machte ich mich auf in Richtung Altstadt.

Sobald ich in sicherer Entfernung von der Polizeistelle war, holte ich mein Handy hervor. Hugo hatte meine WhatsApp-Nachricht immer noch nicht bekommen. Das Häkchen dahinter fehlte. Ich versuchte, ihn anzurufen, aber wieder hieß es nur: Der Anschluss ist vorübergehend nicht zu erreichen.

Mein Weg führte mich vorbei am »Alten Hallenbad«, an kleinen Geschäften und Lokalen, bis ich wieder am Bismarckplatz ankam. Beim Blumenhändler an der Ecke standen Tulpen, Rosen und Anemonen dicht gedrängt in Eimern auf dem Boden und leuchteten um die Wette.

Hugo liebte sie alle: jede Blume und jedes Tier, auch wenn es noch so viele Beine hatte. Als ich den Falter an der maisgelben Wand zerquetschte, hatten wir nicht nur wegen des Flecks Streit bekommen, sondern auch, weil ich den Falter getötet hatte, statt ihn in einem Glas zu fangen und nach draußen zu setzen. Hugo rettete Spinnen, Fliegen und Feuerwanzen, und er konnte eine halbe Stunde damit verbringen, einen Käfer aus einer Fensterritze zu locken, um ihn auf der Dachterrasse in die Geranien zu setzen. Hugo und Benn waren sich in einem Punkt sehr ähnlich: Sie schätzten, was die Natur erschaffen hatte. Egal mit wie viel haarigen Beinen. Aber was hieß das schon? Deshalb wurde man nicht gleich kriminell.

Doch während ich durch die Fußgängerzone zur Pension lief, kam mir noch anderes in den Sinn. Wie unser letztes gemeinsames Abendessen, bei dem Hugo mir unbedingt auf seinem Tablet-PC Bilder vom Bauchinhalt eines toten Wals zeigen musste. Es waren sechs Kilo Plastikabfälle. Oder seine regelmäßigen Ausbrüche, wenn die Sprache auf den Dieselskandal kam. Rosel hatte ihm nicht nur die Pension, sondern auch ihr Auto überlassen. Hugo hatte es verkauft, weil er mit dem »skrupellosen Betrügerpack« von der Autoindustrie nichts mehr zu tun haben wollte.

Vor allem aber fiel mir die Geschichte mit dem Seminar wieder ein. Offiziell promovierte Hugo immer noch an der Uni Heidelberg, der Grund, warum er vor Jahren bei Rosel eingezogen war. Ein Projekt, an das niemand mehr glaubte. Aber vor drei Wochen war er ganz überraschend mit anderen Doktoranden aus seinem Fach übers Wochenende in ein Seminarhaus in die Eifel gefahren. Ein paar Tage später hatte ich in seinem Zimmer etwas gesucht und zufällig die abgestempelte Bahnkarte für eine Hin- und Rückfahrt nach Freiburg auf seinem Schreibtisch gesehen. Für genau dieses Wochenende. Ich hatte es nicht angesprochen, schließlich war Hugo mir keine Rechenschaft schuldig.

Hugos Geheimnisse. Konnte es sein, dass er sich den Libellen angeschlossen hatte? Es wäre auf jeden Fall auch ein guter

Grund, Angst davor zu haben, die Polizei könnte ins Haus kommen. Bei den Libellen in Handschuhsheim war sein Name nicht gefallen. Und der Dritte auf dem Video, das war er genauso wenig wie Vinzent. Aber vielleicht gab es Untergruppen, die sich gegenseitig unterstützten.

Ich ging immer schneller, bahnte mir im Eilschritt meinen Weg durch den Menschenstrom in der nicht enden wollenden Fußgängerzone. Auf dem Marktplatz stand Herkules auf seiner Sandsteinsäule, in der gleichen Pose, in der er Tag für Tag in die Ferne schaute. Wenigstens ein verlässlicher Mann in meiner näheren Umgebung. Einer, der nicht einfach verschwand wie Vinzent. Oder Geheimnisse hatte wie Hugo.

Irgendwie fühlte es sich seltsam an, als ich in den dunklen Flur der Pension trat und meine Jacke aufhängte. Als wäre ich hier fremd. Kannte ich den Menschen überhaupt, mit dem ich hier zusammenlebte? An der Fünf klebte ein blaues Siegel über Tür und Rahmen, auf dem stand, dass man sich strafbar machte, wenn man es ablöste oder beschädigte.

Ich versuchte noch einmal, Hugo auf seinem Handy zu erreichen, und scheiterte erneut. Also suchte ich am Pinnbrett in der Küche nach dem Zettel, auf dem Rosels Festnetznummer stand.

Nur ein paar Signaltöne und schon hörte ich Rosels Stimme, die für ihr Alter erstaunlich jung klang.

»Hallo, Mila, was für eine Überraschung. Ist alles in Ordnung? Es ist hoffentlich nichts mit Flo, oder?«

»Nein, keine Sorge, ihr geht es gut, es ist alles prima. Ich müsste nur kurz wegen der Pension etwas mit Hugo besprechen. Ist er da?«

»Mit Hugo? Aber weißt du das denn nicht?«

Ich schwieg. Was verdammt noch mal sollte ich wissen?

»Hugo kommt erst nächste Woche. Am Montag. Er hat noch ein Seminar. Ich glaube, in der Eifel. Wegen seiner Promotion.«

»Ach, wegen der Promotion«, antwortete ich ausweichend.

»Das hat mich so gefreut, Mila. Wie es aussieht, hat er sich wieder drangemacht. Ich habe nicht mehr geglaubt, dass das noch etwas gibt. Unter uns gesagt, die Welt wird nicht untergehen, wenn diese Promotion nicht geschrieben wird. Aber für Hugo ist es wichtig, das endlich einmal abzuschließen. Hat er dir denn davon nichts erzählt?«

»Vielleicht … ich … ich weiß es nicht mehr«, stotterte ich herum. Dieser verdammte Lügner. Der war nicht nur grau, der war schon fast schwarz. »Ich war ziemlich viel mit anderen Sachen beschäftigt. Wahrscheinlich habe ich ihm nicht richtig zugehört.«

»Dann ruf ihn doch einfach auf dem Handy an!«

Super Idee. Daran hatte ich überhaupt noch nicht gedacht.

»Ja, klar, das mache ich.«

»Mila«, kam es von der anderen Seite, »du und Hugo, habt ihr zwei vielleicht Streit?«

»Nein, nein. Es ist nur so … Also, vielleicht … eine kleine Meinungsverschiedenheit. Nicht der Rede wert. Das kriegen wir schon wieder hin.«

»Na, dann ist es ja gut. Und mit der Pension, alles in Ordnung?«

»Ja, alles bestens.«

Schon wieder ein Seminar. In der Eifel! Was für ein Lügner! Den würde ich so was von zur Sau machen, wenn der wiederauftauchte.

»Hier ist es im Moment traumhaft schön, Mila. Alles blüht. Du solltest wirklich einmal mitkommen. Hugo hat mir verraten, dass du so entsetzliche Flugangst hast, aber dagegen kann man sicher etwas tun. Ich würde mich wirklich freuen, wenn ihr einmal zusammen herkommt.«

»Ja, ich arbeite dran. Danke für die Einladung. Und alles Gute.«

»Für dich auch, Mila. Und grüß mir Heidelberg. Und Flo natürlich.«

Ich legte auf. Ich hatte vor verdammt vielem Angst. Und wenn es megastressig wurde, wie vorhin mit Frau Mooser, konnte ich vor lauter Angst sogar umkippen. Aber eines hatte ich nicht und auch noch nie gehabt: Flugangst.

Die Wut trieb mich in Hugos Zimmer. Wenn der mich hinterging und in solche Geschichten hineinzog, dann brauchte ich wohl keine Skrupel zu haben. Ich begann mit seinem Kleiderschrank, pfefferte die T-Shirts auf den Boden. Nein, da war keins mit einer Libelle drauf. Dann nahm ich mir den Schreibtisch vor. Normalerweise war Hugo ein absolut sortierter Mensch, aber in letzter Zeit hatte er in dieser Hinsicht etwas geschwächelt. Neben der Schreibtischlampe lag ein ganzer Stapel von Papieren und Heftern. Darunter zwei Rechnungen aus Lokalen in Freiburg. Die eine vom Dienstag letzter Woche aus der »Wolfshöhle«. Das war der Tag, an dem Hugo morgens angeblich zum Wandern in den Odenwald aufgebrochen war und erst zurückkam, als es schon dunkel war und ich anfing, mir Sorgen zu machen.

Dann fand ich ziemlich weit unten im Stapel noch einen Plastikhefter; wie es aussah, Unterlagen von der Informationsveranstaltung eines Umweltverbandes, die irgendetwas mit dem Thema »Bodenbelastungen« zu tun gehabt haben musste. Darin waren verschiedene Artikel, unter anderem einige über die Belastung mittel- und nordbadischer Äcker mit PFC, per- und polyfluorierten Chemikalien. Wie dort zu lesen war, gesundheitsschädigend und kaum wieder abbaubar. Auf einem Ausdruck des Umweltbundesamtes war von »besorgniserregenden Eigenschaften« die Rede. Das musste diese Papierschlammgeschichte sein, über die Hugo sich so aufgeregt hatte.

PFC stand im Verdacht, die Fruchtbarkeit zu beeinträchtigen, und bei Ratten und Mäusen waren in einer Langzeitstudie mit bestimmten PFC-Typen erhöhte Raten von Leberkrebs und anderen Tumoren beobachtet worden. Welche gesundheitlichen Folgen eine Anreicherung dieser Stoffe im menschlichen Körper haben würde, schien man noch nicht genau zu wissen.

In der Region Mannheim waren über zweihundert Hektar Ackerboden belastet, noch weit mehr in den Regionen Raststatt und Baden-Baden. Insgesamt über tausend Hektar, das waren zehn Millionen Quadratmeter. PFC war vermutlich vor Jahren über Papierschlämme, die dem Kompost beigesetzt wurden, beim Düngen auf den Feldern gelandet und von den Feldern mancherorts ins Grundwasser oder sogar ins Trinkwasser gelangt. Aber auch in Regionen von Bayern und Rheinland-Pfalz gab es Probleme. Dort war PFC über Löschschäume und bei der Herstellung von Chemikalien in die Böden geraten.

Ich blätterte die Unterlagen weiter durch. Der Artikel danach handelte von der Nitratbelastung der Ackerböden und vor allem von illegalen Gülleimporten aus den Niederlanden. Auf einer dieser Seiten fand ich ein Gekritzel am Rand, klein und verzittert. Das war Hugos Handschrift. Wenn er etwas aufschrieb, besonders, wenn er in Eile war, sah das aus, als wäre eine Ameise in ein Tintenfass gefallen und anschließend übers Papier gelaufen. Ich hatte Wochen gebraucht, um die Krakeleien auf den Einkaufszetteln zu entziffern. Der letzte Teil von Hugos Gekritzel bedeutete: »… Zimmer, Januar oder Februar«. Und das davor? Sollte das Iabu heißen? Oder Iako? Oder … Das hieß Jakob. Da stand: »Jakob – 2 Zimmer, Januar oder Februar«.

Ging es um Jakob, den Hünen, der mich auf dem Hof in Handschuhsheim mit der Waffe bedroht hatte? Um wen wohl sonst?

Reglos saß ich da, und die heile Welt, in der ich monatelang gelebt hatte, zerfiel lautlos in Trümmer. Der gutmütige, liebenswerte Hugo machte gemeinsame Sache mit denen, die Lutz Creumer fast zu Tode gequält hatten?

Ich konnte es mir nicht vorstellen. Aber genauso wenig hatte ich mir vorstellen können, dass Jens mich mit Sarah betrügen würde. Vielleicht war ich für diese Welt zu naiv. Trotzdem, ich konnte der Polizei nichts sagen. Ärger mit dem Finanzamt zu bekommen, war die eine Sache, so etwas ließ sich regeln. Aber mit den Libellen unter einer Decke zu stecken, das war ein ganz anderes Kaliber.

Die Beamten, die sich im Haus umgesehen hatten, waren hier gewesen, um nach Hinweisen auf Vinzents Verbleib zu suchen, die hatten das Blatt vielleicht gar nicht beachtet. Oder die Ameisennotiz als Kritzelei abgetan, sonst hätte Frau Mooser längst alles über Hugo aus mir herausgepresst. Jeder hatte das Recht, sich zu verteidigen. Hugo sollte mir das erst alles erklären. Und dann würde ich mit ihm zusammen zur Polizei gehen und Frau Mooser ein zweites Mal enttäuschen.

Es war schon Nachmittag, und auch wenn ich keinen großen Appetit hatte, musste ich langsam etwas essen. Vor allem aber hatte ich Durst. Also ging ich hinunter in die Küche, stellte das Radio an, um mich nicht so allein zu fühlen, nahm ein Glas aus der Anrichte und hielt es unter den Wasserhahn. Das Wasser sah aus wie immer. Ganz klar, mit ein paar kleinen Luftperlen darin. Aber in mir sperrte sich alles. Ich hielt es gegen das Licht. Konnte man polyfluorierte Chemikalien eigentlich sehen?

13

Schlafen ist immer eine gute Option, wenn man größere Probleme hat. Das ist meine Meinung. Flo hat da eine ganz andere, sonst wäre ich nicht in Heidelberg gelandet, sondern würde immer noch auf ihrem Sofa liegen. Manche Menschen können nicht schlafen, wenn sie Probleme haben, weil sie dann grübeln müssen. Ich schon, meistens zumindest, auch wenn es ein gewisses Risiko mit sich bringt. Wenn es gut läuft, landet man in seinen Träumen auf Neuseeland oder kann sich wie einer der Falken vom Turm der Heiliggeistkirche schwingen und über den Dächern der Stadt schweben. Hat man allerdings Pech, steckt man wieder in einem dunklen Schuppen, und haarige große Spinnen krabbeln über einen hinweg.

Ich war das Risiko eingegangen, war hoch in meine Dachkammer gestiegen und hatte mich ins Land der Träume geflüchtet. Vielleicht brauchte auch mein immer noch schmerzender Kopf einfach eine Auszeit. Ich schlief und schlief, und als ich wieder wach wurde, war es draußen dunkel und still. Es musste spät sein, oder besser gesagt früh, denn die Nachtschwärmer, die man sonst in der Gasse hörte, schienen bereits zu Hause zu sein. Ich ging hinunter in die Küche, aß die letzte Scheibe Brot, die ich noch fand, legte mich wieder ins Bett und schlief weiter.

Als ich das nächste Mal wach wurde, schien die Sonne durch das Dachfenster. Ich zog meine allerliebste supergemütliche graue Jogginghose an, legte mich im Zimmer eins, in dem es einen Fernseher gab, aufs Bett und schaute mir vierzehn Folgen »Big Bang Theory« an, die ich alle schon kannte. Aber es half, nicht mehr an Vinzent denken zu müssen oder mich zu fragen, wo Hugo steckte. Auf meine Nachrichten meldete er sich nicht. Überhaupt niemand meldete sich.

Irgendwann bemerkte ich, dass es vielleicht daran lag, dass der Akku meines Handys leer war. Vergeblich suchte ich eine halbe Stunde lang nach dem Ladekabel, bis mir klar wurde, dass das womöglich ein Zeichen war. Wahrscheinlich sollte ich nicht hören, was Hugo zu sagen hatte. Also kroch ich wieder ins Bett, wo ich durch das Dachfenster erst die Wolken beobachtete, dann die Sterne zählte und schließlich aus einem Alptraum nach dem nächsten hochschreckte.

Angeblich hat Karl Lagerfeld einmal gesagt, wer eine Jogginghose trägt, hat die Kontrolle über sein Leben verloren. Schon möglich. Auf jeden Fall hatte ich die Kontrolle über den Kühlschrankinhalt verloren. Als mich der Hunger wieder in die Küche trieb, war außer einem kleinen Stück Käse nichts mehr Nennenswertes darin zu finden. Ich beschloss, einkaufen zu gehen und gleich auch ein paar Flaschen Mineralwasser zu besorgen. Das Kranenberger wollte mir nicht mehr so recht schmecken.

In der Küche fand ich mein Ladekabel wieder. Es hing aus einer Steckdose neben dem Küchentisch, und ich erinnerte mich dunkel, dass ich dort letztens mein Handy aufgeladen hatte. Ich schloss es an und legte es zum Aufladen auf den Tisch. Allerdings konnte ich mir nicht verkneifen, noch einmal eine kurze freundliche Nachricht an Hugo zu schicken: »Viel Spaß in der Eifel, du mieser, hinterhältiger, gemeiner, widerwärtiger Lügner!«

Dann machte ich mich auf den Weg zu dem kleinen Einkaufsladen am Marktplatz, in dem man zum Glück alles bekam, was zum Überleben nötig war. Allerdings musste ich schon am ersten Zeitungsständer einsehen, dass ich der Libellengeschichte nicht entkommen konnte. Auf dem Titelblatt einer Zeitschrift prangte das Foto eines Mannes, der vom Krankenbett aus in die Kamera lächelte, neben ihm eine schöne Frau, die mit ernstem Blick auf ihn herabschaute. Darüber stand: »Einem qualvollen Tod entronnen. Das erste Interview nach dem Martyrium«. Und neben dem Bild: »Lutz Creumer mit seiner überglücklichen Frau Franka«.

Ich kaufte die Zeitung und setzte mich auf die nächste Bank. Dem Datum zufolge hatten wir Samstag, ich hatte es also geschafft, mich ganze zwei Tage von dieser Welt zu beamen.

In dem Interview, das nur aus ein paar Sätzen bestand, dankte Herr Creumer der Polizei für ihren Einsatz. Es gehe ihm wieder gut, er freue sich, schon in den nächsten Tagen in seine Firma zurückkehren und seine Geschäfte wiederaufnehmen zu können. Er werde jedoch sicherlich so bald nicht mehr in der Mittagspause zu einem Spaziergang aufbrechen, sondern zukünftig lieber im firmeneigenen Fitnessstudio entspannen.

Als ich umblätterte, um den Rest des Artikels zu lesen, verschlug es mir den Atem. Ich sah in die Gesichter von Lynn und Vinzent. Keine Phantombilder, sondern Fotos, die aussahen wie typische Pass- oder Führerscheinfotos. Im Text dazu stand, dass man sie über den Libellen-Blog ausfindig gemacht hatte. Vom Betreiber des Servers hatte die Polizei die IP-Adresse erfahren, unter der die Eingaben gemacht worden waren, und sie einem PC aus einem Internetcafé in Bonn zuordnen können. Der Cafébetreiber hatte Vinzent und Lynn anhand der Phantombilder wiedererkannt, sie waren wohl häufiger gemeinsam dort gewesen. Und über das Bonner Meldeamt fand sich eine Person mit dem Vornamen Lynn und eine mit dem Vornamen Vinzent unter derselben Adresse. Ein Volltreffer. Die beiden hatten sich ganz brav in Bonn gemeldet.

Vinzent Storzbeck. Dreißig Jahre. Nun erfuhr ich also seinen Nachnamen aus der Zeitung. Immerhin schien man noch nach ihm zu suchen. Das bedeutete, die Polizei hatte bisher keine Leiche im Wald gefunden. Lynn hieß mit Nachnamen Dallbrock und war achtundzwanzig Jahre. Die zwei hatten an der Uni in Bonn studiert und dort gemeinsam im Stadtteil Poppelsdorf gelebt.

Also waren sie wohl ein Paar? Waren sie es auch noch gewesen, als Vinzent in der Pension mit mir geflirtet hatte? Es gab meinem Herzen einen kleinen Stich.

Ich hatte keine Lust, darüber nachzudenken. Im Eiltempo kaufte ich, was nötig war, um in der nächsten Woche das Haus nicht mehr verlassen zu müssen, dann schleppte ich meine Einkäufe zurück zur Pension.

Doch vor dem Haus lauerte das Krokodil. Ich sah Frau Mooser gleich, als ich in die Gasse einbog, Frau Mooser mich leider auch. Es war zu spät, um umzudrehen.

»Hallo, Mila! Da sind Sie ja. Ich dachte schon, ich komme umsonst.«

In dunkelblauer Jacke und mit bunt gemustertem Schal, den sie dreimal um den Hals gewunden hatte, stand sie so vor der Haustür, dass es kein Vorbeikommen gab. Frau Mooser musterte meine prallen Einkaufstüten.

»Bekommen Sie Besuch?«

»Nein. Ich habe nur Hunger.«

Da sie keine Anstalten machte, den Eingang freizugeben, stellte ich die Tüten ab. Weshalb war sie hier aufgekreuzt? Hoffentlich nicht wegen Hugo. Hatte die Polizei in Handschuhsheim etwas entdeckt, das eine Verbindung zwischen ihm und den Libellen herstellte? So wie ich seine Notiz, dass Jakob zwei Zimmer brauchte?

»Sie sehen ziemlich geschafft aus. Geht es Ihnen nicht gut?«, fragte Frau Mooser. »Ich habe gehört, in Tschechien ist ein Platz in einer Badekur frei geworden. Täte Ihnen bestimmt gut.«

Mal wieder einer dieser schlechten Mooser-Witze. Aber immerhin hatte sie anscheinend gute Laune, und ganz kurz flammte in mir die Hoffnung auf, der Anlass für ihr Auftauchen könnte nicht Hugo sein, sondern dass es gute Nachrichten über Vinzent gab.

»Gibt es etwas Neues? Wurde Vinzent gefunden?«

»Nein, bisher nicht. Haben Sie einen Moment Zeit? Ich würde gern etwas mit Ihnen besprechen.«

»Was denn?«, fragte ich, vielleicht ein klein wenig zu hastig.

»Das klären wir besser drinnen.«

Ich wollte sie nicht reinlassen, ich wollte einfach nur meine Ruhe haben. Aber ich musste wissen, worum es ging, sonst war es wahrscheinlich selbst für mich mit dem Schlafen vorbei. Das mit dem Abtauchen klappte leider nur bis zu einer gewissen Grenze. Also lotste ich Frau Mooser in die Küche. Als ich sah, wie neugierig sie umherspähte, dankte ich Gott und dem

Schicksal, dass wir renoviert hatten und Liselottes Bild auf dem Sperrmüll gelandet war.

»Kaffee?«, fragte ich und hievte meine Tüten auf den Tisch.

»Nein danke.« Frau Mooser blieb in der Küchentür stehen, als hätte sie vor, gleich wieder zu gehen. »Ich wollte Sie eigentlich bitten mitzukommen.«

War Hugo aufgeflogen und ich stand mit unter Generalverdacht? Ich traute mich nicht, zu ihr hinüberzuschauen, während ich Brot, Eier und Käse aus der Tüte holte.

»Heißt das, Sie nehmen mich fest?«

»Hätte ich denn einen Grund dazu?«

Haltung bewahren. Das war Hugos Problem, nicht meins.

»Natürlich nicht.« Ich legte das Brot auf die Anrichte. »Ich dachte, das hätten wir geklärt.«

Nur keine Panik. Ich war unschuldig. Bis auf die eine kleine Lüge wegen des Videos. Das war die Wahrheit, die reine Wahrheit und nichts als die Wahrheit.

»Vielleicht habe ich mich etwas mehrdeutig ausgedrückt«, lenkte Frau Mooser ein. »Ich wollte fragen, ob Sie mich begleiten. Ich bin auf dem Weg zu Lynns Großmutter. Anscheinend geht Ihr Telefon nicht, ich habe ein paarmal versucht, Sie deshalb anzurufen.«

»Ich?« Überrascht drehte ich mich zu ihr. »Was soll ich denn bei Lynns Großmutter?«

»Mir helfen, sie zum Reden zu bringen. Wie es aussieht, sind die Libellen abgetaucht. Lynns Großmutter wohnt in Mosbach, hier im Neckartal. Lynn ist bei ihr aufgewachsen, ihre Mutter ist früh verstorben, der Vater unbekannt. Wir hatten vermutet, dass die Libellen vielleicht bei ihr untergeschlüpft sein könnten oder zumindest Lynn. Fehlanzeige. Aber die Kollegen meinten, die alte Frau wäre verschlossen gewesen wie eine Auster. Möglicherweise weiß sie etwas, aber sie noch einmal offiziell zu vernehmen macht wenig Sinn.«

»Und warum sollte sie uns etwas verraten?«

»Weil wir beide Lynn kennen und ihr lauter Nettigkeiten über ihre Enkelin sagen werden. Wir werden ihr erzählen, wie

Lynn uns vor Benn und Jakob in Schutz genommen hat und wie dankbar wir ihr dafür sind, egal, was sie sonst getan hat. Ein Gespräch unter Frauen, die Lynn mögen und sich um sie Sorgen machen. Vielleicht schaffen wir es, dass sie uns vertraut. Ich hatte den Eindruck, Lynn mochte Sie. Und Sie mochten Lynn. Sie werden wahrscheinlich am besten etwas Nettes über Lynn von sich geben können. Möglich, dass mir das nicht ganz so gut gelingt.«

»Ich dachte, Sie sind beurlaubt?«

»Wurde vorübergehend aufgehoben. Dauert normalerweise eine Weile, aber Ferver kennt da jemanden, der jemanden kennt. Das Verfahren wurde ein wenig beschleunigt«, erklärte Frau Mooser und sah dabei ziemlich zufrieden aus. »Allerdings leitet Alsberger die Ermittlungen.«

Kein Wunder, dass sie zufrieden aussah. Das hieß wahrscheinlich, dass trotzdem alle nach ihrer Pfeife tanzten. Einschließlich Herrn Alsberger.

»Vinzent und Lynn wohnen in Bonn. Sie waren mit den Nachbarn befreundet, junge Leute, wie die beiden.« Frau Mooser schaute an mir vorbei auf den Tisch mit meinen Einkäufen. »Die wussten von Lynns Großmutter. Lynn hat ihnen erzählt, dass sie bei ihr aufgewachsen ist. Anscheinend hat sie eine sehr enge Beziehung zu ihrer Großmutter.« Frau Moosers Hals wurde lang wie der einer Giraffe. »Da leuchtet etwas«, sagte sie. »Ist das Ihr Handy?«

Ich drehte mich um und sah zwischen Bananen und Kaffee das grün schimmernde Display. Es war eine Nachricht gekommen. Hoffentlich nicht von Hugo. Nicht ausgerechnet jetzt. Als ich nach dem Handy griff, wurde das Display schon wieder dunkel, es war nichts mehr zu sehen. Besser so.

»Das ist bestimmt wieder meine Tante.« Ich stellte es aus und ließ es scheinbar völlig desinteressiert in der Tasche meiner Jogginghose verschwinden. »Die nervt mich schon den ganzen Tag. Sie wissen ja, George Clooney und so.« Und bevor Frau Mooser auf den Gedanken kommen konnte, dass ich wieder einmal log, fügte ich hinzu: »Die Sachen kann ich später noch wegräumen. Ich helfe natürlich gern. Fahren wir doch gleich los.«

Aber Frau Mooser schien zu zögern. Wieder traf mich einer von diesen Blicken, die ich nicht einschätzen konnte. Ein Blick, der verunsicherte. Man sah ganz genau, dass irgendetwas in ihr vorging, aber ihre Mimik verriet nicht das Geringste darüber, was. Hatte sie mitbekommen, dass ich die Nachricht in ihrer Anwesenheit nicht lesen wollte?

Frau Mooser schaute hinunter zu meinen Schuhen, dann wieder an mir hoch, bis ihr Blick sich in meinen Haaren verfing.

»Vielleicht wollen Sie sich lieber vorher noch ein wenig frisch machen?«

Gott sei Dank, darum ging es! Wenn das alles war. Ich hatte mich seit zwei Tagen nicht mehr gekämmt. Wozu sich herausputzen, wenn man nur mal eben um die Ecke zum Einkaufen ging. Ich wusste, dass meine Haare aussehen mussten wie eine verfilzte Löwenmähne. Nur länger. Und ich hatte nicht nur die Jogginghose und meine alte verblichene Jacke an, sondern auch die roten Plastikclogs, mit denen andere in den Garten gingen. Aber wenn das eben Hugo gewesen war und ich nicht reagierte, vielleicht rief er dann an. Und wenn mein Handy aus war, versuchte er es womöglich auf dem Festnetz. Wir mussten hier raus, am besten gleich.

»Nein, kein Problem«, sagte ich. »Polizeiarbeit ist wichtiger.«

»Wie Sie wollen«, sagte das Krokodil und lächelte in einer Weise, die mich mindestens so verunsicherte wie einer ihrer seltsamen Blicke.

Die Strafe für meine Lügen kam sofort. Frau Mooser fuhr Auto wie Reschkes Sohn Trecker: völlig unberechenbar. Der junge Reschke hatte es allein im letzten Jahr geschafft, einen Radfahrer anzufahren und mindestens drei der hofeigenen Hühner zu plätten. Wenn Reschke Trecker fuhr, fuhr Reschke Trecker. Dann hatte die Welt zu weichen. Was sie aber nicht immer rechtzeitig schaffte. Frau Mooser stand ihm da in nichts nach.

Ihren Wagen hatte sie nicht allzu weit entfernt geparkt, im

absoluten Halteverbot. Auf dem Rücksitz stand ein riesiger brauner Karton, der so groß war, dass sie im Rückspiegel unmöglich noch etwas sehen konnte.

»Wir müssen mit meinem Wagen fahren. Kleine Krise in unserem Fuhrpark«, erklärte sie, nahm eine Brötchentüte vom Beifahrersitz und warf sie neben den Karton in den Wagenfond.

»Und, sind Sie schon einmal in Mosbach gewesen?«

Nein, war ich nicht. Mosbach war mir genauso wenig bekannt wie Handschuhsheim vor unserem unglückseligen Ausflug.

»Neckargemünd, Neckarsteinach?«, fragte Frau Mooser, während sie den Motor anließ. »Das Schwalbennest? Schon mal gesehen?«

Natürlich hatte ich schon einmal ein Schwalbennest gesehen. Jede Menge sogar, weil sie auf Reschkes Hof unter dem Dachvorsprung klebten. Aber mir war klar, dass die Frage eine Falle war. Also sparte ich mir die Antwort.

»Was machen Sie eigentlich in Ihrer Freizeit? Verstecken Sie sich im Keller und warten, bis das Wochenende vorbei ist?«

»Am Wochenende haben wir meistens besonders viel zu tun«, konnte ich zum Glück zu meiner Entschuldigung anbringen.

Außerdem hatten wir ein bequemes Sofa und Netflix, wozu also in die Ferne schweifen, wenn man zu Hause abhängen konnte. Aber das ging Frau Mooser nichts an. Ein Fußgänger lief vor uns über die Straße. Frau Mooser hielt darauf zu, und der erschrockene Mann rettete sich mit einem großen Satz auf die andere Seite.

»Dann fahren wir das Neckartal lang«, entschied sie, »damit Sie mal etwas von Ihrer neuen Heimat sehen. Da haben Sie so was Schönes direkt vor der Nase und kennen es nicht.«

Schon an der ersten Ampel schimpfte sie über den »Penner« vor ihr, der nicht sofort losfuhr. Bei der nächsten Gelegenheit überholte sie die »lahme Ente« und bog so knapp vor dem entgegenkommenden Verkehr wieder ein, dass ich die Augen zukniff, weil ich befürchtete, mein Ende wäre gekommen. Ich kämpfte mit der aufsteigenden Übelkeit. Gleichzeitig wurde mir klar, dass diese Fahrt meine Chance war, zu erfahren, ob die Polizei etwas herausbekommen hatte, was sie zu Hugo führen könnte.

»Gibt es denn etwas Neues bei den Ermittlungen?«, fragte ich beiläufig.

Das Krokodil warf mir von der Seite einen Blick zu. Nur kein Misstrauen wecken.

»Ich meine, in Handschuhsheim, da sollte noch jemand kommen, oder?«, schob ich schnell hinterher. »Lynn wollte doch unbedingt dort bleiben, weil sie auf jemanden gewartet haben.«

»Nein, es ist niemand aufgetaucht.« Frau Mooser überholte schon wieder. »Allerdings haben wir in dem Haus noch einiges mehr zu der Füllhalterfirma Kaweco gefunden. Kopien, Sachen, die sie aus dem Internet ausgedruckt hatten. Wir haben inzwischen an allen möglichen Stellen Erkundigungen über den ›Perkeo Diamant‹ eingezogen. Dieser Füller, um den die Gerüchte kreisen und dessen Namen jemand in einem der Bücher an den Rand geschrieben hatte, die wir bei den Libellen gefunden haben.«

Wir fuhren auf einer breiten Straße bis Neckargemünd, wechselten dann auf die andere Flussseite. Hügel im frischen Frühlingsgrün, neben uns das Wasser, auf dem die Sonne glitzerte. Das Krokodil hatte nicht zu viel versprochen, hier war es wirklich schön.

»Den Perkeo als Füllermarke gibt es schon seit ungefähr 1900. Kaweco hat ihn in Handschuhsheim hergestellt. Angeblich hat er den Namen bekommen, weil er so viel Tinte fassen wie Perkeo Wein trinken konnte. Sie kennen unseren kleinen Schluckspecht, oder?«

»Ja, der Zwerg auf dem Schloss. Der Hofnarr von Liselotte von der Pfalz.« Natürlich wusste ich das. Schließlich hing das Bild von Perkeo immer noch in der Pension an der Wand.

»Falsch geraten. Es war der Hofnarr von Karl Philipp von der Pfalz. Zu der Zeit war Liselotte längst in Frankreich, wenn nicht schon tot.« Ein tadelnder Seitenblick traf mich. »Die Firma, die heute den Kaweco produziert, stellt noch eine Serie mit dem Namen Perkeo her. Aber keinen ›Perkeo Diamant‹. Meine Güte, ist das schon wieder warm.«

Frau Mooser zerrte sich den Schal vom Hals, nicht ohne dabei über die Mittellinie zu steuern.

»Ich schwitz mich noch tot mit diesem Ding. Aber den hat meine Tochter mir geschenkt, und wenn ich ihn nicht trage, ist sie beleidigt.« Sie warf den Schal nach hinten. »Vielleicht ist der ›Perkeo Diamant‹ ein Einzelstück, noch aus der früheren Produktion in Handschuhsheim. Manchmal werden einzelne Füller auf Anforderung angefertigt und kommen nie auf den allgemeinen Markt. Ein Geschenk für die Gattin zum Hochzeitstag. Oder für eine Mutter von der liebenden Tochter. Das würde erklären, warum sonst nirgends etwas darüber zu finden ist. Vera hätte mir auch besser einen Füller geschenkt, damit kann man wenigstens schreiben.«

Langsam dünnte sich der Verkehr aus, und Frau Mooser beschleunigte.

»Und sonst? Ich meine, wissen Sie schon mehr über die Libellen?«, tastete ich mich voran. »So, wie es sich in dem Video anhörte, sind das noch mehr, oder?«

»Schon möglich.«

»Ich meine, vielleicht haben die noch Helfer hier in der Umgebung? Sympathisanten, die genauso frustriert sind. Da gibt es bestimmt einige.«

»Ja, aber zum Glück sind die meisten nicht so dumm zu glauben, mit Gewalt könnte man ...«

Plötzlich erklang hinter uns die Melodie von »Mission Impossible«.

»Mist!« Frau Mooser schaute zur Rückbank, auf ihre Handtasche neben dem Riesenkarton. Schon steuerte sie das Auto erneut auf die Gegenfahrbahn.

»Vorsicht!«

»Ja, ja, nur keine Aufregung.« Sie sah wieder nach vorn und lenkte den Wagen zurück in die Spur. »Können Sie mal das Handy aus meiner Handtasche holen?«

Jetzt war schnelles Handeln gefragt. Wenn Frau Mooser sich noch einmal umdrehte und das Lenkrad dabei verzog, war das sicher unser Tod. Ich verrenkte mir fast die Schulter, als ich ihre Tasche vom Rücksitz zog und das Handy herausfischte. Frau Mooser riss es mir förmlich aus der Hand.

»Ja, hallo? ... Ja, und? ... Na, prima, das sind doch gute Nachrichten.«

Ich spitzte die Ohren. Neue Ermittlungsergebnisse?

»Aha ... hm ... hm ... Nein, nicht so richtig, nein ... Nicht besonders, nein ... Oh Gott, nein, das ist noch schlimmer ... Natürlich ... Ich meine ja nur ... Also, man sollte es sich schon merken können, oder? ... Ja, ja ... Ist ja gut ... Tschüss.«

Sie drückte das Gespräch weg und hielt mir das Handy hin, als wäre ich ihr Butler.

»Was für ein Blödsinn«, schimpfte sie. »Haben Sie das schon einmal gehört: Gefion?«

Nein, da musste ich nicht lange überlegen. »Was ist das?«

»Raten Sie mal!«

»Also ...« War das wieder etwas, was ich als Neu-Heidelbergerin längst wissen müsste? Leider fiel mir nur eines ein: »Es gibt einen Hersteller von Mähmaschinen, dessen Name hört sich ganz ähnlich an. Aber genau kann ich mich nicht erinnern.«

»Mähmaschinen!«, stieß Frau Mooser hervor und überholte das nächste Auto, ohne über die Schulter zu schauen. Der Ärger über meine offenbar falsche Antwort hatte keine guten Auswirkungen auf ihren Fahrstil.

»Also, ich finde aber, es klingt interessant«, versuchte ich zu beschwichtigen. »Sehr geheimnisvoll. Ist es vielleicht Ihr neues Codewort?«

»Was denn für ein Codewort?«

»Na, für den Notfall. Falls Sie oder einer der Kollegen in eine gefährliche Situation geraten. Ein Wort, das man dann beim Telefonat einfließen lassen kann, und der andere weiß Bescheid, dass man in Gefahr ist.«

Ablenkung. Frau Mooser sollte sich am besten erst einmal wieder beruhigen. Das war besser für uns beide.

»Ein Codewort!«, zischte sie und gab Gas.

»Aber es gibt solche Codewörter, oder nicht? Ich habe das einmal in einem Krimi im Fernsehen gesehen.«

»Klar doch, bei der Kripo reden wir ständig in Codewörtern. Das aktuelle ist ... lassen Sie mich mal überlegen ... Grumbeere. Oder ... Huschdegutsle? Nein, das war letzte Woche dran. Da es bei uns um Verbrechen geht, dann doch eher: Fauler Pelz. Aber ich nehme mal an, bei den überragenden Kenntnissen, die Sie über Ihre neue Heimat haben, haben Sie keinen blassen Schimmer, um was es sich dabei handelt.«

In der Tat verstand ich nur noch Bahnhof. Weder Huschtedingsda noch Krumpeere waren mir ein Begriff.

»Was für ein Pelz war das?«

»Vergessen Sie es. Wer in der Heidelberger Altstadt wohnt und allen Ernstes fragt, was das für ein Pelz ist, der sollte sich was schämen.«

Langsam fing ich an, sauer zu werden. War ich jetzt der neue Herr Pöltz, Frau Moosers Punchingball für schlechte Laune?

»Soll ich Ihnen verraten, was Gefion ist?« Sie wartete gar nicht auf meine Antwort. »Das ist genauso ein Codewort wie ›Mila‹. Ein Wort für die ultimative Katastrophe.«

Jetzt war es genug.

»Ich weiß nicht, warum Sie auf einmal so mies drauf sind. Aber es wäre nett, wenn Sie es nicht an mir auslassen würden. Und auch nicht am Gaspedal.«

Einen Moment schwieg das Krokodil. Dann fuhr es zu meiner Erleichterung etwas langsamer.

»Gefion ist der Name, den meine Tochter meinem Enkelkind verpassen will«, sagte sie. »Gefion! Angeblich ist das altnordisch. Was soll denn aus dem armen Wurm werden? Das hört sich an, als wäre es ein Sondertarif von der Telekom. Ich kann mir schon lebhaft vorstellen, wie das Kind in der Schule gehänselt wird. Die Alternative ist Sadako. Das ist japanisch.«

Frau Mooser beschleunigte schon wieder. »Da können Sie es auch gleich Sudoku nennen. Und Sie, Sie sollten sich endlich einmal ein paar Kenntnisse über Ihre neue Heimat aneignen. Was für ein Pelz das ist! Ich fass es nicht!«

Vor uns tauchte an der Straßenseite das Ortsschild von Eberbach auf. Frau Mooser bremste so abrupt ab, dass der Karton von hinten gegen die Vordersitze flog.

»Mache ich«, versprach ich. »Ganz bestimmt.«

Demnächst. Irgendwann einmal, wenn ich Zeit dafür haben würde. Und diese Fahrt überlebt hatte.

Da wusste ich noch nicht, dass mich mein Unwissen über diesen seltsamen Pelz direkt in die Hölle bringen würde.

14

Es gelang mir nicht, aus Frau Mooser noch etwas herauszubekommen. Jedes Mal wenn ich versuchte, das Gespräch auf die Libellen zu lenken, fertigte sie mich so kurz ab, dass ich beschloss, es lieber bleiben zu lassen. So verbrachten wir den Rest der Fahrt überwiegend schweigend. Ich schaute mir die Gegend an und kämpfte gegen meine Neugier: Nur zu gern hätte ich mein Handy aus der Hosentasche gezogen und nachgesehen, ob das vorhin Hugo gewesen war, der sich gemeldet hatte. Aber ich traute mich nicht, aus Angst, Frau Mooser könnte etwas mitbekommen.

Immerhin war sie so nett, mich auf das »Schwalbennest« aufmerksam zu machen, eine Burg, die wie ein Vogelnest an einem steilen Berghang über dem Neckar klebte. Überhaupt gab es hier jede Menge Burgen. Meine erste Lektion in Sachen Heimatkunde.

Als wir in Mosbach ankamen und einen Parkplatz gefunden hatten, stieg die Rennfahrerin wortlos aus. Bald waren wir in der Fußgängerzone und liefen über einen Platz, an dem große, prachtvolle Fachwerkhäuser standen. Aber es blieb keine Zeit, sich etwas anzuschauen. Hauptkommissarin Mooser hastete durch die Straßen, bis sie schließlich vor einem Haus mit einer dunkelbraunen Tür stehen blieb. Auf dem kleinen Schild an der Klingel war der Name »Josefa Dallbrock« zu lesen. Während Frau Mooser auf den weißen Knopf drückte, bekam ich letzte Anweisungen.

»Also, Sie sagen etwas Freundliches über Lynn, aber ansonsten halten Sie sich raus, okay?«

Es summte, die Tür sprang auf, und ein schmaler Gang lag vor uns, in dem es penetrant nach Flieder roch, ganz so, als hätte jemand verzweifelt versucht, mit einem Raumspray den muffigen Geruch von altem Gemäuer zu vertreiben. Eine ältere Frau mit grauem Haar schaute am Ende des Flurs aus einer

Wohnungstür. Sie trug ein ähnlich bequemes Jogginghosenmodell wie ich und einen rosafarbenen Pullover, auf dem zahlreiche Wäschen nur noch Reste eines Motivs hinterlassen hatten.

»Kripo Heidelberg.« Frau Mooser zog einen Ausweis hervor. »Mooser. Wir hatten miteinander telefoniert.«

Das Gesicht der alten Frau war mit kleinen Falten übersät wie ein verknittertes Stück Papier. Sie warf einen abschätzigen Blick auf den Ausweis.

»Ich weiß wirklich nicht, was das noch soll. Ich habe Ihren Kollegen gestern schon alles erzählt.«

Aus der Wohnung waren Stimmen zu hören.

»Haben Sie Besuch?«

»Ja, sicher. Meine Enkelin und zwanzig von ihren Freunden spielen im Wohnzimmer Skat.«

Frau Dallbrock schaute uns so offen feindselig an, dass ich am liebsten wieder gegangen wäre.

»Ich habe gesagt, ich rufe an, wenn ich etwas von Lynn höre. Es ist nicht nötig, dass die Polizei jetzt jeden Tag vorbeikommt.«

»Das werden wir auch nicht, keine Sorge.« Frau Mooser deutete auf mich. »Das hier ist Frau Böckle. Ich hatte Ihnen am Telefon gesagt, dass sie mitkommen wird.«

Ich versuchte, ein Lächeln hinzubekommen, und sagte artig: »Guten Tag.« Frau Dallbrock aber drehte sich einfach um und verschwand ohne weiteren Kommentar in der Wohnung. Wir folgten ihr über einen abgewetzten Läufer bis ins Wohnzimmer.

Es gab keine Skatrunde, dafür lief der Fernseher. Hier sah es ähnlich aus wie in Flos Wohnzimmer und wahrscheinlich Millionen anderen: eine Couchgarnitur mit einem niedrigen Tisch davor, auf dem einige Zeitungen lagen, dazu ein weiterer Sessel mit hohem Kopfteil. Über der Couch hing sogar ein Bild, das mich an meine alte Heimat erinnerte: ein Weizenfeld im Hochsommer mit kleinen roten Mohntupfen darin. Genau gegenüber dem Sessel stand ein niedriges Sideboard vor der Wand mit einem großen Fernseher darauf. Auf dem Sideboard war noch anderes zu sehen: ein silberner Rahmen mit dem Bild einer jungen Frau. Sie hatte schwarze, halblange Haare und lächelte schüchtern in die Kamera. Sie sah aus wie Lynn mit einer anderen Frisur, vielleicht ein paar Jahre jünger, als sie heute war. Frau Mooser wartete nicht lange auf eine Aufforderung, sondern nahm ungebeten auf dem Sofa Platz. Ich setzte mich ihr gegenüber, während Frau Dallbrock sich im Fernsehsessel niederließ. Sie nahm die Fernbedienung, die auf der Lehne lag, stellte aber beim Fernseher nur den Ton ab, wohl ein Zeichen dafür, dass sie sich von uns nicht allzu lange stören lassen wollte. Hier, wo Licht durchs Fenster fiel, konnte man sehen, wie verweint sie aussah. Ihre Augen waren rot gerändert und ihr Gesicht verquollen.

»Es tut uns leid, Sie stören zu müssen, Frau Dallbrock«, Frau Mooser legte ihre Handtasche auf den Sitz neben sich, »aber wir würden gern noch etwas mehr über Ihre Enkelin erfahren.«

Vor allem, wo sie untergetaucht sein könnte. Aber das sagte das Krokodil natürlich nicht.

»Die Kollegen haben Sie gestern schon darüber informiert, was vorgefallen ist. Frau Böckle und ich, wir haben Lynn persönlich kennengelernt.« Sie hielt kurz inne. »Lynn, was für ein schöner Name. Ungewöhnlich, aber trotzdem gut zu behalten. Hat das eigentlich eine Bedeutung, ›Lynn‹?«

Statt zu antworten, schaute Frau Dallbrock mit versteinertem Gesicht auf die Fernbedienung in ihrer Hand.

»Wissen Sie«, fuhr Frau Mooser unbeirrt fort, »ich werde auch Großmutter. Mein erstes Enkelkind. Meine Tochter denkt sich gerade schreckliche Namen für das Kind aus. Ich hoffe nur, ich kann das verhindern. ›Lynn‹ ist wirklich ein sehr schöner Name. Den muss ich ihr mal vorschlagen.«

Mir war nicht klar, ob das ein Manöver war, um Frau Dallbrocks Vertrauen zu gewinnen, oder ob Frau Mooser einfach so drauflosredete. Wie auch immer, Frau Dallbrock schien es nicht zu interessieren.

»Aber gut, deshalb sind wir nicht hier«, sagte Frau Mooser. »Was Ihre Enkelin angeht, habe ich mir viele Gedanken gemacht. Sie scheint die Anführerin dieser Gruppe zu sein. Aber ehrlich gesagt passt sie für mich nicht so recht zu den Leuten, mit denen sie da zusammen ist.« Sie machte eine kleine Pause, bevor sie weitersprach, wie um sicher zu sein, dass die Nachricht bei Frau Dallbrock angekommen war. »Die anderen, die dabei waren, schienen mir deutlich gewaltbereiter zu sein. Ihre Enkelin dagegen hat sich mehrfach bemüht, die Situation nicht eskalieren zu lassen. Nicht wahr, Frau Böckle?«

Der Blick, den sie mir zuwarf, sollte wohl so viel bedeuten wie: Los, jetzt sind Sie dran. Es fiel mir nicht schwer, etwas Nettes über Lynn zu sagen, schließlich war sie in gewisser Weise auch nett zu mir gewesen. Sah man einmal von der Tatsache ab, dass sie gedroht hatte, mir ins Knie zu schießen.

»Einer der Männer wollte mich schlagen. Er stand vor mir und hat mich bedroht. Lynn hat ihn zurückgehalten. Sie ist aufgesprungen und hat ihn von mir weggezogen.«

»Und der Mann, der uns bewachen sollte, hatte keine Munition in der Waffe. Ich vermute, dass Ihre Enkelin dafür gesorgt hat«, ergänzte Frau Mooser. »Wahrscheinlich hat sie uns damit das Leben gerettet.«

Frau Dallbrock rührte sich nicht, saß da, mit gesenktem Kopf. Sie war ähnlich zierlich wie Lynn und wirkte in dem großen Sessel irgendwie verloren.

»Sie hat sich sogar sehr für uns interessiert«, fuhr Frau Mooser fort. »Besonders für Frau Böckle.«

»Ja, Lynn hat mich nach meiner Familie gefragt. Nach meiner Tante, bei der ich aufgewachsen bin.«

Was konnte ich noch Gutes über Lynn sagen?

»Und über meinen Vater haben wir gesprochen. Lynn wollte wissen, wie das für mich war, als er verschwunden ist. Nachdem meine Mutter gestorben war, hat er mich als Kind bei meiner Tante abgesetzt und ist nie wieder aufgetaucht. Lynn hat gefragt, wie ich damit zurechtgekommen bin. Ob ich ihn vermisst habe. Dafür haben sich manche Leute, die ich schon seit Jahren kenne, noch nicht interessiert.«

»Ihre Enkelin scheint sehr mitfühlend zu sein.« Frau Mooser ließ die alte Frau nicht aus den Augen. »Aber nun ist sie an einer Entführung beteiligt. Herr Creumer, das Opfer, wurde über

Tage eingesperrt und gequält. Frau Böckle und ich wurden über Stunden festgehalten und bedroht. Passt das noch zu Lynn, Frau Dallbrock? Oder ist sie da in etwas hineingeraten, bei dem sie von anderen negativ beeinflusst wird?«

Nun hob die alte Frau den Kopf, langsam wie eine Schildkröte.

»Lynn wird ihre Gründe haben für das, was sie tut«, antwortete sie mit trotziger Stimme. »Die lässt sich nicht so einfach von anderen beeinflussen. Lynn hat einen starken Willen.«

»Ich kann etwas für Ihre Enkelin tun, Frau Dallbrock.« Frau Mooser rückte ein wenig nach vorn. »Meine Aussage und die von Frau Böckle werden sehr wichtig sein, wenn Ihre Enkelin gefasst wird. Es wäre gut, wenn dann nicht noch mehr Verbrechen auf ihrem Konto stünden. Glauben Sie mir, manchmal ist das Beste, was einem Menschen passieren kann, daran gehindert zu werden, nicht noch mehr Unheil anzurichten.«

»Lynn ist alt genug, sie kann selbst entscheiden. Sich kümmern, nicht wegschauen, so ist sie erzogen worden, und das war gut so. Ihr ist die Welt eben nicht egal. Das wollen doch immer alle, dass die Jugend sich engagiert.«

»Aber zwischen sich engagieren und einer Entführung gibt es schon noch einen Unterschied«, entgegnete Frau Mooser.

»So ist das eben, wenn die jungen Leute die Hoffnung verlieren. Die glauben nicht mehr daran, dass sich diese, diese …«, Frau Dallbrock schaute mit verächtlichem Blick auf die Zeitungen vor ihr, »… Pappnasen in Berlin für ihre Zukunft einsetzen. Die verschieben alles nur auf morgen. Ich kann meine Enkelin verstehen.«

Von meinem Platz aus sah ich den Ärger in Frau Moosers Gesicht.

»Ich nicht. Andere Menschen zu bedrohen und fast zu Tode zu quälen, dafür fehlt mir das Verständnis«, erwiderte sie in scharfem Tonfall.

Frau Dallbrock musterte sie, die Mundwinkel leicht nach unten verzogen.

»Wir beide, wir haben auch nicht mehr so lange. Ihnen kann

das egal sein, ob alles den Bach runtergeht. Fragen Sie lieber mal die«, sagte sie und schaute zu mir, »was sie dazu meint!«

Eigentlich hatte ich erwartet, Frau Mooser würde explodieren und die kleine grauhaarige Frau in drei Zügen fertigmachen. Aber Frau Mooser tat etwas ganz anderes. Sie begann in ihrer Handtasche herumzukramen und zog ein geflochtenes Bändchen hervor, mit einer Schlaufe am einen und einer roten Holzperle am anderen Ende. Sie hielt es Frau Dallbrock hin.

»Ist das von Lynn?«

»Wo haben Sie das her?« Hastig griff die alte Frau nach dem Armband. »Ihr ist doch nichts passiert, oder?«

»Keine Sorge, Ihrer Enkelin ist nichts zugestoßen. Noch nicht. Das lag in dem Haus in Heidelberg, in dem die Gruppe sich versteckt hat.«

Die Feindseligkeit aus Frau Dallbrocks Gesicht verschwand, Frau Mooser hatte ihren Joker zur richtigen Zeit gesetzt.

»Lynns Nachbarn in Bonn haben den Kollegen gesagt, dass sie oft von Ihnen gesprochen hat. Lynn scheint Sie sehr gern zu haben«, sagte sie mit fast sanfter Stimme. »Haben Sie denn nichts davon mitbekommen, was in ihr vorging? Was sie vorhatte?«

»Nein.« Frau Dallbrock hielt das Bändchen in ihren Händen, als wäre es eine Kostbarkeit. »Ich wusste von nichts. Im letzten Jahr war sie nur noch ab und zu hier. Seitdem sie mit ihrem Freund zusammengezogen ist, habe ich sie wenig gesehen.«

»Lynn wird im Moment in einer schwierigen Situation sein. Wahrscheinlich fühlt sie sich für die Gruppe verantwortlich. Aber vielleicht will sie da raus, will das gar nicht mehr, was da ins Rollen gekommen ist. Sie verstehen sich gut mit Lynn, sie hängt an Ihnen. Wenn Sie eine Idee haben, wo Lynn sich aufhalten könnte, Frau Dallbrock, dann sagen Sie es uns. Es ist das, was Sie im Moment für Ihre Enkelin tun können.«

»Ach, ja? Sie kommen daher und regen sich über Namen auf, die Ihnen nicht gut genug für Ihr Enkelkind sind, aber von mir verlangen Sie, dass ich Lynn ins Gefängnis bringe?«

»Ich weiß, dass das schwer für Sie ist. Aber Sie verraten Lynn nicht, Sie schützen sie damit. Wenn Sie etwas wissen, was von Bedeutung für unsere Ermittlungen sein könnte, helfen Sie nicht nur uns, sondern auch Lynn!«

»Ich weiß aber nichts! Lynn hat mir nie etwas von dieser ganzen Geschichte erzählt. Sie hat mir nicht alles erzählt. Nicht mehr.«

»Warum? Hatten Sie Streit?«

Frau Dallbrock schwieg. Die Schildkröte hatte den Kopf wieder eingezogen.

»Ich habe auch manchmal Streit mit meiner Tochter, obwohl ich sie liebe und sie mich ganz sicher ebenfalls. Streit zu haben ist etwas ganz Normales.«

»Wir hatten aber keinen Streit.«

»Was war dann los?«

Es dauerte eine Weile, bis die alte Frau antwortete.

»Lynn hat sich verändert«, sagte sie und legte das Armband neben sich auf die Sessellehne. »Seitdem sie die Briefe bekommen hat, war sie irgendwie anders.«

»Was denn für Briefe?«

»Briefe von ihrer Mutter. Von Simona, meiner Tochter.«

»Ich dachte, Lynns Mutter wäre tot?«

»Ist sie auch. Lynn ist Halbwaise. Was mit ihrem Vater ist, weiß niemand. Simona hat sich einige Wochen nach Lynns Geburt umgebracht. Sie hat sich vor den Zug fallen lassen. Aus Kummer, weil der Scheißkerl, der ihr das Kind gemacht hat, sie sitzen gelassen hat. Es waren alte Briefe.«

Jetzt verstand ich, warum Lynn so interessiert an meiner Familiengeschichte gewesen war. Unsere Geschichten ähnelten sich. Sie hatte ebenfalls einen Vater, der sich nicht für sie interessierte. Aber im Gegensatz zu ihr hatte ich das Glück gehabt, noch einige Jahre mit meiner Mutter verbringen zu können.

»Was stand denn in den Briefen?«, hakte Frau Mooser nach.

»Keine Ahnung. Sie waren von Simonas Freundin Frederike. Die beiden haben sich auf dem Gut Vombeck kennengelernt, hier im Odenwald, als sie dort einmal zur gleichen Zeit ausgeholfen haben. Die das Gut hatten, das waren ziemlich reiche

Leute. Die haben oft große Partys veranstaltet und Reitturniere. Da haben sie immer junge Leute gesucht, die aushelfen. Das war ein beliebter Ferienjob. Zum Gut Vombeck, da gingen sie alle gern hin.«

Frau Dallbrock sah zu dem Foto, das auf dem Sideboard stand. Das musste dann wohl Lynns Mutter Simona sein.

»Ich vermute, einer von den jungen Kerlen, die dort gearbeitet haben, ist Lynns Vater«, sagte Frau Dallbrock. »Aber Simona hat nie etwas darüber verraten. Kein Wort, egal, wie sehr ich sie bedrängt habe. In den letzten zwei Jahren war Simona fast in jeden Ferien dort. Und dann war sie schwanger, als sie zurückkam, mit gerade achtzehn. In der letzten Klasse auf dem Gymnasium. Mit ihrer Freundin hat Simona sich geschrieben bis kurz vor ihrem Selbstmord. Frederike ist vor einigen Monaten an Krebs gestorben. Sie hatte vermacht, dass meine Enkelin Simonas Briefe bekommt. Vielleicht wollte sie, dass Lynn so noch etwas über ihre Mutter erfährt.«

Frau Dallbrock zog ein Taschentuch aus einer Sesselritze und wischte sich damit über die Wangen.

»Es war ein ganzer Packen. Ich habe ihn gesehen, nachdem Lynn ihn bei Frederikes Verwandten abgeholt hatte. Die ersten hat sie noch hier gelesen. Dann fing sie an zu weinen, aber sie wollte nicht sagen, was los ist. Sie hat ihre Sachen gepackt und ist wieder nach Bonn gefahren. Seitdem war sie anders. Als hätte man sie vergiftet.«

»Wo sind die Briefe jetzt?«, fragte Frau Mooser.

»Keine Ahnung. Hier auf jeden Fall nicht.«

Hatte Vinzent nicht auch von Briefen gesprochen? Ich erinnerte mich dunkel daran.

»Frau Dallbrock«, setzte Frau Mooser noch einmal an, »wenn Sie etwas für Ihre Enkelin tun wollen, sollten Sie mit uns …«

Die Melodie von »Mission Impossible« ertönte. Frau Mooser griff zur Handtasche, schaute auf das Display ihres Handys und runzelte die Stirn.

»Tut mir leid, da muss ich eben rangehen.« Sie stand auf und ging samt Handy in den Flur, aber sie hätte genauso gut auf dem Sofa sitzen bleiben können, denn sie redete so laut, dass man problemlos mithören konnte.

»Was? Weshalb wissen wir davon nichts? Sind die noch ganz sauber? ... Ja, ich bin hier bei Frau Dallbrock ... Setz dich sofort mit denen in Verbindung, die sollen sich gefälligst mit uns abstimmen ... Okay, ja ... Welches Programm, sagst du? ... Ruft mich an, sobald ihr mehr wisst.«

Dann kam sie herein und nahm die Fernbedienung, die auf Frau Dallbrocks Sessellehne lag.

»Ich darf doch mal?«

Sie stellte den Ton an und zappte durch die Programme, bis sie auf dem Sender landete, den sie offensichtlich gesucht hatte. Das Bild eines Mannes war eingeblendet, glatzköpfig, mit rundem Gesicht und kleinen Augen. Man hörte die Stimme der Sprecherin, die über einen Gustav Oleskut berichtete, den Besitzer einer Mülldeponie. Verschwunden in der Nähe von Hamburg, seit heute Vormittag. Die Entführer hatten in seinem Wagen einen USB-Stick mit einer Videobotschaft hinterlassen.

15

Die »Polaris-Libellen« hatten ein neues Opfer. *Wir holen uns einen nach dem anderen.* Genau wie Benn es damals gesagt hatte. Frau Mooser setzte sich wieder, die Fernbedienung in der Hand, den Blick wie gebannt auf den Fernseher gerichtet. Frau Dallbrock war noch ein wenig tiefer in den Sessel gesunken. Stumm verfolgten wir den Bericht.

Gustav Oleskut war als Geschäftsmann vor vielen Jahren aus Dänemark nach Deutschland gekommen. Man hatte sein Verschwinden schnell bemerkt, weil sein Wagen mit offen stehenden Türen auf einem Parkplatz bei Hamburg entdeckt worden war. Auf dem Fahrersitz lag ein Umschlag, adressiert an die Polizei, mit dem USB-Stick darin. Darauf war ein Video mit einer Botschaft der Entführer zu sehen, die ihre Gesichter hinter Tiermasken versteckten. Diesmal hatten die Libellen gleich dafür gesorgt, dass die Welt wusste, wer hinter der Entführung steckte. Man sprach von Ökoterroristen und skrupellosen Fanatikern.

Weitere Bilder von Oleskut wurden eingeblendet. Der glatzköpfige Mann vor einem Gebäude. Eine Gruppe von Menschen, die mit wütenden Gesichtern Schilder hochhielten.

Während ich dasaß, spürte ich das Handy in meiner Hosentasche, als wäre es ein Ziegelstein. Hugo war nicht in Heidelberg, nicht auf Teneriffa und ganz bestimmt nicht bei einem Seminar in der Eifel. Aber vielleicht in der Nähe von Hamburg?

Ich musste unbedingt sehen, was für eine Nachricht ich bekommen hatte, bevor wir losgefahren waren. Vielleicht würde sie mich von meinem quälenden Verdacht erlösen. Möglicherweise war es eine Erklärung, ein Foto, durch das sich alles in Wohlgefallen auflösen würde. Hugo mit einem dicken Verband über den Ohren. Hugo hatte ziemlich abstehende Ohren und ab und zu davon gesprochen, dass er das irgendwann einmal ändern lassen wollte. Von so etwas erzählen Menschen nicht gern. Manche verschwinden mit abstehenden Ohren in den Urlaub und tauchen nach zwei Wochen kommentarlos mit angelegten Ohren wieder auf.

Die Sprecherin erschien wieder im Bild.

»... wurde unter einem Vorwand zu dem Ort gelockt, an dem die Entführer auf ihn warteten. Die Polizei bittet die Bevölkerung um Mithilfe. Beobachtungen und sachdienliche Hinweise können unter der Nummer ...«

Frau Mooser stellte den Ton wieder ab.

»So ist das, Frau Dallbrock. Wenn man erst einmal mit den Beinen im Sumpf steht, sackt man immer weiter ein.« Sie holte eine ihrer Visitenkarten heraus und legte sie auf den Tisch. »Für den Fall, dass Sie etwas von Lynn hören. Ich würde meine Enkelin nicht untergehen lassen.«

Dann stand sie auf. Offensichtlich war Aufbruch angesagt. Aber bevor wir zurückfuhren, musste ich unbedingt kurz auf mein Handy sehen.

»Kann ich einmal Ihre Toilette benutzen?«, fragte ich.

Verstohlen wischte Frau Dallbrock sich die Tränen aus dem Gesicht. Als sie aufstand, hatte ich den Eindruck, dass sie noch kleiner war als vorher. Ich folgte ihr in den Flur bis zu der Tür, hinter der sich das rosa gekachelte Bad verbarg.

Rasch ging ich hinein, zog mein Handy aus der Hosentasche und stellte es an. Zwei WhatsApp-Nachrichten. Sie waren beide von Flo, die über Til Schweiger schrieb, der ihr im Garten helfen würde: »Wie nett, dass du ihn mir geschickt hast. Er nuschelt gar nicht so sehr, wie alle immer behaupten. Ich finde ihn nur ein wenig streng. Ich soll dich ganz lieb grüßen.« Ich hatte niemanden geschickt. Anscheinend war Flo wieder einmal völlig durch den Wind. Bestimmt war es jemand aus der Nachbarschaft, der netterweise Flo den Frühjahrsschnitt im Garten abgenommen hatte. Im Eiltempo schaute ich noch meine E-Mails durch, aber auch da war von Hugo nichts dabei. Dann drückte ich die Toilettenspülung und ging wieder hinaus. Frau Mooser wartete schon an der Haustür, Frau Dallbrock stand weinend im Flur.

Frau Moosers Schrittgeschwindigkeit hatte sich im Vergleich zu unserer Ankunft noch einmal verdoppelt. Ich hetzte hinter ihr her, und als wir am Auto ankamen, war mir klar, dass ich etwas unternehmen musste. Jetzt war sie noch übellauniger als auf der Hinfahrt. Das konnte nur in der Leitplanke enden oder zumindest in einer neuen Panikattacke. Es war der Wunsch zu überleben, der mich den Vorschlag machen ließ, ich könnte zurückfahren. Natürlich nur, damit Frau Mooser die Möglichkeit hätte, in Ruhe zu telefonieren, falls ein wichtiger Anruf in Sachen Gustav Oleskut kam.

»Gute Idee«, meinte Frau Mooser. »Ich fahre sowieso nicht gern. Mein Schwiegersohn macht das sonst immer.«

Kluger Herr Alsberger. Sobald ich hinter dem Steuer saß, nutzte sie die Gelegenheit zu telefonieren dann auch ausgiebig. Erst sprach sie mit Herrn Pöltz, dann anscheinend mit Roland Alsberger.

»Möglich, ja«, sagte Frau Mooser mit dem Handy am Ohr. »Ja, sieht so aus, als hätten sie in Hamburg dasselbe Video hinterlassen ... Von mir aus können die sich gern nach Dänemark absetzen, mir nur recht ... Nein, ich telefoniere nicht während der Fahrt. Frau Böckle fährt ... Sie hat übrigens den gleichen Fahrstil wie du. Wow ...«, das Krokodil schaute zu mir rüber, das Handy am Ohr, »da ist gerade eine Schnecke auf der Überholspur an uns vorbeigezischt. ... Ja, richte ich ihr aus. Bis später.«

Ich tat es Herrn Pöltz gleich und ignorierte die Beleidigung einfach. Zumal Frau Moosers Handy sofort wieder klingelte. Diesmal hörte sie die meiste Zeit zu, einen Teil konnte ich sogar verstehen, weil der Mensch am anderen Ende ziemlich laut sprach. Offenbar ein Kollege aus Hamburg. Fast eine halbe Stunde lang ging es um Gustav Oleskut, eine Mülldeponie und um Oldtimer. Als Frau Mooser das Gespräch beendet hatte, rieb sie sich übers Ohr.

»Das soll einer verstehen. Was will ich mit einem Auto, mit dem ich nicht fahren kann?« Sie steckte das Handy zurück in ihre Jacke. »Wie es aussieht, hat Oleskut ein Angebot bekommen«, erklärte sie. »Seine Frau wusste davon. Ein ganz besonderer Oldtimer zu einem supergünstigen Preis, den jemand angeblich in einer alten Scheune entdeckt hat. Ein spezielles Angebot nur für Herrn Oleskut, weil man davon ausgehen würde, dass er ein solches Auto zu schätzen weiß. Oleskut besitzt schon etliche von den Dingern. Heute Morgen ist er in aller Früh aufgebrochen, um sich den Wagen anzusehen. Aber es gab keinen Oldtimer, nur ein paar von den Libellen, die dort auf ihn gewartet haben.«

»Hat jemand die Entführer gesehen?«

Hugo war sehr schmal und nicht besonders groß für einen Mann. Er wäre von seiner Statur her gut zu beschreiben.

»Nein, niemand. Die haben ihn irgendwo in die Pampa bestellt.«

»Vielleicht steckt jemand aus Oleskuts Bekanntenkreis dahinter, der mit den Libellen sympathisiert«, sagte ich hoffnungsvoll. »Woher sollen die sonst von seiner Vorliebe für Oldtimer wissen?«

»Vielleicht aus der Zeitung. Es gab vor einiger Zeit einen Riesenskandal, in den er verwickelt war. Oleskut hat eine Mülldeponie betrieben, von der aus Sickerwasser ins Grundwasser gelangt ist und damit jede Menge Schwermetalle. Die Kippe war nicht fachgerecht abgedichtet. Da haben sie billige Kunststofffolie benutzt, um zu sparen.«

Frau Mooser klappte das Handschuhfach auf, kramte darin herum und zog schließlich ein halbe Tafel Schokolade hervor.

»Wollen Sie ein Stück?«

Als ich dankend ablehnte, schob sie sich gleich zwei Riegel nacheinander in den Mund.

»Oleskut hat behauptet, er hätte damit nichts zu tun«, sagte sie, als sie wieder sprechen konnte. »Er hat die ganze Schuld auf einen Subunternehmer geschoben, der angeblich für alles verantwortlich war. Aber der konnte sich nicht verteidigen, weil er von einem Australienurlaub nicht zurückgekehrt ist. Spurlos verschwunden.«

Sorgfältig las sie die Schokoladenkrümel auf, die auf ihre Jacke gebröselt waren.

»Oleskut geriet unter Verdacht, er hätte etwas mit dem Verschwinden des Subunternehmers zu tun, aber man konnte ihm nichts nachweisen. Die Ermittlungen wurden eingestellt. Damals ging bestimmt allerhand über Oleskut durch die Medien. Vielleicht auch das mit seiner Oldtimersammlung. Aber das werden die Kollegen in Hamburg schon noch herausfinden.«

Ich hatte wohl ein bisschen tief Luft geholt bei dem Gedanken, dass Hugo sich über diese Sache mit der Mülldeponie ähnlich aufgeregt hätte wie über den Dieselskandal. Oder geseufzt. Auf jeden Fall drehte Frau Mooser sich so zu mir, dass sie mich im Blick hatte.

»Alles in Ordnung? Soll ich weiterfahren?«

»Nein, danke, alles prima.«

»Was glauben Sie, Mila, was werden die ›Polaris-Libellen‹ mit Oleskut anstellen?«

»Ich?« Fast hätte ich das Lenkrad verzogen. Warum fragte sie das mich? Mila Böckle, die in Kontakt mit einem der Entführer stand, der zufällig ihr Mitbewohner war?

»Weshalb soll ich das denn wissen?«

»Weil Sie jung und wütend sind.«

»Ich bin nicht wütend, überhaupt nicht.«

»Doch«, sagte Frau Mooser. »Sind Sie. Sie wissen es nur nicht.«

»Ach ja, aber Sie!«

»Sagen wir mal so: Wenn mich mein Vater bei meiner Tante abgestellt hätte wie einen Koffer, wäre ich verdammt wütend. Auf alles und jeden.«

»Was hat das denn damit zu tun, was die Libellen mit Oleskut machen?«

»Die sind auch jung und wütend, wie Sie.«

»Das mit meinem Vater ist Jahre her.«

»Na und? Kann man deshalb nicht mehr wütend darüber sein?«

Frau Mooser öffnete noch einmal das Handschuhfach.

»Vinzent hatte Ihnen gegenüber doch von Briefen gesprochen. Sie haben mir davon erzählt, als Sie mir im ›Krokodil‹

aufgelauert haben. Wissen Sie noch, was genau er dazu gesagt hat?«

Ich musste eine Weile grübeln.

»Wir hatten über dieses Lied geredet, in dem jemand noch Tausende Mails checken und die Welt retten muss. Und …« Wie war das noch gewesen? »Irgendwie hat er in dem Zusammenhang gesagt, dass man keine Briefe lesen sollte, die einem nicht gehören.«

Von der Beifahrerseite hörte ich das Knistern von Stanniolpapier.

»Glauben Sie, das waren diese alten Briefe von Lynns Mutter?«, fragte ich.

»Würde mich nicht wundern«, antwortete Frau Mooser mit vollem Mund. »Vinzent und Lynn haben zusammengewohnt. Lynn wird die Briefe dorthin mitgenommen haben. Gut möglich, dass Vinzent sie gelesen hat. Ich werde die Kollegen aus Bonn kontaktieren, ob sie in der Wohnung etwas gefunden haben.«

Sie klappte das Handschuhfach wieder auf und ließ das leere Schokoladenpapier darin verschwinden.

»Vinzent und Lynn hatten sich übrigens getrennt. Die Nachbarn haben es erzählt. Vinzent hatte vor auszuziehen.«

»Ach ja«, sagte ich und schaute in den Seitenspiegel, als gäbe es dort etwas Interessantes zu sehen.

Die beiden waren getrennt! Hatte ich es doch geahnt!

»Ich dachte, das freut Sie vielleicht zu hören.«

»Ich hatte nichts mit Vinzent, wann glauben Sie mir das endlich!«

»Tue ich ja.«

Es hörte sich fast so an, als wäre es die Wahrheit. Oder schwang da wieder ein Hauch von Misstrauen in Frau Moosers Stimme?

Erneut klingelte ihr Handy. Diesmal war es offensichtlich ihre Tochter, und es ging um das Paket, das auf dem Rücksitz lag und mir die Sicht versperrte.

»Also gut, dann stelle ich es erst einmal bei mir ab. Es wäre eben viel einfacher, wenn ich einen Schlüssel zu eurer Wohnung hätte, dann könnte ich es gleich zu euch bringen. Ja, Vera … Ist ja gut … Ja, tschüss.«

Obwohl ich sie nicht kannte, konnte ich Vera gut verstehen. Wenn ich Frau Moosers Tochter gewesen wäre, hätte ich ihr auch keinen Schlüssel zu meiner Wohnung gegeben. Gut möglich, dass man sonst abends nach Hause kam und das Krokodil hatte das Kinderzimmer neu gestrichen, weil ihm die Farbe nicht passte.

»Wären Sie wohl so nett, mir gleich kurz zu helfen, das Paket reinzutragen?« Das Krokodil konnte richtig freundlich sein, wenn es wollte. »Ich fahre Sie danach auch nach Hause.«

Klar, man half ja gern.

Das Desaster in Heidelberg begann schon bei der Parkplatzsuche. Ich fand zwar eine Parklücke in der Nähe von Frau Moosers Wohnung, die aber war so klein, dass mir der Schweiß den Rücken runterlief, bis ich den Wagen schließlich eingeparkt hatte. Natürlich gab Frau Mooser vom Beifahrersitz aus Anweisungen, wie ich einzuschlagen hatte, und rollte mit den Augen, weil ich dreimal ansetzen musste. Dann durfte ich das Paket vom Rücksitz hieven, während sie die Autotür aufhielt. In dem riesigen Karton befand sich die praktische Relax-Babywippe mit stabilem Metallrohrgestell und Spielbogen, natürlich TÜV-geprüft. Inklusive Musik und Vibrationsfunktion. All das erfuhr ich, während ich die Kiste hinter Frau Mooser herschleppte. Auf den Stufen zu ihrer Wohnung stolperte ich, und der Karton rutschte mir fast aus den Händen. Frau Mooser war sehr besorgt, vor allem um die Babywippe. Nachdem ich mich wieder gefangen hatte, packte sie immerhin mit an, und wir schafften das Ding gemeinsam bis in den Flur ihrer Wohnung.

»Sie sehen ziemlich käsig aus«, stellte sie fest, als wir den Karton absetzten.

Kein Wunder, mir klebte die Zunge am Gaumen, und ich hatte Durst, als hätte ich einen Tag lang geschuftet wie ein Möbelpacker.

»Ja, ein Schluck Wasser wäre nicht schlecht.«
Frau Mooser ging Richtung Küche, und ich folgte ihr. In der Küchentür blieb sie plötzlich stehen.

»Das ist ihr Todesurteil«, sagte sie leise und voller Abscheu. »Dieses dreiste Vieh.«

Ich sah es auch und muss sagen, das »dreiste Vieh« sah sehr putzig aus. Die kleine Maus, die auf dem Tisch aus der offenen Plätzchentüte herausschaute, war bestimmt genauso entsetzt wie Frau Mooser. Mit dunklen Knopfaugen starrte sie zu uns herüber. Dann rannte sie um ihr Leben, stürzte sich von der Tischkante und verschwand in Windeseile in einer Ritze neben der Spüle.

»Jetzt reicht es!«

Frau Mooser drängte sich an mir vorbei, und gleich darauf hörte ich, wie sie die Wohnung verließ.

Sie würde wohl nicht wegen einer Maus auswandern. Ich nahm mir einen Becher vom Regal und trank einen halben Liter Wasser aus dem Kran, PFC hin oder her. Wie ich vermutet hatte, kam Frau Mooser nach kurzer Zeit wieder. In der Hand hielt sie eine verstaubte Mausefalle.

»Wusste ich doch, dass ich im Keller noch eine habe.« Sie zog die Kühlschranktür auf. »Mal sehen, was wir für unsere kleine Freundin Leckeres haben. Speck ist … keiner da … aber Käse.«

Frau Mooser machte sich daran, von dem Käse etwas abzuschneiden. Aber dann hielt sie inne.

»Ein Köder für die Maus … für eine gierige, ahnungslose Maus.«

Was jetzt? Ein Anflug von schlechtem Gewissen? Mitleid mit dem kleinen pelzigen Opfer?

»Mila, erinnern Sie sich noch, was Benn zu uns damals über Herrn Creumer gesagt hat?«

Benn hatte viel gesagt.

»Was meinen Sie denn?«

»Na, dass Creumer ganz freiwillig zu ihnen gekommen wäre. Er hätte es gar nicht abwarten können.« Frau Mooser deutete mit dem Messer auf mich, als wäre es ein Zeigestock.

»Herr Creumer hat Alsberger erzählt, er wäre in der Mittagspause spazieren gegangen. Aber in seiner Firma munkelt man, Creumer hätte die Mittagspause gern genutzt, um sich mit irgendwelchen Frauen zu treffen und im Wald ein Nümmerchen zu schieben.«

»Ja und?« Ich verstand nicht, worauf sie hinauswollte.

»Oleskut haben sie mit einem Oldtimer angelockt, den es nicht gab. Vielleicht haben die Creumer auch gelockt, aber mit etwas ganz anderem. Die geile Sau konnte es gar nicht abwarten, hat Benn nicht so etwas in der Art gesagt? Bei dem einen ist der Speck ein Oldtimer, bei dem andern eine Frau. Ein verlockendes Angebot, von dem Creumer sich heißen Sex versprochen hat und für das er ganz freiwillig in den Wald gefahren ist. Dahin, wo die Libellen ihn haben wollten. Wenn man nur das richtige Lockmittel hat, kommen sie von ganz allein in die Falle. Das funktioniert bei Menschen wie bei Mäusen.«

Frau Mooser packte den Käse wieder ein und legte ihn zurück in den Kühlschrank.

»Das muss ich unbedingt mit Roland besprechen. Langsam wird mir klar, weshalb die Libellen sich so für Kaweco interessiert haben.«

Frau Mooser hatte meinen fragenden Blick richtig gedeutet. Ich verstand nur noch Bahnhof.

»Der Füller, Mila! Der ›Perkeo Diamant‹. Deshalb haben die alles Mögliche über Füller im Haus gehabt. Und deshalb hat Ihr Vinzent von einem Füller geredet und einem Menschenleben, das er retten muss. Keiner hat diesen ›Perkeo Diamant‹ je gesehen, aber alle reden darüber, und jeder Sammler leckt sich wahrscheinlich die Finger danach. Der geheimnisvolle Füller ist vielleicht nur ein Stück Speck! Ein dickes, fettes Stück Speck, das es genauso wenig gibt wie Herrn Oleskuts Oldtimer.«

Sie schob mich aus der Küche.

»Tut mir leid, ich kann Sie nicht nach Hause fahren. Ich muss sofort auf die Dienststelle. Aber ein kleiner Spaziergang tut Ihnen bestimmt gut.«

Kurz darauf stand ich in meinen roten Plastikclogs und immer noch ungekämmten Haaren draußen auf der Straße und verfluchte den Tag, an dem ich Frau Mooser kennengelernt hatte. Ich machte mich auf den Weg zurück zur Pension und war froh, dass ich noch nicht allzu viele Leute in Heidelberg kannte. Zweimal knickte ich um, weil ich in diesem orthopädischen Super-GAU nicht wirklich laufen konnte. Danach ging ich dazu über, die Füße nicht mehr vom Boden abzuheben, sondern zu schlurfen, was mir die verstohlenen Blicke einiger Passanten einbrachte.

Ich kam an einem kleinen Park mit hohen Bäumen vorbei, in dem sich ein Spielplatz verbarg. Direkt danach gelangte ich an einen Platz mit Tischen und Stühlen vor einem gelben Häuschen, einer Art Pavillon. Ein Schild über dem Eingang verriet, dass hier das »Boulevard Café Danteplatz« war. Die Sonne schien, es war warm genug, um draußen sitzen zu können, also beschloss ich, mich erst einmal für den weiteren Rückweg zu stärken.

Ich ergatterte einen freien Tisch und bestellte mir einen Cappuccino. Um mich herum wurde geschwätzt und gelacht, und eine Schar von Kindern enterte das gelbe Häuschen, um kurz darauf jedes mit einem Eis in der Hand wieder herauszukommen. Hier war das Lockmittel ganz klar kein Oldtimer. Zwischen den Baumkronen flatterten kleine grüne Papageien umher und schimpften vor sich hin. Hätte mir früher jemand erzählt, in Heidelberg gebe es Papageien, hätte ich denjenigen für verrückt erklärt. Fake News. Von der Heidelberger Touristikbranche in die Welt gesetzt, um Besucher anzulocken.

Fake News. Gerüchte. Lügen. »Alternative Wahrheiten«, die irgendjemandem nützlich waren. Wie der Oldtimer in der Scheune für Herrn Oleskut. Und der Fund des ›Perkeo Diamanten‹? Speck, wie Frau Mooser vermutete, für jemanden, den die Libellen als Opfer ausgewählt hatten? So ein Gerücht über einen Füller in die Welt zu setzen, würde zu Lynn passen. Über Frau Mooser und mich hatte sie auch Fake News verbreitet, um unser Verschwinden zu erklären. Badekuren und Italienreisen.

Der Cappuccino kam. In meiner Nase kribbelte es verdächtig, wahrscheinlich waren bei dem schönen Wetter jede Menge Pollen unterwegs. Ich suchte in den weitläufigen Taschen meiner Jogginghose nach einem Taschentuch. Da war das Handy. Da ein Bonbon, zwar in Papier, aber trotzdem schon klebrig. Ganz unten endlich ein Taschentuch. Als ich das Handy wieder einstecken wollte, sah ich, dass eine Nachricht gekommen war. Leider nicht von Hugo, sondern wieder einmal von Flo.

Manchmal konnte sie wirklich nerven. Diesmal war es ein Foto. Das allerdings war etwas Neues, denn Flo schaffte es gerade so, eine Textnachricht zu schicken. Ein Selfie. Flo neben einem jungen Mann, der offensichtlich seinen Arm weit von sich streckte, damit beide aufs Bild kamen. Das musste der Typ sein, der ihr im Garten geholfen hatte. Er sah wirklich ein bisschen aus wie Til Schweiger.

Flo saß neben ihm, die grauen Haare verstrubbelt, und lächelte, aber so richtig glücklich sah sie nicht aus. Unter dem Bild stand: »Ruf bitte mal an, Mila!« War das der Neue von Katja? Ich schob das Bild mit den Fingern auseinander, um es zu vergrößern. Die Papageien in den Bäumen schimpften, ein Kind schrie, neben mir am Tisch lachte jemand. Mein Herz aber hörte für einen Moment auf zu schlagen. Der Mann neben Flo trug ein dunkles T-Shirt mit einem weißen Aufdruck: Es war eine Libelle, die ihre Flügel quer über seine Brust spannte.

16

Das konnte kein Zufall sein. Oder doch? Siedend heiß fiel mir ein, was ich im Schuppen in Handschuhsheim alles erzählt hatte, um Lynn davon abzuhalten, Frau Mooser ins Knie zu schießen. Über Ülske, mein Leben dort und natürlich über Flo, bei der ich aufgewachsen war und die allein in ihrem Haus lebte. Ich hatte Lynn alle Informationen auf dem Silbertablett geliefert. Und in Ülske musste man nur irgendjemanden auf der Straße fragen, schon wusste man, wo Flo wohnte. Der Ort war klein, meine verrückte Tante bekannt wie ein bunter Hund.

Flo. Meine harmlose, liebenswerte Tante. Ich hatte immer gedacht, in einem Dorf wie Ülske könnte ihr nichts passieren, weil jeder sie kannte und einen Blick auf sie haben würde. Was sollte ich jetzt tun? Frau Mooser anrufen? Oder erst einmal Flo? War das überhaupt eine Libelle auf dem T-Shirt, das der Mann trug? Am Ende war es nur ein dummer Zufall.

Ich schaute mir das Foto noch einmal an. Der Aufdruck sah genauso aus wie der auf Benns T-Shirt. Ich würde Flo anrufen und einfach so tun, als hätte ich das nicht gesehen. Mich ganz harmlos erkundigen, was los ist. Vielleicht war dieser Kerl längst wieder weg. Wer wusste schon, wann das Foto aufgenommen worden war. Bestimmt war er wieder weg. Alles war gut. Ganz sicher.

Trotzdem schaffte ich es kaum, das Kästchen auf dem Display zu treffen, so sehr zitterten meine Hände. Zwei, drei Signaltöne, dann hörte ich Flos Stimme am anderen Ende.

»Mila?«, fragte sie. »Bist du es?«

Vor Erleichterung stiegen mir die Tränen in die Augen.

»Ja, ich bin's. Alles in Ordnung bei dir, Flo?«

»Ja, bei uns ist alles gut. Dein Freund ist wirklich sehr hilfsbereit. Er hat das Licht im Flur repariert. Wenn das Wetter morgen wieder so schön ist, streicht er das Gartenhaus.«

Er war also noch da. Ich drückte das Handy an mein Ohr.

»Wo ist der Mann jetzt, Flo? Ist er gerade bei dir?«

Aber Flo antwortete nicht mehr. Stattdessen hörte ich im Hintergrund jemanden mit ihr sprechen. »Gibst du mir den Hörer, bitte? ... Kannst du mir das eben holen? Das wäre total lieb, Flo. Ja, danke.«

Was jetzt, hatte der Kerl sie weggeschickt?

»Hallo, Mila«, meldete sich eine Männerstimme. »Schön, dass du anrufst. Wir haben schon darauf gewartet. Deine Tante ist wirklich reizend.«

Ich kannte diese Stimme nicht. Nie gehört.

»Wer sind Sie? Was haben Sie bei ihr zu suchen?«

»Ich soll dich ganz lieb von Lynn grüßen«, entgegnete der Fremde.

Lynn. Es war, als hätte er mir einen Faustschlag in den Magen verpasst.

»Was wollen Sie bei meiner Tante? Lassen Sie sie in Ruhe! Sie hat mit alldem nichts zu tun!«

»Es geht um unsere Zukunft, damit hat jeder etwas zu tun. Bist du allein?«

»Ich sitze in einem Café. Aber es ist niemand bei mir.«

»Dann hör mir gut zu! Es gibt zwei Optionen: Du kooperierst, und deiner Tante wird nichts geschehen. Oder du kooperierst nicht, und sie stirbt. Das ist ganz einfach.«

Im Hintergrund hörte ich die Vögel zwitschern. Saß dieser Kerl etwa mit Flo in unserem Garten? Am besten bei Kuchen und Kaffee, um mir zu erzählen, dass er vorhatte, sie umzubringen?

»Wenn du die Polizei einschaltest, wird deine Tante das nicht überleben. Sobald sich hier etwas ereignet, das mir verdächtig erscheint, töte ich sie. Verstanden?«

»Ja, ja, das habe ich.«

»Du allein bist verantwortlich für alles, was hier geschehen wird. Wenn du tust, was wir wollen, fahre ich wieder ab, und sie denkt, sie hätte Besuch von einem lieben Freund ihrer Nichte gehabt. Ich habe ihr erzählt, dass wir uns aus Heidelberg kennen. Für deine Tante heiße ich übrigens Pascal. Oder Til, je nachdem, ob sie gerade spinnt oder nicht.«

Am Nebentisch fing ein Kind lauthals an zu weinen. Ich stand auf und ging ein paar Schritte weg, vor lauter Angst, ich könnte nicht mitbekommen, was Pascal von mir wollte.

»Was soll ich tun? Was wollen Sie?«

»Lynn hat gesagt, dein Kompagnon ist auf Reisen. Ist sonst jemand in der Pension? Habt ihr Gäste?«

»Nein, wir haben geschlossen. Es ist niemand da außer mir.«

»Wo bist du jetzt?«

»In der Heidelberger Weststadt.«

»Dann geh zurück in die Pension, bleib dort und warte. Beeil dich. Lass niemanden rein. Du wirst weitere Anweisungen erhalten.«

Ich hörte, wie er wieder mit Flo redete. »Oh, das ist super. Gaaanz lieb, danke. Du bist die Beste.« Dann sprach er zu mir, mit scheinbarem Bedauern in der Stimme.

»Wirklich schade, dass du jetzt keine Zeit hast, Mila. Aber schön, dass du dich überhaupt gemeldet hast. Ja, ich grüße Flo von dir. Tschüss und Bussi, Bussi!«

Das Gespräch war weg. Ich starrte auf das Handy in meiner Hand und musste dagegen ankämpfen, loszuheulen. Diese miese Ratte! Dieses Mega-Arschloch!

Rasch ging ich zurück an den Tisch und suchte in meinen Hosentaschen nach der kleinen Geldbörse, um das Geld für den Cappuccino auf den Tisch zu legen. Nichts. Ich war einkaufen gewesen, bevor Frau Mooser gekommen war. Da hatte ich sie noch gehabt, das wusste ich ganz genau. Aber sie lag nicht unter dem Stuhl und auch nicht unter dem Tisch. Ich musste sie verloren haben. Also ging ich einfach. Zechprellerei war im Moment das geringste meiner Probleme.

Während ich durch die Straßen hastete, bemühte ich mich, die Tränen zurückzuhalten. Nur nicht auffallen. Wenn mich jetzt jemand ansprach, würde alles aus mir herausbrechen, man würde die Polizei rufen, und die würde Flos Haus in Ülske stürmen. Oder mit dem Megafon davor auftauchen und versuchen, mit Pascal oder Til, oder wie immer er hieß, zu verhandeln. Ich sah schon, wie er in der Küche ein Messer aus der Schublade zog, um Flo damit die Kehle durchzuschneiden.

Als ich an einer der Eisdielen auf der Hauptstraße vorbeikam, rannte mir ein Kind in den Weg. Schon lag das Eis am Boden, und das Kind schrie wie am Spieß. Ich murmelte »Tut mir leid« und ging weiter, während die erboste Mutter hinter mir herschimpfte. Gleich darauf knickte ich in meinen Clogs wie zur Strafe noch einmal um, danach lief ich hinkend weiter. Tausend Momente mit Flo fielen mir wieder ein. Viele davon in dem großen Garten hinter dem Haus, wo sie jetzt wahrscheinlich mit diesem Typen saß.

Als ich klein war, hatten sie und Alma dort das Gehege für mein Kaninchen aufgebaut, sobald der Frühling kam. Flo hatte mir das Kaninchen geschenkt. Ein magerer Ersatz für Eltern, aber ich hatte es mir gewünscht, also hatte ich es bekommen. Alma ging damals noch arbeiten, doch Flo und ich waren jeden Tag losgezogen, um Löwenzahn für meinen neuen Freund zu suchen. Dabei hatte Flo mir jede Hummel und jeden Käfer vorgestellt, den wir am Wegesrand gesehen haben. Sie hatte so getan, als wäre die Welt in Ordnung, und mich davor gerettet, in meinem Kummer um meine tote Mutter und meinen verschwundenen Vater unterzugehen. Was musste ich tun, um jetzt sie zu retten?

Ich blieb stehen. Sollte ich doch Frau Mooser anrufen? Vielleicht war es die bessere Lösung. Sicher gab es andere Möglichkeiten, als Flos Haus zu stürmen. Man könnte aus der Ferne abhören, was im Haus gesprochen wurde, Gas einleiten, das den Kerl und Flo betäubte, irgendetwas tun, das ihm keine Möglichkeit ließ, Flo zu schaden. Und mich verkabeln oder ein Double statt meiner in die Pension schicken. Aber dieser Pascal kannte jetzt meine Stimme. Was sollte ich nur tun? Was war das Beste für Flo?

Frau Mooser würde sicher alles unternehmen, um sie zu retten. Aber wenn es schwierig werden würde, wenn es vielleicht darum ging, eine Gruppe wie die Libellen zu stoppen und dafür das Leben einer alten Frau zu opfern – wie würde Frau Mooser dann entscheiden?

Es war nicht so, dass ich wirklich zu einem Entschluss gekommen wäre. Ich fand keinen Weg aus meinem Dilemma, blieb im Für und Wider stecken. Vielleicht hätte ich anders entschieden, wenn ich nicht solche Angst gehabt hätte, wenn ich in der Lage gewesen wäre, klar zu denken. Aber so ging ich schließlich einfach weiter auf den Abgrund zu, wie eine Marionette, die an langen Schnüren baumelt und willenlos Fuß vor Fuß setzt, bog in unsere Gasse ein, stand vor dem Haus und zog den Schlüssel hervor.

Als ich in den Flur trat, war er dunkel und kühl wie immer. Ich lauschte, doch außer dem Ticken der Uhr war nichts zu hören. Einmal ging ich durch alle Räume, auf Zehenspitzen, vorsichtig und voller Angst, als könnte irgendwo jemand auf mich warten, zerschnitt sogar das Polizeisiegel an der Fünf und schaute hinein. Die Stufen der Treppe knarrten unter meinen Füßen, die Türen gaben ein leises Jammern von sich, als ich sie öffnete. Es war niemand da.

Dann setzte ich mich in die Küche, schloss das Handy ans Ladekabel an und legte es vor mich auf den Tisch. Von hier aus konnte ich auch das Telefon im Flur gut hören und die Klingel an der Haustür. Ich würde weitere Anweisungen erhalten. Wann? Heute? Morgen? In drei Tagen? Ich lauschte auf das Ticken der Uhr, die mir vorgaukelte, die Zeit ginge vorbei.

Wäre ich nur nie nach Heidelberg gekommen. Dann hätte ich Vinzent nicht kennengelernt, wäre nie auf die Libellen getroffen, und Flo säße nicht mit diesem Monster im Garten. Aber ausgerechnet Flo hatte mich hierhergeschickt, weil sie felsenfest daran geglaubt hatte, in Heidelberg würde es mir besser gehen. Sie war auch bis heute der Überzeugung, durch Heidelberg fließe die Heidel. Flo glaubte gern, was sie glauben wollte. Vor allem aber glaubte Flo, die Welt sei gut. Wenn jemand klingelte, riss sie die Tür auf und hieß willkommen, wer immer davorstand. Es machte einen Teil ihrer Liebenswürdigkeit aus, dass sie niemandem böse Absichten unterstellte.

Im Dorf gab es viele, die Flo kannten und mochten. Alle wussten, dass ich in Heidelberg war. Flo hatte es jedem in Ülske erzählt, der es hören wollte. Wenn ein Freund aus Heidelberg von mir auftauchte, der Flo etwas half, dachten die wahrscheinlich, wie nett von Mila, sorgt sie sich um ihre alte Tante.

Immer wieder schaute ich auf das Handy, aber das Display blieb dunkel. Die schickten jemanden nach Ülske, der sich bei meiner Tante einschlich, um mich zu ihrer Marionette zu machen. Was wollten die von mir?

Nach einer Weile konnte ich nicht mehr sitzen. Die Angst trieb mich umher. Ich ging in den Flur, bis zur Haustür und zurück, setzte mich wieder an den Küchentisch, stand erneut auf. Wie der Tiger hinter den Gitterstäben lief ich die paar Meter auf und ab. Sie hatten mich erfolgreich eingesperrt, ohne eine Tür abschließen zu müssen. Geh in die Pension und warte. Also wartete ich. Dachte an Flo, weinte, versuchte, mich zusammenzureißen. Prüfte, ob im Flur der Stecker im Telefon und an meinem Handy der Klingelton laut gestellt war. Fing an, meine Fingernägel mit den Zähnen zu malträtieren.

Dann, nach über zwei Stunden, klingelte mein Handy. Hastig tippte ich auf den grünen Button.

»Ja, hallo?«

»Hallo, Mila.« Es war dieselbe Männerstimme wie vorhin. »Bist du allein?«

»Hier ist niemand außer mir, das habe ich doch gesagt.«

»Gut. Gleich klingelt es an der Tür. Dann öffnest du. Alles Weitere erfährst du dann.«

»Ich will mit meiner Tante reden«, sagte ich rasch. »Wer weiß denn, ob Sie ihr nicht inzwischen et…«

Aber schon war das Gespräch weg. Ich stand auf und ging in den Flur. Vorn zur Straße hin lag Rosels Zimmer, eines, das wir nie benutzten. Rosel hatte sich ausbedungen, es zu behalten, falls sie nicht auf Teneriffa bleiben wollte. Ihre »fall-back option«, wie Hugo es nannte. Es hatte ein Fenster zur Gasse hin. Ich stellte mich so, dass man mich von außen nicht gleich sehen konnte, dann lugte ich durch die Gardine. Zwei Frauen kamen vorbei, mit Einkaufstüten in der Hand. Sie schlenderten daher wie Touristinnen, die sich in der Stadt umsahen. Ein Mann auf dem Fahrrad überholte sie und verschwand. Dann sah ich die schmale, zierliche Gestalt mit dem dunklen Kapuzenpulli, die Hände in den Taschen vergraben. Ich wusste sofort, wer es war. Beim ersten Klingelton war ich an der Tür und öffnete. Lynn drängte sich an mir vorbei. Im Flur schob sie die Kapuze vom Kopf. Sie war ein gutes Stück kleiner als ich und sah so bleich aus, dass meine Angst für einen Augenblick verflog.

»Wie kannst du nur?«, brach es aus mir heraus. »Da sitzt einer von deinen Hampelmännern in Ülske und bedroht meine Tante! Sie hat nichts mit dem zu tun, worüber ihr euch aufregt! Absolut gar nichts. Pfeif den zurück!«

»Halt den Mund!«, herrschte sie mich an.

Noch einmal klingelte es an der Tür.

»Los, mach auf!«

Sammelten die sich hier? Unsere Pension, das neue Domizil der Libellen. Ein komfortables Versteck, mitten in der Heidelberger Altstadt?

»Versprich mir, dass meiner Tante nichts passiert!«

»Ich verspreche gar nichts.« Lynn zog eine Pistole unter dem Kapuzenpulli hervor. »Und jetzt geh und mach die Tür auf!«

»Du schießt sowieso nicht«, sagte ich todesmutig.

Da stellte Lynn sich so nah vor mich, dass der Lauf der Waffe meinen Bauch berührte.

»Vielleicht hast du recht«, sagte sie leise. »Vielleicht aber auch nicht. Pascal hat auf jeden Fall keine Skrupel. Ich habe gehört, ihr habt einen Teich im Garten. Würde mich nicht wundern, wenn deine Tante stolpert und hineinfällt. Tragische Unfälle passieren immer wieder. An deiner Stelle würde ich mir also gut überlegen, ob ich Ärger mache.«

Mehr Argumente brauchte es nicht. Ich ging zur Tür und öffnete. Der Mann, der vor mir stand, hatte einen Brustkorb wie ein Kleiderschrank. Er trug eine Mütze, die er tief in die Stirn gezogen hatte. Es war Jakob, der Hüne, der in Handschuhsheim mit dabei gewesen war.

»Hi, Lynn«, sagte er. »Alles klar hier?«

»Ich hoffe. Check das Haus. Und du«, sie deutete mit der Waffe auf mich, »kommst mit in die Küche. Geh vor, los!«

Jakob verschwand die Treppe hoch, und ich ging Richtung Küche. Ich würde alles tun, was Lynn wollte. Der Teich in Flos Garten lag in der hintersten Ecke und war kaum noch zu sehen, weil die Ränder völlig überwuchert waren. Pascal hatte sich offensichtlich schon gut auf dem Grundstück umgesehen. Wenn Flo darin morgen ertrinken würde, wären alle in Ülske tief betroffen, aber wundern würde sich niemand. Wahrscheinlich dachte dann das ganze Dorf, meine verrückte Tante wäre ins Wasser gesprungen, weil sie der Überzeugung war, auf George Clooneys Poolparty zu sein.

Lynn setzte sich in der Küche an den Tisch und legte die Waffe auf ihren Schoß.

»Ich habe Hunger, mach uns was zu essen.«

»Was willst du haben?«

»Mach irgendetwas!«

Ich holte aus der Anrichte zwei Dosen Ravioli, die Angst im Nacken, Lynn könnte vielleicht ärgerlich werden, weil es nicht das Richtige war. Ich sollte mit ihr reden, mich mit ihr gut stellen. Je netter mich Lynn fand, desto größer waren wahrscheinlich meine Chancen, das hier lebend zu überstehen. Meine und die von Flo.

»Ich dachte, ihr wärt in Hamburg. Da ist doch dieser Mann entführt worden, der mit der Mülldeponie.«

»Aber wie du siehst, bin ich hier. Ich muss nicht alles selbst machen.«

»Du warst schon einmal hier, nicht wahr? Ich habe bei der Polizei euer Video gesehen. Das ist bei uns in der Pension aufgenommen worden. Damals hatten wir die Zimmer noch nicht gestrichen.«

»Weiß die Polizei das auch?«

»Nein«, sagte ich schnell. »Die weiß gar nichts. Ich habe nichts gesagt. Wegen Hugo. Ist er in Hamburg mit dabei?«

»Hugo?«, fragte Lynn.

Ich hörte die Überraschung in ihrer Stimme.

»Ja, Hugo. Ihm gehört die Pension. Ihr müsst hier gewesen sein, als ich bei meiner Tante in Ülske war. Du musst ihn kennen.«

»Ach, der Typ. Hugo, klar. Ein netter Kerl. Aber der hat mit uns nichts zu tun. Wir haben die Zimmer hier gemietet, und das war es.«

Ich drehte mich wieder zur Anrichte und öffnete eine der Büchsen. Wenigstens das! Bei allem Mist, in dem ich steckte, wenigstens war Hugo nicht mit dabei. Ich hatte mich nicht in ihm getäuscht. Aber wo steckte er dann? Egal, hoffentlich ging es ihm gut.

»Woher wusstet ihr von der Pension?«, fragte ich.

»Wir haben Hugo auf einer Veranstaltung kennengelernt. Dabei kamen wir auf die Pension. Das war es. Und du hast echt geglaubt, er wäre einer von uns?«

Lynn schien das witzig zu finden.

»Nein, so jemanden können wir nicht brauchen. Der hat sich fast ins Hemd gemacht, weil Jakob Dreck an den Schuhen hatte. Er ist mit dem Kehrblech hinter uns hergerannt.«

»Ja, das sieht ihm ähnlich«, murmelte ich.

»Das ist einer, der sich in Kleinkram verliert. Der ist zwanghaft. So jemand sorgt nur für Ärger. Aber dich, dich kann ich brauchen! Wegen dir und deiner dicken Freundin kann ich mich nirgends mehr blicken lassen. In jeder Zeitung steht ein Bild von mir. Du hast meine Pläne durchkreuzt, also wirst du auch dafür sorgen, dass ich sie zu Ende bringen kann.«

Nein, das hatte ich ganz sicher nicht vor.

»Ich bin noch viel schlimmer als Hugo. Ich bekomme Panikattacken und reagiere völlig emotional. Ich verliere sofort die Nerven, wenn es schwierig wird.«

Lynn sah mich aus ihren wasserblauen Augen an, wie eine Mutter ihr Kind an seinem ersten Schultag. Voller Wohlwollen und Vertrauen darauf, dass es bei den Besten sein wird.

»Nein, du wirst nicht die Nerven verlieren. Nicht, wenn es darauf ankommt. Es gibt Menschen, die sind zu allem fähig, wenn ihnen etwas wirklich wichtig ist. Ich glaube, da sind wir einander sehr ähnlich.«

Sie hielt mir ihr Handy hin, auf dem ein Foto zu sehen war. »Nettes Foto. Willst du mal sehen?«

Es war ein Bild von Flos Gartenteich, in dessen trübem Wasser sich die Sonne spiegelte. In das Gestrüpp am Rand hatte jemand eine Schneise geschnitten. Flo stand am Wasser, mit einem Strohhut auf dem Kopf.

17

Ich wollte Lynn nicht ähnlich sein. Ja, wir waren beide nahezu ohne Eltern aufgewachsen und hatten uns für denselben Mann interessiert, für Vinzent. Aber das war es dann auch mit den Ähnlichkeiten. Doch ich hielt den Mund, holte Teller und Besteck aus dem Schrank und stellte den Topf mit den Ravioli auf den Tisch. Bevor sie anfing zu essen, musste ich Lynn mein Handy geben.

»Wohin werde ich denn diesmal verreisen?«, fragte ich. Statt zu antworten, steckte sie es in die Hosentasche. Ich blieb neben dem Tisch stehen, während sie anfing, wie eine Verhungernde Ravioli in sich hineinzuschaufeln.

Jakob kam rein. »Hier ist alles okay.«

Er schien nicht minder Hunger zu haben als Lynn. In Windeseile hatten die beiden alles aufgegessen.

»Dass so ein Fraß so gut schmecken kann«, sagte er. »Kochst du mal einen Kaffee?«

Während ich den Kaffee aufsetzte, kreiste ein einziger Gedanke in meinem Kopf: Gab es eine Möglichkeit, aus dieser Sache herauszukommen, ohne Flos Leben in Gefahr zu bringen? Falls sie noch lebte. Wer wusste schon, was dieser Pascal ihr antat, während die sich hier von mir bedienen ließen. Ich ging an den Tisch zurück, stellte mich vor die beiden. Rücken gerade, Kopf hoch. Nur keine Angst zeigen.

»Ich will mit meiner Tante sprechen«, sagte ich mit so fester Stimme, wie ich es eben hinbekam. »Ich will wissen, ob es ihr gut geht. Alle zwei Stunden.«

Lynn lachte. »Du spinnst wohl.«

»Woher weiß ich denn, dass sie nicht schon tot ist.« Ich stützte die Hände auf den Tisch, sodass ich Lynn direkt in die Augen sehen konnte. So tun, als hätte man keine Angst. Ich musste nur so tun, das reichte. Aus den Augenwinkeln bemerkte ich, wie Jakob hinter seinen Rücken griff.

»Lass nur.« Lynn legte ihm beschwichtigend die Hand auf den Arm. »Die beißt nicht.«

Wie eine heiße Welle schoss die Panik in mir hoch. Bestimmt hatte er nach seiner Waffe greifen wollen. Ich zwang mich weiterzureden.

»Ich habe deine Großmutter kennengelernt. Frau Mooser und ich waren heute bei ihr in Mosbach. Was deine Großmutter für dich ist, ist meine Tante für mich. Du hast gesagt, wir sind uns ähnlich. Wenn es andersrum wäre und deine Großmutter wäre die, die man gefangen hält, was würdest du in meiner Situation tun: wie ein dummes Schaf alles machen, und am Ende ist sie längst tot? Würdest du das tun?«

»Du stellst hier überhaupt keine Forderungen«, blaffte Jakob mich an.

»Nein, lass sie nur.« Lynn lehnte sich zurück und verschränkte die Arme vor dem Körper. »Was Mila sagt, ist berechtigt. Wir wollen etwas von ihr, dann sollte sie auch etwas von uns bekommen.« Sie schaute kurz zur Decke, so, als würde sie ernsthaft über meine Forderung nachdenken. »Also gut. Ich mache dir ein Angebot: Du bekommst einmal am Tag ein Foto von ihr, was hältst du davon?«

»Ich will mit ihr reden!«

»Nein. Das gibt nur Ärger. Am Ende quäkst du irgendetwas ins Telefon, und deine Tante wird misstrauisch. Glaub mir, das ist nicht gut für sie. Das willst du nicht wirklich.«

»Dann will ich ein Foto von ihr mit einer Zeitung, auf der das Datum des Tages steht.«

»Sonst noch was? Vielleicht eine Büchse Kaviar für das Tantchen zum Frühstück?«

»Nein, das Foto mit der tagesaktuellen Zeitung. Morgen früh.«

Da ahnte ich wohl schon, dass meine gemeinsame Zeit mit den Libellen nicht in ein paar Stunden vorbei sein würde.

»Also gut. Sollst du haben«, willigte Lynn ein. »Was macht der Kaffee?«

Ich drehte mich wieder um. Meine Hände zitterten, als ich die

Kanne anhob. Ich stellte sie rasch auf den Tisch und holte zwei Becher aus der Anrichte. Immerhin hatte ich nicht angefangen, nach Luft zu schnappen.

»Habt ihr einen Fernseher?«

»Ja, der steht in der Eins.«

»Jakob, schau mal, ob sie etwas über Oleskut bringen.«

Der Hüne nahm sich einen Kaffee und verschwand.

»Komm, setz dich zu mir«, forderte Lynn mich auf, als wir allein in der Küche waren. »Hast du Milch?«

Ich holte die Tüte aus dem Kühlschrank und nahm auf dem Stuhl ihr gegenüber Platz. Sie sah mich so lange an, bis ich den Blick senkte und auf die Tischplatte schaute.

»In deinen Augen bin ich ein Monster, nicht wahr?«

Ich schüttelte den Kopf.

»Ich werde nie mehr ein normales Leben führen können, Mila. Ich werde diesen Kampf führen, bis ich darin untergehe.«

Was wollte sie jetzt hören? Tut mir leid?

»Soll ich dir sagen, warum?«

Ich nickte. Nur keinen Ärger machen.

»Weil ich kein Monster bin. Die anderen sind mir nicht egal. Du bist mir nicht egal.«

»Wenn ich dir nicht egal bin, dann sag Pascal, er soll bei meiner Tante verschwinden.«

»Erinnerst du dich an den Brand in der Textilfabrik in Bangladesch, bei dem über hundert Menschen umgekommen sind?«

»Was hat das mit meiner Tante zu tun?«

»Mit deiner nichts. Aber die Frauen, die dort verbrannt sind, die waren auch Tante oder Mutter von irgendjemandem. Es gibt Menschen, die um sie geweint haben, so wie du um deine Tante weinen würdest. Arbeiter, die in Südafrika Trauben pflücken oder in Thailand Krabben pulen, das läuft alles nach demselben Muster: Ausbeutung zu Hungerlöhnen unter menschenunwürdigen Bedingungen und die Umwelt ist dabei sowieso egal.«

»Daran ändert ihr doch nichts, wenn ihr jemanden entführt? Was haben denn Leute wie Creumer oder Oleskut damit zu tun?«

»Auf den ersten Blick nichts. Auf den zweiten sehr viel. Weil das Prinzip dahinter immer dasselbe ist: Egoismus. Es geht nur um den eigenen Vorteil. Für den einen ist es Macht oder Status, für den anderen Profit, Geld und Luxus. Dafür nehmen sie hin, dass Menschen in Fabriken verbrennen oder Kinder Ekzeme bekommen und sich halb tot kratzen. Mein Vorteil hat immer Vorrang. Wenn ich mit etwas Geld verdienen oder dadurch meine Macht erweitern kann, sollen die anderen ruhig krepieren. Ich nenne sie die ›Super-Egos‹. Sie funktionieren nach einem einzigen und sehr einfachen Prinzip: ich zuerst. Es ist so simpel, dass sogar Donald Trump es kapiert hat.«

Lynn schüttete sich Milch in den Kaffee.

»Willst du keinen Kaffee?«, fragte sie mich. »Nimm dir doch etwas.«

Zum Kaffeekränzchen mit der Geiselnehmerin. Na prima. Aber ich nahm mir einen Becher, schenkte mir etwas ein. Lynn wartete, bis ich wieder vor ihr saß, und schob mir die Milchtüte rüber.

»Das Problem dieser Typen ist, dass sie nur auf unmittelbare Konsequenzen reagieren«, erklärte sie. »Argumente, wissenschaftliche Fakten, das Leid anderer, vergiss es. Klimakatastrophe? Völlig uninteressant, solange die mit ihrem Hintern in einem bequemen Sessel sitzen und die Klimaanlage funktioniert. Die ändern sich nur, wenn sie spüren, dass ihr Verhalten direkte negative Konsequenzen für sie selbst hat. Demos und ziviler Ungehorsam, das bringt überhaupt nichts.«

Sie hielt inne. Anscheinend wartete sie auf einen Kommentar. Ich sollte jetzt etwas sagen. Unvorsichtigerweise ließ ich mich darauf ein.

»Aber … also, ich finde … durch ›Fridays for Future‹ ist doch einiges in Bewegung gekommen. Bestimmt wäre längst nicht so viel …«

»Quatsch«, würgte sie mich ab. »Nichts ist in Bewegung gekommen. Mit diesem Staat kann man nichts verhandeln. Aber das kapieren die nicht.«

»Fridays for Future«, »Extinction Rebellion«, »Greenpeace«,

Lynn machte sie alle nieder. Nur sinnloser Aktivismus. Die Super-Egos, die im Staat das Geld und die Fäden in der Hand hielten, würden ihren Stiefel einfach weiter durchziehen.

Ich sagte nichts mehr dazu, aber Lynn ließ nicht von mir ab.

»Nenn mir einen Super-Ego in deinem Heimatort. Das größte Arschloch, dem du dort begegnet bist.«

»In Ülske?«

»Ja, jemand, der anderen zu seinem eigenen Vorteil schadet. Sag bloß, die gibt es da nicht?«

Eigentlich waren die meisten Menschen in Ülske ganz nett. Vielleicht Jens, mein Ex? Der hatte mich betrogen und verlassen. Aber Jens schenkte sein letztes Hemd her, wenn einer seiner Freunde in Not war.

»Ich kenne keinen«, sagte ich.

»Du bist echt süß. Landidylle pur, ja? Und alle sind sie gut und lieb. Das glaubst du selbst nicht!«

Nein, mir fiel nämlich noch jemand ein.

»Ein ehemaliger Klassenkamerad hat sich von mir Geld geliehen. Angeblich, weil sein Hund krank war und er es für den Tierarzt brauchte. Ich habe damals in einem Laden gearbeitet und das Geld für ihn aus der Kasse genommen. Er wollte es mir in ein paar Tagen zurückgeben.«

»Lass mich raten«, sagte Lynn. »Du hast dein Geld nie wiedergesehen?«

»Arne hat behauptet, er hätte von mir nie Geld bekommen. Ich bin rausgeflogen.«

»Ja, das hört sich tatsächlich nach einem Super-Ego an. Die gibt es überall, im Kleinen wie im Großen. Wenn es um Geld geht, schießen die aus dem Boden wie die Giftpilze nach dem Regen.«

Lynn kippte sich noch etwas Milch in ihren Kaffee.

»Soll Pascal mal bei Arne vorbeischauen? Mit einem schönen Gruß von dir? Du würdest ihm eine Lernmöglichkeit eröffnen: Einem anderen Menschen zu schaden ist nicht in Ordnung, dafür bekommt man Ärger.«

»Ich glaube nicht, dass der noch etwas lernt.«

»Oh doch, das Prinzip der spürbaren Konsequenz funktioniert. Ganz sicher. Ermahne ein Kind fünfmal, und es fasst immer noch an den Herd. Lass einmal zu, dass es sich die Finger verbrennt, und du brauchst nie mehr etwas zu sagen. Ich glaube, für deinen Klassenkameraden Arne wäre eine kleine Abreibung das Richtige. Oder vielleicht ein ausgiebiges Bad in einer Jauchegrube?«

»Und mich zeigt er anschließend an, weil ich ihm jemanden auf den Hals gehetzt habe.«

»Keine Sorge, das wird er sich nicht mehr trauen, wenn Pascal mit ihm fertig ist. Der wird nur noch nett und freundlich zu dir sein.«

Arne war bei seiner Lüge geblieben, selbst als er gehört hatte, dass ich wegen des fehlenden Geldes rausgeflogen war. Was hatte ich wegen dieser Sache gelitten. Ich hatte mich so geschämt, dass ich wochenlang das Haus nicht mehr verlassen hatte. Sogar Flo schien damals an mir zu zweifeln, das war das Schlimmste von allem gewesen.

Lynn wartete auf meine Antwort. Bei Arne würde es wahrscheinlich schon reichen, wenn ein Kerl mit einem breiten Kreuz bei ihm auftauchte und ihn einmal anbrüllte. Aber dann dachte ich an Flo und ihr entsetztes »Mila, ich bitte dich!«, das ich so oft gehört hatte, wenn ich glaubte, ich hätte eigentlich eine prima Idee. Flo würde nichts davon halten, Arne eine Lernmöglichkeit zu eröffnen. Nicht auf diesem Weg. Und ich? Nein, ich wollte das auch nicht.

Was passierte hier gerade mit mir? Saß ich mit Kaa, der hypnotisierenden Schlange, am Tisch?

»Nein«, sagte ich. »Lasst das sein. Das ist meine Angelegenheit.«

»Wie du möchtest. Du kannst es dir gern noch überlegen. Dein Arne ist wahrscheinlich auch nur ein kleines Licht. Aber wenn wir nichts unternehmen, werden solche Menschen die Welt zugrunde richten.«

»Wie viele wollt ihr denn entführen? Ein paar versetzt ihr

vielleicht in Angst und Schrecken, der Rest wird einfach weitermachen wie bisher.«

»Vielleicht ändern Creumer und Oleskut noch nichts. Aber wir machen publik, was wir tun und warum wir es tun. Die Angst wird um sich greifen. Wir machen weiter, immer weiter, überall auf der Welt. Mein Traum ist, dass irgendwann schon eine kleine Botschaft von den ›Polaris-Libellen‹ reicht, damit so ein Super-Ego anfängt, darüber nachzudenken, was er ändern soll.«

»Meine Tante ist kein Super-Ego. Zieh Pascal da ab. Was hast du denn davon, eine alte Frau zu bedrohen?«

»Was ich davon habe? Dich. Deinen Gehorsam. Du hast Angst um sie. Zu Recht. Damit wir unsere Ziele erreichen, müssen manchmal Menschen leiden, die es eigentlich nicht verdient haben. Aber hier geht es um mehr als um Einzelschicksale. Solange Pascal bei deiner Tante ist, wirst du tun, was ich will. Ich brauche dich. Mein Gesicht stand in allen Zeitungen, ich kann mich draußen nicht mehr blicken lassen. Du dich schon.«

»Ich werde niemanden für euch quälen oder entführen.«

»Keine Sorge«, erwiderte Lynn. »Das brauchst du nicht. Aber wir müssen noch einem Super-Ego der ganz besonderen Art eine Lektion verpassen. Danach bist du uns los.« Sie trank an ihrem Kaffee. »Oder du machst weiter mit und hilfst dabei, in der Welt aufzuräumen. Was hältst du davon?«

Ich schwieg. Aus dem Flur war Jakobs Stimme zu hören, der anscheinend telefonierte.

»Nun sag schon? Lust mitzumachen?«, fragte Lynn.

Das war absurd. Lynn erpresste mich mit Flo und versuchte gleichzeitig, mich zu ködern. War sie wirklich nur hier aufgekreuzt, weil ich ihre Pläne vereitelt hatte und meine »Schuld« abarbeiten sollte? Oder ging es noch um etwas ganz anderes? War das hier so eine Art Rekrutierungsversuch, weil sie in mir eine Seelenverwandte sah, die sie unbedingt mit ins Boot holen wollte? Wo wir uns doch angeblich so ähnlich waren.

»Mal sehen«, antwortete ich. Keine Widerworte, kein Ärger.

»Du musst dich nicht direkt beteiligen. Ich brauche genauso

noch Unterstützer, die sich im Hintergrund halten und schweigen können. Jemand, der ein Handy besorgt, eine Übernachtungsmöglichkeit bietet, Geld gibt. Oder eine Hütte im Garten hat, in der wir uns eine Zeit lang verstecken können. Was glaubst du wohl, wo wir die letzten Tage untergekommen sind?«

»Und Vinzent? Ist der auch einer von euch gewesen?«

»Vinzent ist ausgestiegen«, sagte Lynn knapp.

»Als du abends hier bei Vinzent warst und ihr gestritten habt, was ist da passiert?«

»Das geht dich nichts an.«

»Benn hat der Polizei erzählt, Vinzent wäre tot.« Ich schaute sie an, ich wollte jede Regung in ihren Gesichtszügen mitbekommen. »Er hat gesagt, er hätte bemerkt, dass Vinzent nicht mehr lebt, und seine Leiche hätte er irgendwo im Wald verscharrt.«

Sie und Vinzent waren ein Paar gewesen, diese Nachricht musste etwas bei ihr auslösen. Entsetzen, Wut, Trauer. Aber Lynn sah aus, als hätte ich ihr mitgeteilt, dass man Reschkes Trecker geklaut hat. So, als ginge es sie nichts an.

»Stimmt das nicht, was Benn erzählt hat? Lebt Vinzent?«

Ich weiß nicht, ob sie mir geantwortet hätte. Bevor es dazu kommen konnte, betrat Jakob die Küche. Er hielt Lynn sein Handy hin.

»Das sind die aus Hamburg. Am besten, du redest selbst mit ihnen.«

Lynn nahm es, und die beiden gingen raus. Jakob zog die Tür hinten ihnen zu. Lynn telefonierte im Flur. Ich konnte ihre aufgeregte Stimme hören, aber kaum etwas verstehen. Anscheinend ging es um Gustav Oleskut. Es schien etwas schiefgelaufen zu sein. War er entkommen?

Es dauerte eine halbe Ewigkeit, bis Lynn wieder hereinkam. Sie war so kalkweiß wie die Wand hinter ihr.

»Wo ist dein Zimmer?«, fragte sie.

»Ganz oben, unterm Dach.«

»Dann geh hoch und warte, bis wir dich rufen. Die Tür lässt du auf.«

Die Stimmung war umgeschlagen. Keine Plauderei mehr. Es musste etwas geschehen sein, das ihr nicht in den Kram passte. Ich tat, was sie wollte, ging hoch in meine Kammer und legte mich aufs Bett. Unten lief der Fernseher. Was jetzt? Ich wusste nicht, welche Rolle die beiden mir bei der Jagd auf ihr nächstes Opfer zugedacht hatten. Aber dass ich etwas für sie erledigen sollte, das war klar. Was sollte ich nur tun? Mitmachen und darauf hoffen, dass Lynn sich an ihr Versprechen hielt? Warum nur hatte ich nicht sofort Frau Mooser angerufen! Wenn man Flo bei klarem Verstand hätte befragen können, sie würde sicher nicht gewollt haben, dass ich wegen ihr zum Handlanger der Libellen wurde. Aber blieb mir eine Wahl? Ich würde es nicht ertragen können, wenn Flo etwas zustieß. Sie war meine Ersatzmutter, mein Ersatzvater und außerdem noch meine Tante. Und wenn es stimmte, dass Heimat nicht dort ist, wo wir leben, sondern bei den Menschen, die wir lieben, dann war Flo meine Heimat. Ich hätte sie nie alleinlassen dürfen.

Ich sah aus dem Dachfenster. In der Dämmerung schimmerten ein paar winzige silberne Punkte am Firmament. Im Sommer saß Flo manchmal nachts stundenlang im Garten und schaute in den Himmel. In Ülske sah man viel mehr Sterne als hier in der Stadt. Und doch waren es derselbe Himmel und dieselben Sterne. Und Flo und ich steckten bis zum Hals in derselben Tinte.

18

Stunde um Stunde lag ich auf dem Bett und starrte in den Himmel. Meine Gedanken verwandelten sich in schwarze Vögel, die in immer gleichen Bahnen kreisten, bis sie sich erschöpft auf einem Baum niederließen und den Kopf zwischen das Gefieder steckten. Ich schlief ein, schreckte wieder hoch, schlief wieder ein.

Um kurz vor drei wurde ich zum tausendsten Mal wach. Inzwischen schienen selbst die Sterne ihr Licht gelöscht zu haben, so dunkel war es. Ich musste dringend einmal ins Bad. Leise verließ ich mein Zimmer. Im Treppenhaus zeichneten sich nur schemenhaft die Umrisse der Stufen ab, aber ich machte kein Licht, ich fand mich hier so zurecht. Alles andere würde nur Lynn oder Jakob auf den Plan rufen. Sollten die bleiben, wo sie waren. Behutsam schlich ich hinunter in den ersten Stock. Die Türen an den Zimmern standen alle einen Spaltbreit offen, ich hatte keine Ahnung, in welchen die beiden schliefen.

Im Bad begegnete ich der Frau wieder, die mich hier schon vor ein paar Tagen aus dem Spiegel angeschaut hatte. Blass und mit dunklen Ringen unter den Augen. Meine Haare sahen inzwischen nicht mehr wie die verfilzte Mähne eines Löwen aus, sondern eher wie das Fell eines Wollhaarmammuts. Ich bürstete sie und band sie zusammen. Wenn sie erst einmal in diesem Zustand sind, dauert das eine Weile. Die ganze Zeit über blieb es still im Haus. So still, dass mir eine Idee kam.

Ich steckte den Kopf zur Tür hinaus. Die Treppe ins Erdgeschoss war ein Problem, ein paar der Stufen knarrten so laut, dass man damit Tote wecken konnte. Zum Glück wusste ich genau, welche es waren. Die Lampe im Bad ließ ich an und die Tür offen, sodass ein wenig Licht ins Treppenhaus fiel. Unten im Flur stand das Telefon. Ich könnte damit in den Keller schleichen und die Polizei anrufen. Es war gewagt, aber eine Möglichkeit.

Auf Zehenspitzen schlich ich aus dem Bad und stützte mich beim Hinabgehen, so gut es ging, auf das Geländer. Je weniger Gewicht, desto weniger ächzten die Stufen. Drei ließ ich aus. Dann knarrte es trotz all meiner Vorsicht. Ich hielt die Luft an und horchte. Nichts rührte sich. Also ging ich weiter, Stufe um Stufe. Als ich den Boden des Flurs unter meinen Füßen spürte, hatte ich das Gefühl, den Mount Everest hinuntergeklettert zu sein. Die Tür zur Küche stand halb offen, man konnte das leise Summen des Kühlschranks hören.

Ich tastete mich zu dem Tischchen vor, auf dem normalerweise das Telefon stand, doch die Ladeschale war leer. Lynn und Jakob hatten vorgesorgt, ich hätte es mir denken können. Dann musste ich eben aus dem Haus, zu den Nachbarn, von dort aus anrufen und wieder zurückkommen. Meine letzte Chance. Ich schlich weiter bis zur Haustür. Endlich fühlte ich das kalte Metall der Klinke in meiner Hand. Die Tür war abgeschlossen, und der Schlüssel fehlte.

Aber ich wusste, wo ich einen Ersatzschlüssel finden würde. In dem Tischchen, auf dem das Telefon stand. Sogar mehrere, ich musste nur die Schublade aufziehen, da waren fünf Stück drin. Die Schlüssel für die Gäste, damit sie uns nachts nicht aus dem Bett klingelten. Das hatten Jakob und Lynn nicht wissen können. Zum Glück.

Ich ging zurück, zog die Schublade auf und holte einen der Schlüssel heraus. Dabei rutschte er mir aus der Hand und fiel mit leisem Klirren auf den Boden. Herzstillstand. Reglos verharrte ich und wartete. Es blieb ruhig. Da nahm ich den nächsten Schlüssel und hielt ihn fest mit der Hand umschlossen, bis ich wieder an der Tür war und ihn mit bebenden Fingern ins Schlüsselloch steckte.

Dann flammte das Licht im Flur auf.

»Das würde ich nicht tun!«

Lynn stand in der Küchentür, die eine Hand noch am Lichtschalter, in der anderen die Pistole, die sie auf mich gerichtet hatte.

»Wie enttäuschend, Mila. Wirklich sehr enttäuschend.«

Sie musste in der dunklen Küche gesessen haben, wie die Spinne, die darauf wartet, dass die kleine dumme Fliege sich in ihrem Netz verfängt.

»Hast du wirklich gedacht, wir legen uns beide ins Bett und lassen dich aus dem Haus spazieren?«

»Ich …« Nein, es gab nichts, mit dem ich mich hätte herausreden können.

»Ich werde mir überlegen, ob das Konsequenzen für deine Tante hat. Pascal war bisher sehr nett zu ihr.«

»Bitte, Lynn … Das war dumm von mir. Es tut mir leid. Bitte, lass Flo nicht dafür büßen!«

Lynn sagte nichts. Lynn ließ mich winseln.

»Es war ein Fehler. Ein dummer Fehler. Bestrafe mich, aber nicht Flo. Eine spürbare Konsequenz. Egal was. Ich muss lernen, nicht Flo. Sie hat nichts getan. Bitte, Lynn! Bitte!«

Lynn stand da, meine Richterin, den Kopf erhoben, mit versteinerter Miene. Wenn sie gewollt hätte, hätte ich den Fußboden vor ihren Füßen abgeleckt oder mich mit einer Geißel ausgepeitscht.

»Geh nach oben!«, befahl sie.

»Bitte, Lynn, ich …«

»Geh hoch!«

Ich ging an ihr vorbei, ohne sie anzuschauen. Wie eine Sünderin, den Blick auf den Boden gerichtet. Heulend legte ich mich ins Bett. Die Nacht verwandelte sich in einen endlosen dunklen Tunnel, in dem mich die Angst quälte, Lynn könnte Pascal anrufen. Erst bei Beginn der Dämmerung schlief ich wieder ein und träumte von Ülske, davon, dass sich Hunderte von Krähen mit lautem Krächzen in dem Baum vor Flos Haus sammelten.

Jakob saß in der Küche, als ich am nächsten Morgen herunterkam. Ich hatte mich so angezogen, dass ich selbst Flos kritischem Blick hätte standhalten können. Ich wusste nicht, was an diesem Tag auf mich zukommen würde, und rechnete doch mit allem. Sollte ich bei dieser Geschichte draufgehen, wollte ich nicht in einer Jogginghose sterben.

Von Lynn war nichts zu sehen. Wahrscheinlich hatten sie und Jakob sich beim Wachehalten abgewechselt, und Lynn schlief noch. Es war Viertel nach acht.

»Hallo«, sagte ich unsicher.

Jakob schaute nur kurz auf. Er war mit seinem Handy beschäftigt. Ich machte Kaffee und deckte den Tisch, als hätte ich Pensionsgäste. Eine Routine, die mir half, ruhig zu bleiben. Hatte Lynn ihm von meinem Fluchtversuch erzählt? Ob sie etwas wegen Flo unternommen hatten? Ich fing an, Rühreier mit Speck zu machen. Als der Geruch sich in der Küche ausbreitete, legte Jakob das Handy beiseite.

»Riecht verdammt gut«, sagte der Hüne und lächelte mich tatsächlich an.

Zum ersten Mal registrierte ich, dass auch er ein junger Mann war, und im Moment einer, der sich freute, weil er gleich etwas Gutes zu essen bekommen würde.

»Ja, die Gäste lieben mein Rührei.«

»Habt ihr viel Betrieb hier?«

»Genug. Wir liegen halt günstig. Und irgendwie hat es sich rumgesprochen. Du hast Hugo kennengelernt, nicht? Lynn hat mir erzählt, ihr hättet ihn bei einer Veranstaltung getroffen.«

Ich bemühte mich zu plaudern, so zu tun, als gäbe es so etwas wie Normalität. Jakob schien nicht verärgert zu sein. Anscheinend hatte Lynn ihm nichts von unserer nächtlichen Begegnung im Flur gesagt.

»Hugo ist wirklich in Ordnung«, meinte er. »Echt nett. Und hilfsbereit.«

Das hörte sich anders an als das, was Lynn gestern erzählt hatte. Aber im Moment interessierte es mich nicht. Es gab etwas, das mir viel wichtiger war.

»Sag mal, meine Tante … der geht es gut, oder? Hat Lynn …«

Der schrille Ton der Klingel ließ mich zusammenfahren. Jakob stand auf und nahm die Waffe, die neben ihm auf dem Stuhl gelegen hatte.

»Wer kann das sein?«, fragte er.

»Ich weiß es nicht. Vielleicht jemand, der ein Zimmer sucht.«

»Um die Zeit?«

»Ich habe keine Ahnung, wirklich.«

Er ging hinaus in den Flur, ich aber blieb in der Küchentür stehen, wie ein Hund, der sich nicht traut weiterzulaufen, bis sein Herrchen es erlaubt. Jakob verschwand in Rosels Zimmer. Im Treppenhaus knarrte es. Lynn kam herunter, mit ein paar Knitterfalten vom Kissen im Gesicht.

»Hat es geklingelt?«, fragte sie leise.

»Die von der Polizei steht vor der Tür«, antwortete Jakob, der aus Rosels Zimmer zurückkam. »Die Frau, die mit in Handschuhsheim war.«

»Allein?«

»Sieht so aus.«

Lynn nahm ihm die Waffe aus der Hand. Sie kam auf mich zu und hielt mir die Mündung unters Kinn.

»Was hat das zu bedeuten? Du weißt doch, was hier läuft!«

Weshalb war Frau Mooser schon wieder da? Frau Mooser und ihr Misstrauen. Vielleicht hatte sie mich doch abhören lassen? Dann wusste sie Bescheid, wusste alles, was hier vorging, und die ganze Straße war vermutlich gespickt mit Polizisten, samt Scharfschützen auf dem Turm der Heiliggeistkirche. Sie würde mich hier rausholen. Und Flo war längst in Sicherheit.

»Los, sag schon!«, drängte Lynn.

»Ich weiß nicht, weshalb sie hier ist. Gestern ist sie auch plötzlich aufgetaucht, weil ich mit zu deiner Großmutter fahren sollte. Sie will bestimmt wieder irgendetwas.«

Jakob schaute zur Tür. »Was jetzt?«

»Wir reagieren einfach nicht«, beschloss Lynn. »Mila schläft eben noch.«

Ich musste diese Tür aufmachen. Wenn ich die Tür nicht öffnete, würde die Polizei bestimmt gewaltsam ins Haus kommen, und das konnte für uns alle übel enden.

»Wenn Frau Mooser etwas will, wartet sie«, wandte ich ein. »Das hat sie gestern auch getan. Die bleibt und setzt sich vor die Tür.«

Wie zum Beweis klingelte es wieder, lang und ungeduldig.

»Hör mir gut zu.« Lynn drückte mir die Pistole noch ein wenig fester unters Kinn. »Du sorgst dafür, dass sie auf keinen Fall reinkommt. Lass dir etwas einfallen. Und denk immer daran: Wenn du nicht mitziehst, bezahlt deine Tante.«

»Aber wenn das eine Falle ist?«, fragte Jakob.

»Dann ist für uns beide sowieso alles gelaufen. Wenn die Polizei weiß, dass wir hier sind, ist das für uns das Ende. Wir waren uns darüber im Klaren, dass dieser Weg Opfer verlangen wird, oder?«

Jakob sah zu Boden. Dann nickte er.

»Ich geh vorn in das Zimmer. Stell du dich oben ins Treppenhaus.« Lynn wandte sich wieder an mich. »Und du, überleg dir ganz genau, was du tust!«

Sie ließ die Tür zu Rosels Zimmer etwas offen stehen, sodass sie jedes Wort mitbekommen würde, das ich mit Frau Mooser wechselte. Als ich zur Haustür ging, schwankte der Boden unter meinen Füßen. Ein Schiff auf See, kurz davor, geentert zu werden. Ich zog die Tür auf, gerade, als Frau Mooser noch einmal auf die Klingel drücken wollte.

»Habe ich mir doch gedacht, dass Sie da sind!« Sie sah aus wie gestern, blaue Jacke, bunt gemusterter Schal. Und sie lächelte sogar. »Ich weiß, ich bin etwas früh dran. Tut mir leid.«

»Hallo.« Was war ich froh, sie zu sehen!

Ich versuchte, in die Gasse zu schauen und den Kopf dabei möglichst wenig zu bewegen. Aber da gab es keine Polizisten, die sich in dicken schusssicheren Westen an die Wände neben dem Haus drückten. Die Gasse war wie leer gefegt.

»Wie ich sehe, haben Sie Ihre Bürste wiedergefunden!«

Was sollte das bedeuten? Ob das eine geheime Botschaft war?

»Steht Ihnen gut, wenn Sie sich kämmen.«

Vielleicht doch nicht? Nur Small Talk à la Mooser?

»Was ist denn? Soll ich wieder irgendwohin mitfahren?«

»Nein, keine Sorge.« Frau Mooser zog aus ihrer Jackentasche eine kleine rote Börse hervor. »Die lag in meinem Auto. Ist die von Ihnen?«

Es war das Portemonnaie, das gestern noch in der Tasche meiner Jogginghose gesteckt hatte.

»Ja, die ist von mir.«

»Ich dachte, ich bringe sie Ihnen gleich. Wo ich Sie gestern schon nicht nach Hause gefahren habe.«

Natürlich, so lief das. Die wussten ja, dass Jakob und Lynn zuhörten. Bestimmt war ein Zettel in der Börse, mit einer Anweisung, was ich jetzt tun sollte. Ich öffnete das Portemonnaie und schaute hinein. In dem Fach mit den Münzen waren noch drei Euro und zweiundzwanzig Cent. Aber kein Zettel. Auch in dem für die Scheine nicht. Nur zehn Euro. Ich zog den Schein raus. Nicht einmal eine kleine Kritzelei war darauf. Keine Nachricht. Kein Hinweis. Keine Botschaft. Nichts.

Frau Mooser hatte meiner Inspektion zugesehen.

»Ich habe nichts rausgenommen. Mehr war nicht drin.«

»Ja, klar. Vielen Dank.«

»Also dann«, sie hob kurz die Hand. »Schönen Sonntag noch.«

Langsam verstand ich, was ich nicht wahrhaben wollte. Was nicht wahr sein durfte. Die hatten mich nicht abgehört! Die Polizei hatte keine Ahnung, was hier vorging. Frau Mooser würde gehen. Das durfte ich auf keinen Fall zulassen. Sie war meine letzte Chance, als hätte das Schicksal noch einmal einen Rettungsring vor meine Haustür gespült.

»Ich … Also, danke. Ich …«

Aufhalten. Nicht weggehen lassen. Ich musste ihr klarmachen, dass ich in Gefahr war. Geheime Botschaften. Codewörter. Wir hatten doch gestern über Codewörter gesprochen. Was hatte sie da noch genannt? In meinem Hirn war vor allem Adrenalin und Rauschen. Huschdikuz. Nein. Kumpelbeer. Nein, auch nicht. Pelz. Etwas mit Pelz. Fauler Pelz. Das machte keinen Sinn. Brauner Pelz? Das musste es gewesen sein!

»Ich verliere meine Portemonnaies ständig«, sagte ich rasch. »Ich hatte auch mal eins mit Pelz. Mit braunem Pelz.«

»Schön für Sie.« Frau Mooser lächelte milde. »Ich muss jetzt zur Dienststelle. Wie es aussieht, sind die Kollegen einen Schritt weitergekommen. Tja, so ist das in meinem Job, da fällt der Sonntag leider aus. Das mit Oleskut haben Sie sicher schon gehört?«

Hatte die jetzt verstanden? Es machte nicht den Eindruck. Codewörter. Worüber hatten wir noch gesprochen? Mila. Genau, Mila, das Codewort für die Katastrophe. Das hatte sie selbst genannt.

»Als ich das Portemonnaie mit dem braunen Pelz verloren habe, hat meine Tante gesagt: Mila – sie nennt mich immer nur Mila –, du bist eine einzige Katastrophe. Du verlierst noch einmal deinen Kopf.«

Frau Mooser schaute auf ihre Uhr.

»Ich stehe dahinten in einer Einfahrt, ich muss jetzt los ...«

Der Groschen war immer noch nicht gefallen, oder? Ich konnte hier nicht mehr allzu lange rumstottern, Lynn würde Verdacht schöpfen.

»Wirklich nett, dass Sie mir das Portemonnaie vorbeigebracht haben. Zum Glück ist es heute nicht so kalt.« Ich schaute hoch zum Himmel, als würde ich das Wetter prüfen. »Sonst müsste man glatt den Pelz rausholen. Haben Sie nicht erzählt, Sie hätten einen Pelz? Oder war das nur eine Jacke mit Pelzbesatz? Brauner Pelz soll übrigens der wärmste sein.«

Frau Mooser kam etwas näher. Ziemlich nah. Offensichtlich wollte sie mir etwas zuflüstern. Ich beugte mich vor. Ihre Stimme war leise, als wollte sie keinen der Nachbarn wecken.

»Mila, Sie haben doch nicht schon wieder Absinth getrunken? Es ist noch nicht einmal neun Uhr!«

Diese dicke, dumme, dämliche Frau verstand rein gar nichts! Von wegen Rettungsring. Sie war mein Untergang. Lynn kochte da drinnen wahrscheinlich inzwischen vor Wut.

»Keine Sorge, ich trinke nie Alkohol vor zwanzig Uhr. Alte Regel meiner Tante. Mila, sagt sie immer, Mila, das endet sonst in einer Katastrophe.«

Das war mein letzter Versuch gewesen. Frau Mooser nickte nur freundlich.

»Da hat Ihre Tante bestimmt recht. Also dann!«

Das war es. Sie ging davon. Der Boden unter meinen Füßen begann wieder zu schwanken. Ich würde untergehen. Absaufen. Ertrinken. Langsam schloss ich die Haustür. Lynn kam sofort aus dem Zimmer heraus.

»Was sollte das?« Der Zorn funkelte in ihren Augen. »Weshalb hast du diesen Blödsinn verzapft?«

»Keine Sorge.« Warum nur tat sich der Boden nicht auf und verschluckte mich? Ließ mich einfach verschwinden wie einen dicken Stein, der auf den Meeresgrund sinkt und auf ewig dort bleibt? »Die kennt mich nur so. Wenn ich mit ihr zu tun habe, rede ich fast immer konfuses Zeug, weil ich aufgeregt bin. Die hätte sich gewundert, wenn ich es nicht getan hätte.«

»Was hat sie dir zugeflüstert?«

»Ich soll nicht schon morgens Absinth trinken.«

Lynn schaute mich an, die großen Augen ein bisschen schmaler als sonst. Ich konnte förmlich sehen, wie es hinter ihrer Stirn arbeitete, wie sie abwog, ob sie mir glauben konnte oder nicht.

»Als ich mich wegen Vinzent an sie gewandt habe, hatte ich ihr erzählt, dass ich an dem Tag ziemlich viel Absinth intus hatte. Du hast es selbst gehört, sie hat mir nur mein Portemonnaie zurückgebracht. Ich werde nichts tun, wodurch ich meine Tante gefährde, das kannst du mir glauben.«

»Ach, und was war das heute Nacht?«

»Das war einfach nur dumm.«

Die Treppe knarzte, Jakob kam herunter.

»Ist sie weg?«

»Ja.« Zum Glück ließ Lynn von mir ab. »Wir warten noch etwas, bis die Alte aus der Gegend verschwunden ist. Dann hauen wir ab. Geh vorn in das Zimmer und halte die Straße im Blick! Ich werde so lange Mila erklären, was zu tun ist.«

Ich folgte Lynn, machte weiter Frühstück, sorgte für Kaffee und schnitt Brot auf. Es war kurz vor neun. Lynn stellte das Radio an und begann daran herumzudrehen.

»Wir werden heute einen Ausflug machen.« Sie zog den Stuhl vor und setzte sich an den Tisch. »Zu einem Mann, der etwas von uns kaufen möchte. Die Sache war schon so gut wie klar. Wir hatten einen Termin mit ihm, er wollte zu uns nach Handschuhsheim kommen. Aber den mussten wir dann absagen, nachdem du dafür gesorgt hast, dass wir dort aufgeflogen sind. Seitdem haben wir den Kontakt zu ihm verloren. Du bist schuld, also wirst du herausfinden, was da los ist.«

Ich konnte mir schon denken, was dieser Mann kaufen wollte. Wahrscheinlich genau das, was Frau Mooser vermutet hatte: einen Füller.

»Bei der Sache darf absolut nichts schieflaufen. Wir haben ein Problem, wir wissen nicht, ob er allein im Haus ist. Nachdem mein Bild durch die Medien gegangen ist, kann ich da nicht einfach mal an der Tür klingeln und ...«

Lynn verstummte. Im Radio hatten die Nachrichten begonnen. Während sie in ihrem Rührei herumstocherte, lauschten wir der Stimme des Sprechers. Danach wusste ich auch, was gestern schiefgelaufen war: Gustav Oleskut war nicht entkommen. Herr Oleskut war tot. Man hatte seine Leiche am frühen Morgen nahe der Mülldeponie gefunden. Die genaue Todesursache war noch nicht bekannt.

»Ich mache da nicht mit. Verkauf deine Sachen allein.«

Ich würde nicht zur Mörderin werden.

»Dass Oleskut stirbt, war nicht unsere Absicht.«

»Jetzt ist er aber tot!«

»Es war ein Unfall.«

»Ach ja?«

»Bei dem, was wir jetzt vorhaben, wird niemand sterben. Glaub es mir.«

Lynn zog ihr Handy hervor und legte es neben sich auf den Tisch. Meine Verbindung zu Flo. Eine Demonstration ihrer Macht, für die es keine Worte brauchte. Sie kratzte die letzten Reste Rührei von ihrem Teller, dann schob sie ihn von sich.

»Setz dich her«, sagte sie. »Ich erzähle dir jetzt etwas über deinen Urgroßonkel.«

19

»Mein Urgroßonkel? Was denn für einen Urgroßonkel?«
Soviel ich wusste, hatte ich gar keinen.

Lynn antwortete mit einer Gegenfrage: »Schon mal den Namen Kaweco gehört?«

Ich setzte mich, tat so, als müsste ich nachdenken.
»War das nicht eine Heidelberger Firma, die Füller produziert hat?«

»Woher weißt du das?«

Scheinbar ratlos hob ich die Schultern. »Keine Ahnung.«

»Vielleicht weißt du es, weil du mit deiner dicken Polizistenfreundin darüber gesprochen hast? Wir haben in Handschuhsheim alles zurücklassen müssen, auch das Material über die Füller. Da werden die sich bei der Polizei garantiert Gedanken drüber gemacht haben. Was hat sie dazu gesagt?«

Ich schaute auf den leeren Teller, der vor mir stand. Wenn ich mich zu dumm stellen würde, glaubte Lynn mir am Ende gar nichts mehr.

»Stimmt. Frau Mooser hat von Kaweco gesprochen. Dass sie ein Buch über Füller bei euch in Handschuhsheim gefunden haben. Da wäre ein Eselsohr an einer Stelle gewesen, bei einer Seite mit Kaweco-Füllern. Die konnten sich nicht erklären, was das sollte.«

Ich hoffte inständig, glaubwürdig auszusehen. Aber eigentlich war überzeugend zu lügen noch nie ein Problem für mich gewesen. Außer bei Frau Mooser vielleicht.

Lynn schob ihre Tasse zu mir rüber. »Ist noch Kaffee da?«

Erst als ich ihr eingeschenkt und mich wieder gesetzt hatte, sprach sie weiter.

»Wir werden heute versuchen, wieder Kontakt zu unserer nächsten Zielperson zu bekommen, Ansgar Kriesecke. Ich habe mich vor einigen Wochen bei ihm gemeldet. Er glaubt, ich bin die Verwandte eines Handschuhsheimers, die einen Füller gefunden hat. In einem Haus, das der Familie ihres Urgroßonkels gehörte. Sie ist die letzte lebende Verwandte und hat das Haus geerbt. Ab jetzt bist du diese Verwandte. Ich habe Kriesecke zwar auf den AB gesprochen, aber nur einmal mit ihm telefoniert, ansonsten haben wir gemailt. Ich glaube nicht, dass er den Unterschied bemerken wird. Du hast dich entschieden, in das Haus einzuziehen, vorher sollte es saniert werden. Dabei wurde angeblich der Füller gefunden. Er lag gut verpackt unter den Holzdielen. Ein sehr seltener Füller. Der Typ war ganz scharf drauf.«

»Ein Sammler?«

»Zumindest scheint er bereit zu sein, für einen Füller viel Geld auszugeben. In Heidelberg haben Anfang des letzten Jahrhunderts über tausend Leute in der Füllerproduktion gearbeitet. Viele davon bei Kaweco, das war einmal die größte Füllerfabrik in Europa. Man sagt, als die Firma Ende der zwanziger Jahre pleiteging, hätten manche Arbeiter allerhand mitgehen lassen. Als eine Art Ausgleich für Gehälter, die sie noch zu bekommen hatten. Dass aus dieser Zeit noch der eine oder andere wertvolle Füller irgendwo unter ein paar Holzdielen liegt oder auf einem Dachboden schlummert, ist verdammt gut vorstellbar. Dann haben wir auch noch dieses Haus in Handschuhsheim mieten können. Die Story war perfekt. Wir hatten Kriesecke dorthin bestellt. In dem Schuppen, in dem du gesessen hast, hätte er in aller Ruhe eine Weile über sein Verhalten nachdenken können, wenn es nötig geworden wäre. Es war super geplant. Aber dann musstest du ja auftauchen und alles zunichtemachen.«

Der seltene Füller als Lockmittel. Frau Mooser hatte es gewusst. Das zarte Pflänzchen Hoffnung keimte wieder in mir auf. Frau Mooser war nicht dumm, ganz bestimmt nicht. Wenn sie das mit dem Füller herausgefunden hatte, vielleicht hatte sie dann auch eben an der Tür kapiert, worum es ging, und würde zurückkommen, zusammen mit einem Einsatzkommando.

»Dieser Mensch glaubt, es handelt sich um einen Toledo«, sagte Lynn.

Sie sah mir wohl an, dass ich keine Ahnung hatte, wovon sie redete.

»Kaweco war eine der wenigen Firmen, die die sogenannten Toledo-Füller hergestellt haben. Die werden mit einer ganz besonderen Technik gefertigt, damit hat man früher die Griffe von Musketen und Schwertern verziert. Diese Art Füller gibt es nicht besonders oft. Wir haben erst im Netz Infos über den angeblichen Fund gestreut und ein paar Wochen gewartet, bis sich das Gerücht verbreitet hatte. Dann haben wir Kriesecke direkt kontaktiert. Er hat sofort angebissen.«

Lynn nahm ihr Handy, suchte eine Weile, dann zeigte sie mir ein Bild, auf dem ein Füller zu sehen war, reich verziert mit Ornamenten, die golden schimmerten. Ganz ähnlich dem, der in dem Buch abgebildet war, das die Polizei in Handschuhsheim gefunden hatte.

»Hübsch, nicht?« Lynn schien selbst sehr angetan zu sein. »In die Oberfläche werden Rillen hineingestochen. In die legt man einen feinen goldenen Draht und hämmert ihn fest. Anschließend wird das Stück mit einer Chemikalie behandelt, sodass alles schwarz wird bis auf das eingearbeitete Gold. Das sieht dann aus wie Intarsien, nur eben in einem Füller. Dein Urgroßonkel war spezialisiert auf die Toledo-Technik. Aufwendige Handarbeit. Von diesen Dingern gibt es nur noch wenige Exemplare. Und der, den du gefunden hast, hat noch eine Besonderheit.«

Sie wischte über das Display, ein weiteres Bild erschien. Diesmal sah man die Kappe des Füllers von oben. Ein kleiner gelber Stein war darin eingelassen.

»Darf ich vorstellen: der ›Perkeo Diamant‹. Mit einem Canary Yellow in der Kappe. Diese Diamanten sind nach den Kanarienvögeln benannt, weil sie so eine schöne gelbe Farbe haben. Passt gut zum Gold.«

»Das heißt, den Füller gibt es wirklich?«

»Nein, aber es gibt gute Bildbearbeitungsprogramme. Benn hat ihn kreiert. Deine Vermutung ist, dass dein Urgroßonkel einer von denen war, die bei der Firmenpleite was haben mitgehen lassen. Der Füller war vielleicht das Stück, an dem er zuletzt gearbeitet hat. Aber dann hat er sich nicht getraut, ihn zu Geld zu machen, weil der Füller so auffällig ist. Dein Urgroßonkel ist gestorben, und keiner wusste von was. Bis du ihn unter den Fußbodendielen entdeckt hast, in einem Kästchen, auf dem stand ›Perkeo Diamant‹.«

»Also wäre dieser Füller so etwas wie Diebesgut?«

»Kann man so sehen. Aber glaube mir, das ist Kriesecke völlig egal. Da er weder auf Mails reagiert noch ans Telefon geht, wirst du ihm einen Besuch abstatten und herausfinden, was da los ist und ob er allein im Haus ist.«

Jakob tauchte in der Tür auf.

»Draußen scheint alles ruhig zu sein.«

»Okay.« Lynn stand auf. »Dann brechen wir jetzt auf.«

»Und meine Tante?«, fragte ich. »Das Bild von ihr?«

Lynn schüttelte den Kopf.

»Das hast du dir mit deiner Aktion heute Nacht versaut. Strafe muss sein.«

Ich traute mich nicht aufzubegehren.

Jakob verließ das Haus als Erster. Sie hatten anscheinend ein Auto in der Nähe geparkt. Er sollte anrufen, wenn er dort ohne Probleme angekommen war. Nachdem er weg war, standen wir im Flur und warteten, bis er sich meldete. Dann gingen auch wir hinaus.

Eigentlich liebte ich diese Atmosphäre früh am Morgen in der Heidelberger Altstadt. Manchmal, wenn ich für besonders zeitig abreisende Gäste Frühstück gemacht hatte, war ich danach bis zur Alten Brücke gelaufen und hatte den Ausblick genossen, mal ohne die üblichen Menschenmengen, die sich hier sonst im Wettbewerb um das schönste Selfie an der Brüstung drängelten. Von der Brücke aus hatte man einen phantastischen Blick auf die Schlossruine, die im Dunst des anbrechenden Tages besonders verwunschen aussah. Jedes Mal hatte ich mir vorgenommen, dort eine Führung mitzumachen. Nun bereute ich, es nie getan zu haben. Man sollte nichts aufschieben, am Ende kam einem der Tod dazwischen.

Lynn hatte die Kapuze ihres Pullis über den Kopf gezogen

und die Hände tief in den Taschen vergraben. Zunächst sah sie sich immer wieder um, aber nach ein paar hundert Metern hörte sie damit auf. Die Straßen waren noch leer, eine bessere Gelegenheit, mich zu befreien, hätte es wohl kaum geben können. Doch hier wartete niemand auf uns, und meine Hoffnung auf Rettung schwand mit jedem Schritt über das Pflaster der Heidelberger Altstadt ein wenig mehr. Eine Handvoll Menschen kam uns entgegen, sie schienen uns nicht einmal zu bemerken.

Jakob saß schon hinten im Wagen, als wir ankamen. Ein alter Polo. Die Leihgabe eines verschwiegenen Unterstützers? Ich musste auf den Beifahrersitz, Lynn setzte sich ans Steuer, die Kapuze behielt sie über den Kopf gezogen.

Wir fuhren am Neckarufer entlang. Auf der anderen Seite sah man die Villen im grünen Berghang liegen. Heidelberger Postkartenidylle, nur dass ich auf dem Weg war, einen mir unbekannten Menschen ans Messer zu liefern.

»Was hat dieser Herr Kriesecke eigentlich verbrochen?«, fragte ich.

»Mehr als genug«, war Lynns knappe Antwort.

»Und das wäre?«

Lynn schwieg, schien ganz aufs Fahren konzentriert zu sein.

»Kriesecke hat mehrere brachliegende Grundstücke in der Pfalz«, antwortete Jakob mir aus dem Wagenfond. »Er hatte einen Deal mit einer Firma für Chemikalienentsorgung. Statt das Zeug ordnungsgemäß zu entsorgen, haben sie ihre Fässer auf seinen Grundstücken gelagert, bei den Kunden aber ordentlich abkassiert, und Kriesecke hat seinen Anteil bekommen.«

Wir bogen ab, anscheinend ging es Richtung Autobahn.

»Das ist so lange nicht aufgefallen, bis in einem Bach in der Nähe eines der Grundstücke die Fische mit dem Bauch nach oben schwammen. Die Giftbrühe hatte sich verteilt, da waren Fässer undicht geworden. Bis die Polizei Kriesecke im Visier hatte, gab es dann keine Fässer mehr auf seinem Grundstück.«

»Aber das Gift war doch sicher auch im Boden? Kann man das nicht nachweisen?«

»Kriesecke ist ein Schwein«, blaffte Lynn mich von der Seite an. »Ein skrupelloser Egoist, der sich aus der Verantwortung gestohlen hat.«

»So etwas passiert ständig.« Jakob beugte sich so weit vor, dass ich seinen Atem in meinem Nacken spüren konnte. »Dann heißt es ›mysteriöses Fischsterben‹, und ehe etwas unternommen wird, ist die auslösende Substanz schon so verdünnt, dass man nicht mehr nachweisen kann, was es war. Und die Firma vor Ort, von der sich alle denken können, dass nur sie dafür zuständig sein kann, lässt bei nächster Gelegenheit noch einmal verkünden, wie viele Arbeitsplätze sie in der Region sichert.«

»Was habt ihr mit Kriesecke vor? Ihn in dem Bach ertränken?«

»Das wirst du schon noch mitbekommen.« Lynns Tonfall war eindeutig, ich sollte den Mund halten. »Je weniger du weißt, desto besser für dich.«

Also hielt ich den Mund. Rechter Hand zogen sich die Berge des Odenwaldes dahin, als hätte ein Maulwurf einen Hügel nach dem nächsten aufgeworfen. Flo hätte das sicher gefallen. Obwohl sie das flache Land liebte. Da weiß man wenigstens schon am Sonntag, wer Montag zu Besuch kommt, war einer ihrer Lieblingssprüche. Würde ich sie je wieder besuchen können? Flo war nicht nur ein bisschen verrückt, Flo war auch so klein und dünn und wirkte so zerbrechlich, als könnte ein Windstoß sie umpusten. Wenn sie herausbekommen sollte, dass mit meinem angeblichen Freund Pascal etwas nicht stimmte, fiel sie hoffentlich nicht einfach tot um wie damals Alma.

Wir wechselten zweimal die Autobahn, bis wir schließlich auf der A 6 waren. Als ein Schild die Ausfahrt »Grünstadt« ankündigte, fuhr Lynn ab. Danach ging es auf schmaleren Straßen weiter Richtung Süden. Hier wuchs Rebstock neben Rebstock, die Triebe in runden Bögen an quer laufende Drähte gebunden, als stünden Tausende gespannter Bogen nebeneinander, jederzeit bereit, ihre Pfeile in den Himmel zu schießen. In den Orten säumten Häuser die Straßen, teils aus Fachwerk, teils aus Sandstein, viele mit großer Toreinfahrt und nicht zu übersehendem Schild, auf dem das dazugehörige Weingut angepriesen wurde.

Das hier musste dann wohl die Pfalz sein, von der Hugo mir schon öfters vorgeschwärmt hatte.

Kurz nachdem wir einen der kleinen Orte verlassen hatten, hörte ich den Klingelton meines Handys. Er kam von der Fahrerseite, Lynn hatte es also mitgenommen. Sie reckte sich ein wenig in die Höhe und zog es aus ihrer Hosentasche.

»Sieh nach, wer das ist!«, sagte sie und reichte es Jakob nach hinten.

»Da steht ›Unbekannt‹ auf dem Display. Was jetzt?«

»Lass es klingeln!« Ihr misstrauischer Blick streifte mich.

»Wer kann das sein?«

»Keine Ahnung, woher soll ich das denn wissen? Unbekannt ist unbekannt.«

In meinem Bekanntenkreis gab es kaum noch jemanden, der seine Rufnummer unterdrücken ließ. Das war Frau Mooser. Das musste einfach Frau Mooser sein. An einem so schönen Tag konnte es nur ein Happy End geben. Das Handy verstummte wieder. Kurz darauf erklang der Signalton für eine SMS.

»Hallo, Mila«, las Jakob vor. »Muss mich bei Ihnen entschuldigen. Eben ist mir wieder eingefallen, dass wir natürlich über meine Pelzjacke gesprochen hatten! Mein Gedächtnis ist wirklich eine einzige Katastrophe, Mila! Es gibt interessante Neuigkeiten von den Libellen. Rufen Sie mich so bald wie möglich zurück!«

Ich schaute aus dem Fenster, den Kopf von Lynn abgewandt, weil ich Angst hatte, sie könnte sehen, was in mir vorging. Hatte Frau Mooser es also endlich kapiert! Gott sei Dank! Sie würde mein Handy orten. Die Polizei würde kommen und mich befreien. Und Flo retten. Alles würde gut werden.

»Neuigkeiten von den Libellen! So eine Scheiße!«, hörte ich Jakob hinter mir fluchen. »Bestimmt hat Benn gequatscht!«

Nun sah ich doch zu Lynn rüber. Mit verbissenem Gesichtsausdruck schaute sie nach vorn auf die Straße.

»Nein. Benn quatscht nicht«, entgegnete sie. »Ganz bestimmt nicht!«

»Bist du dir da so sicher? Wer weiß, was die dem geboten haben. Straffreiheit oder so was.« Jakobs Kopf tauchte wieder zwischen den Sitzen auf. »Wir müssen den Arzt anrufen und ihn warnen, sonst hängt der auch noch mit drin. Vinzent kann da nicht bleiben. Er muss da weg.«

»Halt die Klappe«, fauchte Lynn und warf einen Blick zu mir herüber. »Was willst du hier noch rausposaunen?«

Vinzent lebte also! Es gab keine Leiche, die Benn im Wald verscharrt hätte. Er hatte gelogen. Für einen kurzen Moment spürte ich so etwas wie Erleichterung, trotz allem, was gerade passierte. Benns Aussage war nur eine falsche Fährte gewesen. Um die Polizei in die Irre zu führen.

»Was machen wir jetzt?« Jakob hielt sich von hinten an meinem Sitz fest. »Mila sollte die Kommissarin anrufen und nachfragen, was das für Neuigkeiten sein sollen. Dann wissen wir wenigstens Bescheid.«

Lynn bog so unvermittelt nach rechts ab, dass Jakob hinten zur Seite kippte.

»Spinnst du!«, rief er.

Aber Lynn fuhr unbeirrt weiter, den Hang hoch, eine schmale asphaltierte Straße lang, bis wir oben auf der Kuppe eines Weinberges angelangt waren. Dort hielt sie, löste den Gurt und drehte sich zu Jakob.

»Gib mir das Handy!«

Sie studierte Frau Moosers Nachricht noch einmal Wort für Wort.

»Lass Mila da anrufen, Lynn! Wenn wir wissen, was die Polizei weiß, kann das nur von Vorteil für uns sein.«

Lynn starrte auf das Handy, als wäre es eine Handgranate ohne Sicherungsstift.

»Nein«, sagte sie. »Ich hätte mich auf meinen Instinkt verlassen sollen. Diese Frau hat eben noch vor der Tür gestanden. Da hätte sie ihre Neuigkeiten ja mitteilen können. Und dieses dumme Gerede vorhin. Da stimmt was nicht.«

»Dann lass uns abbrechen«, schlug Jakob vor. »Mila soll hier aussteigen, und wir machen uns vom Acker.«

Lynn aber sah zu mir. Ihre Augen glänzten, als wäre sie kurz davor zu weinen.

»Ich lass mir das hier nicht vermasseln! Von niemandem!«

»Lynn!«, kam es aus dem Wagenfond. »Die aus Hamburg haben gestern auch gesagt, sie hören auf. Noch können wir …«

»Halt endlich die Klappe! Wir ziehen das jetzt durch!« Dann stieß sie die Wagentür auf und ging auf die andere Seite des Weges. Gleich darauf sah ich mein Handy in hohem Bogen über die Reben fliegen. Hier also endete meine Spur. Die Polizei würde mit dem Helikopter über den Weinberg fliegen, ihn mit Suchhunden durchkämmen, mein Handy finden, aber nicht mich. Mila Böckle, Nordlicht aus Ülske, auf ewig zwischen Riesling und Chardonnay verschollen bei ihrem allerersten Ausflug in die schöne Pfalz.

Lynn kam zurück und zog die Autotür wieder zu.

»Wenn die Bullen Lunte gerochen haben, sind die wahrscheinlich schon längst dabei, ihr Handy zu orten. Lynn, bitte! Lass uns die Sache lieber abbrechen!«, sagte Jakob beschwörend.

»Nein! Was kann denn schon passieren? Dann finden sie das Handy eben. Lass sie doch. Dann stehen sie hier im Weinberg, aber sie haben keine Ahnung, wo wir hinwollen. Bis die uns gefunden haben, sind wir mit Kriesecke fertig.«

Lynn wendete auf dem schmalen Sträßchen so schwungvoll, dass sie fast einen der Pfähle umnietete, an dem die Drähte für die Reben befestigt waren. Dann fuhr sie den Hang hinunter, zurück zur Hauptstraße. Ich hörte, wie Jakob seufzte. Er hatte seinen Widerstand aufgegeben. Das war es.

Ich schaute auf die Reben, an denen wir vorbeifuhren und zwischen denen nun mein Handy lag. Ade, Frau Mooser. Hier endete unsere gemeinsame Geschichte. Hatte es noch einen winzigen Rest Hoffnung gegeben, Lynn hatte ihn mit meinem Handy in die Weinberge geschleudert und den Feldmäusen zum Fraß vorgeworfen. Ab jetzt war ich auf mich allein gestellt.

Lynn drängte, überholte, fuhr ähnlich riskant wie Frau Mooser. Sie hatte es eilig. Nachdem wir einen weiteren Ort durchfahren hatten, ging es von der Hauptstraße ab. Bald veränderte die Landschaft sich wieder, wurde waldiger, grüner, die Rebenhänge seltener. Bis wir schließlich in eine Straße mit Einfamilienhäusern einbogen, in deren weitläufigen Vorgärten Akelei und Tränende Herzen blühten. Die Häuser sahen alle recht ähnlich aus, das typische Einfamilienhaus aus den siebziger Jahren. Bis auf eines, das ein wenig größer war als die anderen. In der langen Zufahrt parkte ein kleines weißes Auto. Lynn fuhr im Schritttempo daran vorbei und beugte sich vor, um besser sehen zu können.

»Da steht der Wagen schon wieder!«

Offensichtlich war sie nicht zum ersten Mal hier. Wir hielten in einiger Entfernung am Straßenrand, aber so, dass wir den Eingang des Hauses noch gut im Blick hatten.

»Der weiße Wagen steht seit Tagen hier«, sagte sie und stellte den Motor ab. »Kriesecke hat einen Mercedes, das da ist nicht sein Auto. Wir müssen wissen, ob noch jemand im Haus ist. Wir werden niemanden mitreinziehen, wenn es nicht nötig ist. Wäre Kriesecke zu uns nach Handschuhsheim gekommen, wäre das alles viel einfacher gewesen.« Lynn drehte sich zu Jakob. »Hast du dein Handy klargemacht?«

»Ja, ist alles okay.«

Er reichte es Lynn zwischen den Sitzen nach vorn.

»Da ist eine Spy-App drauf«, erklärte Jakob. »Damit können wir alles mithören, was gesprochen wird, alles lesen, was du rausschickst, und über die Kamera auch mitsehen.«

»Wirklich eine prima App.« Ein zynischer Unterton schwang in Lynns Stimme. Sie gab es an mich weiter. »Wenn dir einfallen sollte, es auszustellen, rufen wir bei deiner Tante an.«

Ich hatte schon von Spy-Apps gehört, aber ich hatte keine Ahnung, was die konnten oder nicht. Auf jeden Fall hatte ich viel zu wenig Ahnung, um etwas zu riskieren. Hinten im Fond raschelte es. Jakob reichte mir einen braunen Umschlag nach vorn.

»Da sind Bilder von dem Füller drin, damit du ihm etwas zeigen kannst.«

Der »Perkeo Diamant«. Der Speck aus der ehemaligen europäischen Füllermetropole. Und wie sah die Falle aus, die sie

Herrn Kriesecke zugedacht hatten? Eine Lebendfalle oder eine von denen, die ihm das Genick brechen würden?

Lynn trichterte mir ein, was ich Kriesecke zu sagen und wie ich mich zu verhalten hatte. Sobald ich wusste, dass er allein im Haus war, sollte ich den beiden die Tür öffnen.

Als ich aus dem Auto stieg, mit dem braunen Umschlag und dem verdammten Handy in der Jackentasche, fühlten sich meine Beine an, als wären sie aus Marshmallows. Mit jedem Schritt, den ich auf das Haus zuging, schnürte sich mir der Hals etwas mehr zu. Was, wenn ich kein Wort mehr rausbekam und dieser Mann mich sofort wieder hinauswarf? Oder wegen meiner Aufregung gleich bemerkte, dass etwas nicht stimmte?

Flo würde sagen: *Geh einfach vorbei, Mila. Klingel am nächsten Haus oder ruf mit diesem verdammten Handy die Polizei.*

In den Gärten zwitscherten ein paar Vögel, harmloses Frühlingsgeplauder. Auf der Straße vor mir war kein einziger Wagen zu sehen. Ich wusste, Lynn verfolgte jeden meiner Schritte mit ihren Blicken. Wieder schlug ein Vogel an. Ansonsten war es so still, als gäbe es hier keine Menschenseele. Nur Blumen, Vögel und Sonnenschein.

Ich wollte das nicht, dem Folterkommando die Tür öffnen. Ich hatte schon viel Mist in meinem Leben gebaut, aber ich wusste: Wenn diesem Mann etwas zustieß, würde er bis ans Ende meiner Tage in meinen Alpträumen herumgeistern. Schritt für Schritt wurde ich langsamer. Blieb stehen.

Dann drehte ich mich um und ging zum Wagen zurück.

20

Lynn saß hinter dem Steuer, die Lippen zu einem schmalen Strich zusammengepresst. Ich ging zur Beifahrerseite, zog sie auf und setzte mich neben sie.

»Was soll das!«, fuhr sie mich an.

»Ich schaffe das nicht. Ich kann das nicht. Ich habe dir gesagt, ich bin für so etwas nicht zu gebrauchen. Dafür habe ich keine Nerven. Ich bekomme dann Panik, und wenn ich Panik bekomme, dann ... ist gut möglich, dass ich einfach umfalle. Das ist mir erst letztens passiert, das war schrecklich.«

Lynn lehnte den Kopf nach hinten und richtete den Blick starr geradeaus.

»Es hat mit dem Adrenalin zu tun, das dann ausgeschüttet wird. Das ist so eine Art Alarmreaktion. Das fühlt sich fürchterlich an. Ich bekomme dann keine Luft mehr. Oder ich fange an zu heulen. Oder ich ...«

Langsam wandte sie sich zu mir, ein Lächeln auf dem schönen Gesicht.

»Ich sage nur, wie es ist«, fuhr ich fort. »Es macht doch keinen Sinn, wenn ich euch die Tour vermassele. Ich kann euch nicht helfen. Ich bin dafür die Falsche. Es ist besser, ihr ...«

»Weißt du, woran ich mich noch gut erinnern kann?«, unterbrach mich Lynn mit leiser, freundlicher Stimme. »Sonntagmorgens sind meine Oma und ich immer zum Grab meiner Mutter gegangen. Da hat meine Großmutter oft fürchterlich geweint. Ich nicht, ich kannte meine Mutter ja nicht. Aber meine Oma weinen zu sehen, das war jedes Mal furchtbar für mich. Danach fing der schöne Teil des Sonntags an. Meistens gab es mittags Pfannkuchen mit Apfelmus. Die ganze Wohnung roch danach. Ich sehe meine Oma heute noch, wie sie am Herd steht und für uns Pfannkuchen backt. In der kleinen, warmen Küche. Dann fühlte ich mich geborgen wie in einer Höhle. Ich glaube, das ist eine der schönsten Erinnerungen, die ich in meinem Leben habe.« Sie neigte sich zu mir. »Was ist deine schönste Erinnerung an deine Tante?«

Ich schaute auf den Umschlag mit den Fotos in meinen Händen. Ich konnte Lynn nicht mehr ansehen. Sie nahm das Handy, das vor ihr auf der Ablage gelegen hatte.

»Du entscheidest. Soll ich Pascal anrufen?«

Langsam schüttelte ich den Kopf.

»Okay«, sagte Lynn. »Du weißt, was du zu tun hast.«

Ich machte die Tür auf und stieg wieder aus. Während ich auf Krieseckes Haus zuging, machte sich ein Gedanke in meinem Kopf breit. Vinzent lebte. Sie hatten ihn anscheinend zu einem Arzt gebracht. Auch ihr erstes Opfer, Lutz Creumer, hatten die Libellen nicht getötet, sie hatten nie die Absicht gehabt, ihn zu töten. Sie hatten ihm sogar einen Kanister mit Apfelsaft hingestellt. Gustav Oleskut allerdings war gestorben, aber Lynn hatte gesagt, dass es ein Unfall gewesen sei. Da war etwas schiefgelaufen.

Ich bog in den plattierten Weg ein, der über den Rasen parallel zur Auffahrt auf die Tür zulief, und der Gedanke half mir, ließ mich die Hand ausstrecken und klingeln: Die Libellen wollten nicht töten. Es durfte nur nichts schiefgehen. Dafür würde ich jetzt sorgen. Das war es, was ich für diesen Mann und für Flo tun konnte.

Auf dem Messingschild neben der Tür stand in schön geschwungener Schrift »Ansgar Kriesecke«. Ich drückte auf die Klingel, und ein Gong hallte durchs Haus. Nach einer Weile klingelte ich noch einmal. Vielleicht war Herr Kriesecke verreist, und all meine Problem lösten sich von ganz allein. Aber dann hörte ich Schritte, die sich näherten. Die Haustür wurde aufgezogen.

Vor mir stand ein hagerer, kahlköpfiger Mann, vielleicht Mitte siebzig oder schon an die achtzig. Er war so groß, dass ich zu ihm aufschauen musste. Sein Gesicht war von braunen Flecken übersät, als hätte er einen Großteil seines Lebens in der Sonne verbracht, und unter seinem Kinn hing die Haut herab wie bei einem Truthahn. Das Auffälligste an ihm aber waren seine wässrig blauen Augen, aus denen er mich überrascht anschaute.

»Sind Sie Herr Kriesecke?«, fragte ich zur Vorsicht.

»Ja, das bin ich. Und wer sind Sie?«

Ein kleiner Krümel klebte in seinem Mundwinkel, und auf dem Revers des gestreiften Bademantels, der an seinem dürren Körper herunterhing wie an einer Kleiderstange, glänzte ein Fleck, der sehr nach Marmelade aussah.

»Ich bin …«

Wer war ich? Lynn hatte mir eben den Namen genannt, unter dem sie Kriesecke kontaktiert hatte, aber er war weg. In den zahlreichen Windungen meines Gehirns verschollen. Es lief genau so, wie ich prophezeit hatte: Ich war so aufgeregt, dass mein Kopf streikte. Ich schaute kurz nach unten. Es gab genug Luft hier, jede Menge Luft. Ich würde nicht ersticken. Luft holen. Ausatmen. Krieseckes nackte Füße steckten in einem Paar lederner Schlappen. Jetzt nur nicht durchdrehen. Es durfte nichts schiefgehen.

»Ich bin die mit dem Füller. Wir hatten vor einiger Zeit Kontakt, vielleicht erinnern Sie sich noch. Ich hatte Sie angeschrieben. Der Toledo-Füller aus Heidelberg. Der mit dem Diamanten in der Kappe. Sie hatten sich dafür interessiert.«

Krieseckes Augen wurden ein wenig schmaler. Er sah auf mich herab wie ein Vogel auf den Wurm, den er gleich aufpicken würde. Weshalb sagte der nichts?

»Ich war gerade zufällig in der Gegend. Kleiner Sonntagsausflug in die Pfalz. Da dachte ich, ich schau mal bei Ihnen vorbei und höre nach, ob Sie noch Interesse haben. Wir haben ja eine Weile nichts mehr voneinander gehört.«

Endlich breitete sich ein Lächeln auf seinem Gesicht aus.

»Der Toledo! Das ist aber nett, dass Sie deshalb extra vorbeischauen.« Herr Kriesecke trat von der Tür zurück und machte eine einladende Handbewegung. »Kommen Sie herein. Ich bin gerade beim Frühstück. Vielleicht möchten Sie auch eine Tasse Tee?«

Ich schaute noch einmal zurück und sah Lynns Kopf hinter

der Windschutzscheibe. Dann ging ich in die kleine Eingangshalle, in der es kühl war wie in einer Leichenhalle.

Herr Kriesecke schritt voran in einen Raum, der nach hinten
zum Garten hinaus lag. Es war ein helles, freundliches Zimmer,
in dem es roch wie in einer alten Bibliothek: nach Papier und
abgestandener Luft. Vor dem großen Fenster stand ein Tisch mit
Stühlen, darauf waren Herrn Krieseckes Frühstücksutensilien
zu sehen: eine gusseiserne Kanne auf einem Stövchen, in dem
ein Teelicht flackerte, ein angebissenes Brot auf einem Holz-
brett, ein Glas Marmelade mit einem langstieligen Löffel darin.
Ansonsten war der Tisch fast ganz bedeckt mit aufgeschlagenen
Zeitungen.

An der Wand hinter dem Essplatz hingen eng beieinander
jede Menge Fotos, sorgfältig gerahmt, in der Mitte in einem
monströsen Rahmen die Luftaufnahme eines Gebäudes mit viel
Grün drum herum. So etwas Ähnliches hatte ich schon einmal
bei den Reschkes gesehen. Es war eines von diesen Bildern, für
die manche Hauseigentümer in den Zeiten vor Google Earth
und Co viel Geld bezahlt hatten, damit sie sich das Foto ihres
Eigenheims aus der Vogelperspektive über das Sofa hängen
konnten.

»Bitte, nehmen Sie Platz.« Herr Kriesecke wies auf einen der
Stühle. »Ich hole Ihnen eine Tasse.«

Ich legte das Handy zusammen mit dem Umschlag auf den
Tisch. Ob Lynn und Jakob jetzt wirklich alles mithören konnten?

Es dauerte nicht allzu lange, bis Herr Kriesecke zurückkam.
Er schob die Zeitungen ein wenig zusammen und stellte eine
dünnwandige weiße Tasse vor mich hin.

»Ich hoffe, ich störe nicht«, sagte ich.

Herausfinden, ob er allein ist. Teil eins meines Auftrages.

»Tun Sie nicht. Überhaupt nicht. Ich freue mich immer über
ein hübsches Gesicht an meinem Tisch. Waren Sie das heute
Morgen?«

»Was denn?«

»Ach, schon gut. Dieses blöde Hörgerät. Die Batterie war

leer. Ich sage Ihnen, alt werden macht keine Freude. Ein wenig Earl Grey?«

»Ja, danke.«

Ein dicker roter Teppich mit Blumenmuster lag auf dem Parkett. Die vergilbten Gardinen am Fenster waren zur Seite geschoben und umrahmten den Blick auf einen Rasen, der so gepflegt und saftig grün aussah wie ein Golfplatz.

»Schön haben Sie es hier. Und so ein großes Haus. Wohnen Sie hier ganz allein?«

Meine Hände waren warm und schwitzig. Hoffentlich bekam ich die Tasse überhaupt angehoben, ohne dass sie mir aus der Hand rutschte.

»Ja, leider.« Herr Kriesecke setzte sich mir gegenüber. »Meine Frau ist vor einigen Jahren verstorben.«

»Ich dachte schon, Sie haben Besuch. Wegen dem Auto in der Auffahrt.«

Zu plump? Aber Herr Kriesecke antwortete freundlich, nicht ahnend, dass ich die Spionin seiner Peiniger war.

»Ach, der Wagen. Der ist von meiner Enkelin. Sie ist für sechs Monate in Australien und hat ihr Auto so lange hier abgestellt. Sie hat ihre Garage vermietet. In der Stadt zahlen sie Ihnen heute so viel für einen Garagenplatz wie früher für ein Zimmer. Ein geschäftstüchtiges Mädchen.«

Er hob die Teekanne an, setzte sie wieder ab und hob sie noch einmal an, diesmal mit beiden Händen.

»Ich muss mich bei Ihnen entschuldigen«, sagte er, während er mir einschenkte. »Ich habe Ihre Anrufe und Ihre E-Mails natürlich bekommen, aber ehrlich gesagt war ich etwas verärgert. Erst drängen Sie darauf, dass ich zu Ihnen nach Heidelberg komme und machen so eine große Sache daraus, alles exklusiv und ganz geheim. Und dann sagen Sie einfach kurzfristig ab. Na ja, vielleicht war es gut so. Die Fahrerei wäre sowieso schwierig geworden. Ich fahre noch ganz ordentlich, aber mit dem Rheuma ist es eine Quälerei.«

Er stellte die Kanne wieder auf das Stövchen, reckte einen Arm über den Tisch und hielt mir seine Hand hin, als wäre ich

Ärztin und sollte sie begutachten. Seine Finger waren gekrümmt und die Gelenke geschwollen.

»Es erwischt mich jedes Frühjahr. Dann habe ich an gar nichts mehr Freude. Nicht einmal mehr an meinen Füllern. Da hilft nur noch verkriechen, Cortison und hoffen, dass es bald vorübergeht. Sogar das Schreiben auf der Tastatur schmerzt. Sonst hätte ich Ihnen bestimmt eine E-Mail geschickt. Immerhin kann ich das.« In seiner Stimme schwang ein Hauch von Stolz. »Ich habe eine Reihe von Bekannten, die haben da den Anschluss verpasst. Ich glaube, wenn mich die Sammelleidenschaft nicht getrieben hätte, dann hätte ich mich vielleicht auch nicht mehr drangemacht. Aber ich habe schon so manches Schätzchen in einer Börse in diesem Internet entdeckt. Ansonsten halte ich mich von den Sammlerkreisen lieber fern. Das ist nicht meine Welt. Etwas Kandis?«

Er schob mir eine kleine Porzellandose zu.

»Eigentlich schlägt mein Herz für Montblanc«, schwärmte er, anscheinend froh, einmal eine Zuhörerin zu haben. »Und Lamy, die haben ihre Auszeichnungen wirklich verdient. Tolles Design. Aber Ihr Kaweco, das ist natürlich ein besonders schönes Stück. Ich würde ihn zu gern einmal in der Hand halten. So ein Füller, das ist viel mehr als nur ein Schreibgerät. Das ist Schönheit und mechanische Perfektion, veredelt mit der Patina der Zeit.«

»Ja, so kann man das auch sehen«, sagte ich, nur um etwas zu sagen.

Kriesecke war also allein. Dann sollte ich Lynn und Jakob hereinlassen. Teil zwei meines Auftrages. Mir etwas einfallen lassen, um in einem passenden Moment unbemerkt die Haustür zu öffnen. Aber was konnten die beiden schon tun, wenn ich einfach noch eine Weile hier plauderte? Mir noch ein paar Minuten gönnte, in denen ich ein normaler, harmloser Mensch und nicht Mittäterin war. Oder sollte ich doch besser jetzt gleich die Tür aufmachen, damit Lynn nicht wütend wurde? Kriesecke nahm mir die Entscheidung ab, er redete einfach weiter.

»Manchmal, wenn ich mich einsam fühle, hole ich das eine

oder andere Stück meiner Sammlung hervor. Es in der Hand zu spüren, die Oberfläche zu berühren, zu wissen, dass damit vielleicht Gedichte geschrieben, der Name des Neugeborenen in die Hausbibel eingetragen oder die Heiratsurkunde unterzeichnet wurde, das hilft besser gegen trübe Stimmung als alle Pillen.«

Er nahm seine Tasse mit beiden Händen und trank daraus wie aus einer Schale.

»Sammeln Sie schon lange?«, fragte ich.

»Oh ja, schon seit meiner Jugend. Den ersten Füller bekam ich zur Matura geschenkt. Von meinem Patenonkel. Einen Montblanc der Edition Meisterstück. Ich fragte damals ganz naiv, was denn die ›4810‹ zu bedeuten habe. Und mein Onkel sagte: So oft habe ich ein Stoßgebet zum Himmel geschickt, dass du Depp das Abitur bestehst.«

Herr Kriesecke stellte vorsichtig die Tasse wieder ab. Ich sah es an seinem Blick, ich hätte lachen müssen. Das war witzig gewesen, aber ich hatte es nicht verstanden.

»Die Gravur kennen Sie schon, oder?«, fragte er.

Ich schüttelte den Kopf.

»Die ›4810‹ wird seit 1930 auf die Federn der Meisterstück-Edition graviert. Es ist die Höhe des Mont Blanc in Metern. Das hat mir diesen Füller immer sympathisch gemacht. Sie nehmen ihn in die Hand, sehen die Gravur, und schon denken Sie an schneebedeckte Berggipfel und sind in Gedanken in den Alpen.«

Er lächelte, und die Falten um seine Augen verwandelten sich in tiefe Furchen. »Mein zweites Stück war dann ein Pelikan. Der ganz klassische mit dem gestreiften Tintenbehälter. Wussten Sie übrigens, dass Pelikan bis heute einen Füller im Toledo-Stil herstellt? Seit 1931 in fast gleichem Design. Zauberhaft, absolut zauberhaft. Ein Prachtstück mit einem goldenen Pelikan auf dem Korpus. Alles Handarbeit! Aber eben nur im Toledo-Stil. Die Bearbeitungsschritte sind etwas anders.« Herr Kriesecke zwinkerte mir zu. »Trotzdem wollte so ein Vogel natürlich zu mir. Er kam erst letzten Monat mit dem Paketdienst angeflattert. Aber nun zu Ihrem Toledo. Zu einem richtigen Toledo!«

Sein Gesicht nahm den gleichen Ausdruck an wie das vom alten Reschke, wenn Flo ihm eine Riesenportion Bratkartoffeln auf seinen Teller schaufelte: Es war die pure freudige Erwartung.

»Ich müsste das gute Stück natürlich schon einmal sehen, bevor wir über den Preis verhandeln. Haben Sie ihn dabei?«

Ja, den habe ich im Auto, hätte ich sagen können. Ich gehe ihn schnell holen. Tür auf, Lynn und Jakob rein. Doch ich schwieg und schaute in den Garten. Herr Kriesecke hatte sogar ein Vogelhäuschen aufgestellt. Eine Taube hatte sich in ihrer Gier hineingequetscht, so dick, dass sie wahrscheinlich nicht mehr herauskommen würde.

»Nein«, antwortete ich, »tut mir leid, ich habe nur Fotos mit.«

»Oh, wie schade.« Krieseckes Miene verfinsterte sich. Keine Bratkartoffeln.

Bestimmt würde Lynn bald sauer werden. Ich schob dem alten Mann den Umschlag mit den Fotos rüber.

»Ich bringe Ihnen den Füller ein andermal. Hier sind die Fotos, wenn Sie einmal schauen wollen. Vielleicht kennen Sie noch nicht alle.«

Herr Kriesecke hatte Mühe, den Umschlag mit seinen steifen Fingern aufzunehmen. Er rutschte ihm aus der Hand und fiel zu Boden. Ächzend bückte er sich. Ich stand auf, eilte um den Tisch und hob den Umschlag auf. Als ich mich wiederaufrichtete, fiel mein Blick auf die Luftaufnahme des Anwesens, die hinter Kriesecke an der Wand hing. Von meinem Platz aus hatte ich nicht gesehen, dass unten auf dem breiten Rahmen ein kleines Schild angebracht war. Kriesecke hatte es mit seinem Kopf verdeckt. Ich schaute und schaute noch einmal. »Gut Vombeck« stand auf dem Schild. Gut Vombeck. Den Namen kannte ich doch?

Herr Kriesecke hatte bemerkt, dass ich auf das Bild starrte.

»Ein prachtvolles Gut«, sagte er. »Meine Frau und ich hatten es viele Jahre gepachtet. Aber es hat sich leider nicht rentiert. Wir haben es wieder aufgegeben. Kennen Sie es?«

Gut Vombeck. Der Name war beim Gespräch mit Lynns Großmutter gefallen.

»Nein«, sagte ich und konnte meinen Blick immer noch nicht von dem Bild wenden. »Aber ich habe einmal davon gehört.« Gut Vombeck, das war das Gut, auf dem Lynns Mutter in den Ferien gearbeitet hatte. Auch in ihren letzten Ferien. Das Gut, von dem sie schwanger zurückgekehrt war.

Kriesecke deutete auf den Umschlag in meiner Hand. »Darf ich?«

»Ja, natürlich.«

Ich gab ihm den Umschlag und setzte mich wieder. Gut Vombeck. Kriesecke der Pächter. Lynn im Wagen vor der Tür. Das konnte doch kein Zufall sein.

Das Handy gab einen hellen Ton von sich, und im selben Moment leuchtete das Display auf. Lynn hatte mir ein Foto geschickt.

Diesmal stand Flo nicht am Rand des Teichs. Und sie lachte auch nicht mehr. Flo stand mit hochgekrempelten Hosenbeinen bis über die Knie im Wasser, die Lippen schmal, den Blick ängstlich nach unten gerichtet.

Meine Zeit war abgelaufen.

21

Das letzte Mal hatte ich diesen Ausdruck in Flos Gesicht gesehen, als ein Sturm über Ülske hinwegtobte, dass man dachte, Donnergott Thor persönlich wollte das kleine Dorf vernichten. Flo hatte Almas Rosenkranz hervorgeholt und damit am Küchentisch gesessen, bis das Klappern der Ziegel nachließ und der Baum vor dem Haus sich nicht mehr vor dem Wind verneigte.

Flo wäre niemals freiwillig so weit in den vermoderten Teich gestiegen. Ich hasste Lynn, ich hasste Jakob und diesen verdammten Pascal. Vor allem aber hasste ich mich, für das, was ich nun tun würde.

»Im Auto habe ich noch andere Bilder«, sagte ich und stand auf. »Da sind einige Details genauer drauf. Ich gehe sie holen.«

»Ja, das wäre schön.« Herr Kriesecke hatte seine Lesebrille aufgezogen und sich tief über die Fotos gebeugt. »Ich glaube, die hier hatten Sie mir schon geschickt.«

Ich ging durch die kleine Eingangshalle zur Haustür und schaute hinaus, zum Auto, in dem Lynn und Jakob saßen. Dann hob ich kurz die Hand. Als ich zu Kriesecke zurückkehrte, stand die Haustür einen Spaltbreit offen. Er hing immer noch mit der Nase über den Bildern.

»Wirklich ein sehr schönes Stück«, murmelte er. »Was, sagten Sie, ist das für ein Diamant?«

»Ich muss Sie warnen.« Flüsternd blieb ich vor dem Tisch stehen und deckte das Smartphone mit meiner Hand ab, in der Hoffnung, dass Jakob und Lynn gerade herliefen und nicht zuhörten. »Gleich werden zwei Leute hereinkommen. Machen Sie einfach alles, was die wollen. Wehren Sie sich nicht. Wenn Sie tun, was die Ihnen sagen, wird Ihnen nichts passieren.«

Kriesecke schaute überrascht hoch. »Was reden Sie denn da?«

»Die wollen Sie bestrafen. Sie haben das schon mit anderen

gemacht. Aber sie wollen Sie nicht töten. Kennen Sie eine Simona Dallbrock? Sie muss früher einmal auf dem Gut ...«
Ich sah an seinem Gesicht, dass sie da waren. Er blickte an mir vorbei zur Zimmertür. Seine Augen weiteten sich, als müsste er sie aufreißen, um besser sehen zu können.
»Wer sind Sie?«, rief Herr Kriesecke. »Was wollen Sie hier?«
Sie kamen auf uns zu, Lynn mit einem Rucksack in der Hand, Jakob mit der Pistole, die er auf uns richtete.
»Halten Sie den Mund!«, befahl er.
Dann ging alles sehr schnell, so, als wären die beiden ein eingespieltes Team und das, was nun passierte, bis ins Letzte geplant. Jakob stellte einen der Stühle in die Mitte des Raumes. Dann zog er Kriesecke hoch, der wimmerte wie ein Kind, das man aus dem Schlaf gerissen hat. Ich stand da und rührte mich nicht, aber mein Herz flatterte in meiner Brust wie eine Motte. Jakob zerrte den alten Mann durch den Raum und drückte ihn auf den Stuhl. Mit Kabelbinder fesselte er Krieseckes Fußgelenke an die vorderen Stuhlbeine. Seine Hände ließ er frei.
»Sie auch!«, wies Lynn an und machte eine Kopfbewegung zu mir, während sie allerlei aus einem Rucksack herausholte.
Kurz darauf saß ich auf einem der Stühle, mit etwas Abstand zu Kriesecke, als wäre ich das Publikum für das, was nun stattfinden sollte. Jakob hatte jedoch nicht nur meine Fußknöchel an den Stuhlbeinen festgezurrt, er hatte auch meine Hände hinter der Rückenlehne zusammengebunden und den Kabelbinder so angezogen, dass er mir ins Fleisch schnitt.
Als ich die Flasche sah, die Lynn aus dem Rucksack zog, war mir gleich klar, dass sie für Kriesecke sein musste. Die Flüssigkeit schimmerte eisblau. Was immer sie da hineingefüllt hatten, Apfelsaft war das bestimmt nicht. Jakob nahm die zwei letzten Stühle vom Tisch und stellte sie vor Kriesecke hin, dann setzten er und Lynn sich darauf. Die Plastikflasche platzierten sie zwischen sich auf den Boden.
Jakob schlug eine Mappe auf, nahm ein Blatt heraus, und Lynn sagte mit feierlicher Stimme: »Hiermit eröffnen wir die Verhandlung.«

Dann las Jakob vor, was auf dem Blatt geschrieben stand.

»Ansgar Kriesecke, Sie werden beschuldigt, der Umwelt massiven Schaden zugefügt zu haben. Sie haben zugelassen, dass Fässer mit Laborchemikalien auf Ihren Grundstücken deponiert wurden, statt ordnungsgemäß entsorgt zu werden. Ihre Verantwortung für das dadurch verursachte Fischsterben haben Sie geleugnet und stattdessen Maßnahmen zur Vertuschung Ihrer Schuld getroffen. Sie haben skrupellos und von Gier geleitet gehandelt. Sie haben zu Ihrem eigenen Vorteil den Tod anderer Lebewesen in Kauf genommen. Bekennen Sie sich schuldig?«

Sag einfach Ja, hätte ich ihm gern zugeraunt. Doch Herr Kriesecke schien sich langsam vom ersten Schreck erholt zu haben.

»Das ist völliger Schwachsinn!«, polterte er.

»Bekennen Sie sich schuldig?«, fragte Jakob noch einmal.

»Jetzt hören Sie mir mal gut zu, junger Mann!« Kriesecke beugte den Oberkörper nach vorn, als hätte er zwei Schwerhörige vor sich. »Ich habe natürlich von diesem Dreck gehört. Von diesen üblen Verleumdungen. Dieser ganze Mist, der da im Internet über mich verbreitet wurde, das ist alles erstunken und erlogen. Ich habe deshalb Anzeige gegen unbekannt gestellt, das können Sie sich gern von der Polizei bestätigen lassen. Da setzt irgendein Schmierfink Lügen über mich in die Welt.«

»Bekennen Sie sich schuldig?«, wiederholte Jakob.

»Nein, Sie Idiot!« Kriesecke wurde laut. »Ich habe damit nichts zu tun, rein gar nichts!«

Jakob ließ sich nicht irritieren. Mit monotoner Stimme verlas er noch einmal die Anklage und fragte am Ende erneut: »Bekennen Sie sich schuldig?«

Statt einer Antwort senkte Kriesecke den Kopf. Er war puterrot geworden. Warum sagte dieser störrische alte Mann nicht einfach Ja?

»Antworten Sie!«

Krieseckes Schweigen hing in der Luft wie die Schwüle vor dem Unwetter. Ich sah seinen gebeugten Rücken, der sich mit jedem Atemzug hob und senkte wie ein Blasebalg. Als würde er sich voll Luft pumpen, um gleich zu explodieren. Aber es kam nichts. Kriesecke schwieg.

Lynn griff nach der Flasche mit der bläulich schimmernden Flüssigkeit.

»Wir haben Ihnen etwas mitgebracht!«

Sie zeigte sie Kriesecke wie die Bedienung im Lokal, die dem Gast einen Wein präsentiert.

»Das ist Ethylenglykol. Wir haben es für Sie ein wenig verdünnt, aber die Menge hier drin dürfte reichen, um daran zu sterben. Die ersten Vergiftungssymptome sind Übelkeit, Erbrechen und Bauchschmerzen. Es endet mit dem Versagen der Nieren. Damit Sie nachempfinden können, wie es den Fischen ergangen ist, denen die Chemikalien die Organe zerfressen haben.«

Lynn stellte die Flasche vor seine Füße. Sie nahm Jakob die Mappe aus der Hand, holte ein weiteres Papier heraus und klemmte es unter den Gummizug.

»Sie werden jetzt Ihr Geständnis schreiben: Ich habe in rücksichtsloser Weise meine Bedürfnisse verfolgt. Dafür mussten andere leiden und sterben. Ich bin ein skrupelloser Egoist.«

Sie hielt Kriesecke die Mappe hin. Es dauerte eine Weile, dann richtete der alte Mann sich auf, streckte den Arm aus und nahm sie. Lynn zog einen Stift aus ihrer Hosentasche, es war ein silbern glänzender Füller. Mit spitzen Fingern schraubte sie die Kappe ab.

»Hier. Nehmen Sie!«

Kriesecke sah auf den Füller, dann hob er den Kopf und starrte Lynn an, als wäre sie ein Geist.

»Woher haben Sie den?«

»Schreiben Sie: Wegen mir mussten andere leiden und sterben. Ich bin ein skrupelloser Egoist.«

Kriesecke nahm den Stift und betrachtete ihn fast andächtig.

»Wie kommen Sie an diesen Füller?«

»Sparen Sie sich Ihre Ablenkungsmanöver! Jakob!«

Nur eine Bewegung mit dem Kopf und Jakob stand auf. Er stellte sich hinter Kriesecke, und Lynn reichte ihm die Flasche mit der Flüssigkeit.

»Schreiben Sie oder trinken Sie!«, befahl sie.

»Wer sind Sie?«, fragte Kriesecke noch einmal. »Woher haben Sie diesen Füller?«

Jakob fasste von hinten unter Krieseckes Kinn und bog seinen Kopf zurück.

»Hören Sie auf«, ächzte Kriesecke. »Hören Sie auf!«

Unterschreib, du Dummkopf! Dann lassen sie dich in Ruhe. Es wäre so einfach! Jakob hielt ihm die Flasche an den Mund. Ich schloss die Augen. Ich wollte das nicht sehen. *Mach die Augen auf, Mila! Sag was! Schau nicht zu! Du weißt es doch!*

Eine schwangere junge Frau, die den Vater ihres Kindes nicht verriet. Das Gut Vombeck. Kriesecke der verheiratete Pächter. Nie im Leben war das hier ein Zufall. Nein, lieber den Mund halten. Wenn Lynn ihren Willen bekam, dann war die Sache bald vorbei. Kriesecke würde schon tun, was sie wollten. Es durfte nichts schieflaufen. Für Flo. Mund halten. Augen zu. Nichts sehen, nichts sagen, nichts hören. Aber das funktionierte nicht. Kriesecke hustete, röchelte und schnappte nach Luft wie ein Ertrinkender. Ich hielt es nicht aus.

»Lynns Mutter hat auf dem Gut von Kriesecke gearbeitet«, rief ich. »Sie ist schwanger von dort zurückgekommen und hat sich nach Lynns Geburt umgebracht.«

Jakob schaute zu mir, seine Hand weiter unter Krieseckes Kinn.

»Herr Kriesecke, kannten Sie eine Simona Dallbrock? War sie von Ihnen schwanger? Dann ist das hier Ihre Tochter! Lynn Dallbrock.«

Nun ließ Jakob Krieseckes Kinn los.

»Kannten Sie eine Frau namens Simona Dallbrock?«, fragte ich noch einmal.

Die blaue Flüssigkeit tropfte von Krieseckes Kinn, und um seinen Mund herum war ein weißer Kranz zu sehen. Der alte Mann rang nach Luft. Der konnte nicht mehr antworten.

»Schluss jetzt!« Lynn stieß Kriesecke vor die Schulter. »Schreiben Sie, los!«

Aber Jakob schob sich zwischen die beiden. »Was hat das zu bedeuten?«

»Die halten dich zum Narren. Mach weiter! Das Schwein soll endlich gestehen!«

»Dahinten an der Wand hängt ein Bild von dem Gut. Das große in der Mitte. Das ist das Gut Vombeck.« Ich beugte mich so weit vor, wie ich konnte. Jakob musste mir einfach glauben. »Das ist nicht erfunden! Ich weiß das alles von Lynns Großmutter. Sie hat es mir und Frau Mooser erzählt! Kriesecke war auf dem Gut, von dem Lynns Mutter schwanger zurückkam. Jetzt sind wir hier. Das kann kein Zufall sein!«

Kriesecke saß reglos da und hielt die Augen geschlossen. Er atmete immer noch so schwer, als würde ihm jemand die Kehle zudrücken. Der Kranz um seinen Mund war inzwischen schneeweiß. Er brauchte Hilfe, und zwar schnell.

»Vielleicht stimmt, was er erzählt, vielleicht hat es die Fässer auf seinem Grundstück nie gegeben! Das hier ist Lynns Geschichte!«

Lynn kam auf mich zu. »Hör auf! Das ist gelogen!«

»Hast du dir das mit den Fässern ausgedacht und ins Netz gestellt, damit Jakob für dich die Drecksarbeit macht? Weil du dich an deinem Vater rächen willst? Du benutzt ihn nur als Handlanger, gib es zu! Wer ist hier skrupellos und egoistisch?«

»Halt endlich den Mund!«, herrschte sie mich an.

»Du musst mir glauben, Jakob!«, flehte ich. »Kriesecke kennt seine Tochter nicht. Er hat sie nie gesehen. Lynn benutzt dich nur!«

Da verpasste Lynn mir eine Ohrfeige, dass mein Kopf zur Seite flog.

»Los, mach weiter!«, befahl sie. »Dieses Schwein werden wir nicht ungeschoren lassen, bloß weil die sich Märchen ausdenkt.«

Doch Jakob zögerte. »Nein, wir werden das erst klären.«

»Dann mache ich es eben selbst!«

Lynn wollte ihm die Flasche aus der Hand reißen, aber er hielt sie so hoch, dass sie nicht herankam.

»Wir klären das erst!«

»Da gibt es nichts zu klären. Er ist genauso ein Schwein wie die anderen. Gib mir die Flasche!«

Lynn versuchte, Jakobs Arm nach unten zu ziehen. Da stieß er sie mit Kraft von sich. Lynn stolperte nach hinten und prallte mit voller Wucht auf die Tischkante. Mit offenem Mund taumelte sie wieder nach vorn, die Hand in die Tischdecke verkrallt, ein, zwei Meter, dann sackte sie zusammen und riss dabei das Tischtuch mit sich. Klirrend fielen Tassen und Teekanne zu Boden, Stövchen und Zeitung gleich hinterher.

Ich sah das Erschrecken in Jakobs Gesicht. Er bückte sich zu Lynn hinab.

»Lynn! Lynn!« Jakob berührte ihre Schulter, aber Lynn bewegte sich nicht.

Einen Moment blieb Jakob stehen. Dann nahm er den Rucksack und lief hinaus.

»Du musst Hilfe rufen!«, schrie ich ihm hinterher. »Kriesecke schafft das nicht mehr. Jakob! Komm zurück! Jakob!«

Ich hörte das dumpfe Geräusch, mit dem die Haustür zufiel. Vor mir sank Kriesecke immer weiter zusammen, wie ein nasser Sack, bis sein Kopf fast auf seinen Knien lag.

»Herr Kriesecke! Herr Kriesecke!«

Der Füller, den er die ganze Zeit fest mit seiner Faust umschlossen hatte, fiel ihm aus der Hand und rollte über den Teppich auf mich zu.

»Lynn! Wach auf! Lynn!«

Man starb doch nicht so einfach, nur weil man auf eine Tischkante prallte? Aber die Einzige, die mich zu hören schien, war die Taube. Sie hatte sich aus dem Vogelhäuschen befreit und flatterte aufgeregt darauf herum, schaute zu mir, gurrte, dann flog sie davon und ließ mich allein, als wollte sie das Elend nicht mit ansehen.

Nur nicht in Panik geraten. Nachdenken. Den Kopf einschalten. Ich musste mich losmachen. Hilfe holen. Das Handy lag irgendwo bei Lynn auf dem Boden. Sie hatte es mit der Tischdecke runtergerissen. So nah! Ich musste nur von diesem verdammten Stuhl loskommen. Wenn es mir gelang, umzukippen, konnte ich mich vielleicht strecken und meine Fußgelenke samt Fesseln über das Ende der Stuhlbeine ziehen. Ich versuchte es, beugte mich ruckartig nach rechts, dann nach links, die Zähne zusammengebissen. Bis mir der Geruch in die Nase stieg und mich innehalten ließ. Es roch eindeutig nach etwas, das hier nicht hingehörte. So, als hätte Flo den Kachelofen angemacht. Das war der Geruch von brennendem Papier.

Ich schnupperte und schaute mich um. Auf dem Boden lugte unter der beigefarbenen Tischdecke ein Stück der Zeitung hervor. Auch das Stövchen konnte ich sehen. Aber das Teelicht nicht. Es musste herausgerollt sein und unter Zeitung und Decke liegen. Dort, wo der feine weiße Rauch hochstieg. Nur ein paar Sekunden und ich sah das Flämmchen, das sich nach oben kämpfte. Gelb züngelnd fraß es sich am Papier entlang.

»Hilfe!«, schrie ich. »Hallo! Hört mich denn niemand? Hilfe!«

Die Flammen wurden größer, züngelten höher, fraßen gierig weiter. Rauch breitete sich aus. Verzweifelt versuchte ich, den Stuhl zum Umfallen zu bringen, legte mein ganzes Gewicht auf eine Seite, stützte mich mit den Fußballen ab, soweit es die Kabelbinder um meine Knöchel zuließen. Dann endlich erreichte ich den Punkt, der mich kippen ließ. Ich fiel auf den dicken roten Teppich und blieb auf der Seite liegen. Ich streckte mich, um die Fesseln über die Stuhlbeine zu ziehen, ächzte, stöhnte, wollte meine Beine lang machen. Aber es gelang mir nicht. Die Plastikschnur war so festgezurrt, dass ich mich kaum bewegen konnte.

Die Flammen leckten am hölzernen Tischbein, andere fraßen sich am Boden entlang und züngelten an den Gardinen empor. Der Rauch kratzte in meiner Lunge. Ich hustete, holte Luft, hustete noch einmal, mühte mich immer wieder ab, meine Beine zu bewegen.

Dann hustete noch jemand im Raum. Es kam von der Stelle, an der Lynn lag.

»Lynn! Steh auf, Lynn! Du musst mich losmachen!«

Lynn stöhnte leise auf. Ich konnte sehen, dass sie sich bewegte.

»Unternimm etwas! Nun mach schon!«

Sie hob den Kopf. Dann stützte sie sich ab, richtete sich langsam auf und hielt sich die Seite.

»Unternimm etwas!«, schrie ich. »Los! Lynn! Los!«

Lynn beugte sich vor, setzte die Hände auf den Boden und begann auf allen vieren, in meine Richtung zu kriechen. Zwischendrin stockte sie, als würde ihr jede Bewegung Schmerzen bereiten.

»Mach weiter! Lynn! Beeil dich!«

Lynn würde das schaffen! Sie würde mich befreien! Im Zeitlupentempo kroch sie vorwärts. Überall knisterte und knackte es, der Rauch hatte sich inzwischen im ganzen Raum verbreitet. Am Fenster fiel eine der Gardinen wie eine brennende Fackel zu Boden.

Beeil dich, Lynn! Ich bekam es nicht mehr heraus. *Beeil dich! Beeil dich!* Noch einen halben Meter. Ich sah ihr gespenstig bleiches Gesicht, sah ihren leeren Blick, der sich in der Ferne verlor. Dann sank sie zusammen und blieb liegen.

Mit einem lauten Krachen fiel die Gardinenschiene herunter. Ich starrte einfach nur noch geradeaus. Direkt vor mir auf dem Boden lag silbern glänzend der Füller. Ich rang nach Luft, aber es war nur heißer Rauch, der meine Lunge füllte. Das Zimmer fing an, sich zu drehen. Die Welt um mich herum verschwamm.

Am Ende würde ich also doch ersticken.

22

Ich sitze am Feuer, Jens hat den Arm um mich gelegt. Über uns der Himmel mit einer Milliarde Sterne. Ein Windstoß. Kleine weiße Flocken fliegen mir ins Gesicht. Ein gleißend heller Tag. Rauch steigt aus dem Stoppelfeld hinter der Schule hoch. Die Sirenen heulen, wir laufen an die Fenster. Schulfrei. Flo bückt sich vor dem Kachelofen, die Klappe steht offen. Verdammte Dohlen, schimpft Flo. Überall Qualm. Ätzende dunkle Schwaden steigen empor. Ich stehe am Rand eines Vulkans. Der schwarze Fels zerbröckelt unter meinen Füßen. Ich muss fort, sonst werde ich verbrennen, aber meine Beine sind mit dem Boden verschmolzen. Vor mir in der Tiefe brodelt die Lava. Der Felsbrocken, auf dem ich stehe, bricht ab, und ich stürze hinab. Die Luft wird immer heißer. Laute Schläge. Es hämmert und trommelt. Die Zwerge schmieden die Schwerter in der Glut. Klirren. Glas, das zerbricht. Jemand ruft mir vom Kraterrand aus etwas zu. Hände greifen nach mir und schleifen mich davon. Mein Kopf schlägt irgendwo an. »Pass doch auf! Willst du sie umbringen?« Ziehen mich samt Stuhl durch die rot glühende Lava. »Vorsicht!« Ich höre sie husten und ächzen. Die Welt schwankt. »Weiter weg!« Der Qualm bleibt zurück. Die Luft hört auf zu glühen. Ich versuche, meine tränenden Augen zu öffnen. Ein Schatten macht sich an meinen Fesseln zu schaffen. Der schneidende Schmerz an den Handgelenken lässt nach. Die Plastikschnur an meinen Füßen löst sich. Jemand legt mich auf den Boden und dreht mich auf die Seite. »… nein, das dauert zu lange, bis die da sind … müssen da noch mal rein … nun komm schon!«

Bei jedem Atemzug mühte ich mich, den Husten zu unterdrücken. Hier ließ die Luft sich einatmen, ohne dass es brannte. Wo war ich? Auf dem Mont Blanc? Wenn ich die Augen öffnete, sah ich grüne Halme. Martinshörner erklangen. Aber all das war weit weg. Es interessierte mich nicht. Das hier, das musste der Himmel sein. Mit einer wunderbar weichen grünen Wolke.

Ich wusste nicht, wie lange ich dort so gelegen hatte. Ich wäre gern auf der Wolke geblieben, aber irgendwann waren überall um mich herum Menschen. Wenn ich die Augen öffnete, sah ich sie an mir vorbeilaufen. Sie riefen sich etwas zu und zogen dicke Schläuche hinter sich her. Langsam verschwand der Qualm aus meinem Kopf. Ich war wohl doch nicht im Himmel, sondern lag auf dem Rasen vor Krieseckes Haus.

Ein Mann in roter Jacke kam zu mir und half mir beim Aufsetzen. Er fragte mich allerlei und gab mir etwas zu trinken. Ich bekam eine Maske umgebunden, die an einer kleinen Metallflasche hing und aus der ich die ganze frische Bergluft der Alpen in mich hineinsaugte. Ich sah, wie Kriesecke auf einer fahrbaren Trage zu einem Rettungswagen geschoben wurde.

Inzwischen hatte ich so viel Sauerstoff getankt, dass mir wieder einfiel, weshalb ich überhaupt hier war: Flo. Was hatte Jakob getan, nachdem er weggelaufen war? Pascal in Ülske angerufen? Ich schob die Maske hinunter.

»Die haben meine Tante«, sagte ich zu dem Sanitäter, der sich um mich kümmerte. »Einer von denen ist bei meiner Tante!«

»Sind die im Haus?«

»Nein. Meine Tante ist nicht hier, sie ist in Ülske! Sie ist in Gefahr!«

Zum Glück fragte er nicht lange nach. »Ich hole jemanden!«

Der junge Mann lief davon und kam bald darauf zurück, gefolgt von Herrn Alsberger. Ich war so froh, ihn zu sehen, dass ich anfing zu heulen und gleich wieder husten musste.

»Wir haben Lynn Dallbrock und den alten Mann herausgeholt.« Er ging neben mir in die Hocke. »Sind noch mehr Menschen im Haus? Wer ist noch in Gefahr?«

Sein Kinn war schwarz von Ruß, und seine sonst so wohlfrisierten Haare klebten am Kopf. Inzwischen schluchzte ich und bekam kein Wort mehr heraus. Herr Alsberger legte die Arme um mich und hielt mich fest.

»Alles gut! Wir sind ja da.«

Er roch nach Rauch und Asche, aber auch nach einem Hauch von Aftershave. Ich würde dieses Aftershave auf immer lieben.

Ein Geruch nach Badezimmer und Parfümerie, der beruhigend normal war.

»Also, was ist los?«, fragte er. »Wer soll noch in Gefahr sein?«

»Meine Tante in Ülske. Einer von den Libellen ist bei ihr. Er heißt Pascal. Sie haben gedroht, sie umzubringen, wenn ich nicht tue, was sie sagen.«

Ich erzählte ihm, was geschehen war, hustete es heraus und heulte Rotz und Wasser.

»Sie versuchen jetzt, sich zu beruhigen. Wir kümmern uns darum.«

Dann verschwand er zwischen all den Menschen. Es kamen noch mehr Feuerwehrwagen. Ein weiterer Rettungswagen. Ein Notarzt, der mich untersuchte und mir etwas zur Beruhigung geben wollte. Aber ich weigerte mich. Ich hatte Angst, dann nicht mehr mitzubekommen, was mit Flo geschehen war. Es dauerte zum Glück nicht allzu lange, bis Herr Alsberger zu mir zurückkehrte.

»Die Kollegen vor Ort sind informiert. Sie melden sich, sobald sie etwas wissen.«

»Aber wenn die da vorfahren, wer weiß, was dieser Pascal dann tut!«

»Keine Sorge. Das werden die schon hinbekommen.«

Sein Hosenbein sah aus, als hätte man an einigen Stellen kurz das Feuerzeug drangehalten.

»Haben Sie mich aus dem Haus geholt?«

»Ja, zusammen mit Maria. Frau Mooser. Ein paar Minuten später und wir wären nicht mehr reingekommen.«

»Danke.«

»Danken Sie lieber ihr. Sie hat sich einfach nicht zurückhalten lassen.« Herr Alsberger verfolgte etwas mit seinem Blick. »Sie hatten Glück, dass wir schon auf dem Weg zu Herrn Kriesecke waren und meine Schwiegermutter mich so genervt hat. Auf der ganzen Strecke von Heidelberg bis Frankenthal hat sie sich darüber aufgeregt, dass Sie schon morgens Absinth trinken.«

»Das stimmt nicht!«

»Das klären Sie am besten selbst mit ihr. Wenn man sich

ihre Schimpftiraden nicht anhören will, ist der Umzug in die Campbell Barracks immer gut, um sie auf ein anderes Thema zu bringen. Darüber kamen wir auf Umbauarbeiten. Und darüber auf das alte Gefängnis, bei dem auch nichts vorangeht. Das hat Ihnen wahrscheinlich das Leben gerettet.«

Was hatte meine Rettung mit einem Gefängnis zu tun? Hatte ich doch noch zu viel Rauch in meinem Kopf?

»Sie hat gleich versucht, Sie anzurufen. Dann haben wir Ihr Handy orten lassen. Als die Nachricht kam, dass es in einer Funkzelle nahe Krieseckes Wohnort sein muss, sind wir weiter zu ihm gefahren, um zu sehen, ob dort alles in Ordnung ist, und die Kollegen aus der Region dahin, wo Ihr Handy eingeloggt war.«

»Aber weshalb waren Sie unterwegs zu Herrn Kriesecke? Wussten Sie denn, dass Lynn dorthin wollte?«

»Nein, nicht direkt. Wir haben gestern in den Blogs der Füllersammler davor gewarnt, sich auf Kaufverhandlungen für einen ›Perkeo Diamant‹ einzulassen, und gefragt, ob jemand einen Sammler kennt, der in einen Umweltskandal verwickelt ist. Maria hatte die Idee, der Füller könnte das Lockmittel für das nächste Opfer der Libellen sein. Bis zum Abend gab es zwei Hinweise. Beide haben sich schnell zerschlagen.«

Alsberger wischte sich übers Kinn und schaute auf seine Hand, die danach schwarz war.

»Dann erhielten wir heute in aller Früh einen Hinweis auf Herrn Kriesecke. Von einem Mann, der ihm vor einer Weile einen sehr teuren Füller verkauft hat. Er hatte sich vor dem Verkauf über Kriesecke im Internet kundig gemacht. Es gibt eine ganze Reihe von Einträgen über ihn, in denen es um Chemikalienfässer auf seinem Grundstück und ein Fischsterben geht.«

Er zog ein Taschentuch heraus und putzte sorgfältig seine Finger ab.

»Wir haben Kriesecke angerufen. Aber der schien überhaupt nicht zu verstehen, um was es ging. Deshalb wollten wir direkt mit ihm sprechen.«

Herr Alsberger steckte das Taschentuch wieder ein und schaute Richtung Haus. Sein Gesicht nahm einen Ausdruck an, als würde sich am Horizont ein Hurrikan zusammenbrauen. »Vorsicht«, sagte er. »Sie kommt.« Vielleicht bildete ich mir nur ein, dass der Boden unter mir vibrierte, aber ich hätte schwören können, dass es so war. Dann stand sie vor mir, in einem Pullover, der einmal hellblau gewesen sein musste, jetzt aber an vielen Stellen schmuddelig grauschwarz war. Der bunt karierte Schal baumelte an ihr herab und schien nass zu sein. Frau Mooser baute sich vor mir auf und stemmte die Hände in die Hüften. Sie hatte einen ziemlich roten Kopf, und an der Schläfe sah man eine Ader pochen. Anscheinend gab es hier tatsächlich einen Vulkan, und zwar einen, den die Feuerwehr noch nicht unter Kontrolle hatte.

»Ein brauner Pelz, ja?«, fragte sie mich. »Ich habe also eine Jacke mit braunem Pelzbesatz! Braun?«

»Ich musste das doch irgendwie sinnvoll einbauen«, verteidigte ich mich.

»Der Pelz ist nicht braun! Der ist faul!« Nun schrie sie fast. »Faul! Wie soll ich darauf kommen, dass Sie den Faulen Pelz meinen, wenn Sie etwas von Portemonnaies und Jacken faseln!«

»Es tut mir leid. Ich dachte, wir hätten von braunem Pelz geredet. Ein fauler Pelz, das ergibt doch keinen Sinn. Für ein Codewort, da sollte man …«

Frau Moosers Augen waren so schmal geworden, dass ich lieber den Mund hielt. Gleich würde sie Lava spucken.

»Roland, erklär es dieser Heidelberg-Ignorantin. Ein Portemonnaie aus braunem Pelz! Was für ein Schwachsinn!«

Dann drehte sie sich um und stapfte davon. Zwei Meter weiter stieß sie mit einem Feuerwehrmann zusammen, den sie anranzte, er solle gefälligst aufpassen.

»Ich glaube, sie mag Sie«, sagte Herr Alsberger.

»Weshalb ist sie dann so sauer?«

»Weil der Faule Pelz unser altes Gefängnis ist. Das kennt man eigentlich, wenn man in Heidelberg wohnt. Es heißt nach der Straße, in der es liegt. Oberer Fauler Pelz. Das ist übrigens nicht allzu weit von Ihnen entfernt. Angeblich haben da früher die Gerber ihre Felle zum Trocknen ausgelegt.«

So war das, wenn man sich in der Stadt, in der man lebte, nicht auskannte. Man kapierte nicht einmal die Codewörter, die einem das Leben retten konnten.

»Ich glaube aber, vor allem ist sie sauer, weil sie nicht direkt darauf gekommen ist, was Sie meinten. Sie hatte Angst, Ihnen stößt etwas zu, weil sie Ihren Hinweis nicht gleich verstanden hat. Aber bevor sie das zugibt, baut sie eher eigenhändig das Heidelberger Schloss wieder auf.«

In seiner Jacke klingelte das Handy.

»Ja?« Er ging ein paar Schritte zur Seite und drehte mir den Rücken zu, sodass ich nicht verstehen konnte, was er sagte. Ab und zu schaute er über die Schulter zu mir. Ich wusste gleich, dass es um Flo ging.

Auf dem letzten Foto hatte sie bis über die Knie im Teich gestanden. Es wäre so leicht, sie unter Wasser zu drücken. Flo hatte nicht die Kraft, sich zu wehren. Der Teich sollte eigentlich gar nicht mehr da sein. Flo hatte den jungen Reschke schon gefragt, ob er ihn für sie zuschütten würde. Ich war es, die es nicht gewollt hatte. Ist doch super, so ein Teich im Garten, hatte ich gesagt. Gut für die Natur. Vögel, die daraus trinken können, und Frösche, die um die Wette quaken. Und jede Menge Libellen. Libellen, die über die Wasseroberfläche schwirren und deren zarte Flügel im Sonnenlicht glitzern, als wären sie aus Tau. Libellen, die perfekten Jäger.

Herr Alsberger ging noch ein wenig weiter weg. Ich schaute auf den Rasen. Ich wollte nicht mitbekommen, wenn er den Kopf schüttelte oder sich mit müder Geste über die Augen fuhr.

Vielleicht waren es fünf Minuten. Vielleicht auch nur drei. Für mich dauerte es eine Ewigkeit, bis er zurückkam. Das Handy hielt er noch in der Hand, aber das Telefonat war offensichtlich vorbei.

»Und?«, fragte ich.

»Ich warte auf einen Anruf.«

Er hatte es kaum ausgesprochen, als es wieder klingelte. Herr

Alsberger wechselte ein paar Worte mit jemandem, dann hielt er mir das Handy hin.

»Es ist für Sie.«

Ich nahm es und presste es ans Ohr.

»Hallo, Mila, mein Schätzchen«, hörte ich Flo sagen.

»Dieser verdammte Teich«, war alles, was ich noch herausbekam.

Dann fing ich so an zu heulen, dass ich jeden Brand auf der Welt problemlos hätte löschen können.

Ich kam um das Krankenhaus nicht herum. Einen Tag lang musste ich zur Beobachtung bleiben, damit sicher war, dass der ganze Qualm, den ich eingeatmet hatte, mir nicht doch noch den Garaus machte.

Herr Kriesecke hatte in all der Aufregung einen Herzinfarkt erlitten und eine Rauchvergiftung dazu. Es ging ihm schlecht, aber so wie es aussah, würde er überleben. Lynn war in das Gefängniskrankenhaus bei Ludwigsburg gebracht worden. Eine gebrochene Rippe hatte ihre Milz verletzt. Ich erfuhr es von Herrn Alsberger, der mit einem Kollegen ins Krankenhaus kam, um meine Aussage aufzunehmen.

Ansonsten verbrachte ich die Zeit in der Klinik damit, im Abstand von einer Stunde bei Flo anzurufen, um ihre Stimme zu hören. Manchmal war auch die Nachbarin dran, Mutter Reschke, die sich zu meiner großen Erleichterung bereit erklärte, die nächste Nacht bei Flo zu verbringen.

Flo setzte meinen besorgten Anrufen schließlich ein Ende, indem sie mir recht schroff mitteilte, ich sollte jetzt endlich mit dem Telefonterror aufhören, ich würde Liz und sie beim Kartenspielen stören. Und das nächste Mal, wenn ich wieder einen unerzogenen jungen Mann vorbeischicken würde, sollte ich ihr bitte schön vorher Bescheid geben. Einfach abzuhauen, ohne sich zu verabschieden, spreche nicht für eine gute Kinderstube. Und in den Teich ginge sie auch nicht mehr, nicht für das schönste Foto. Selbst dann nicht, wenn es für mich wäre.

Der Polizist, der als Paketbote getarnt bei Flo geklingelt

hatte, war von ihr mit »Herr Rühmann« angesprochen und zu einem Gläschen Schnaps eingeladen worden. Außer Flo war niemand dort gewesen. Jakob hatte offenbar bald, nachdem er aus dem Haus gerannt war, die Aktion in Ülske abgeblasen, und Pascal war in Windeseile verschwunden.

Als sie die Polizeiwagen vor Flos Haus bemerkt hatten, waren Reschkes rübergegangen. Frau Reschke erzählte mir, dass Flo wegen des ganzen Auflaufs zunächst völlig durch den Wind gewesen sei und vermutet hatte, die Polizei wäre aufgetaucht, um Til abzuholen, weil er zu einem Tatort musste. Die Polizei war wohl froh gewesen, dass Frau Reschke sie beruhigen konnte.

Welch ein Glück, solche Nachbarn zu haben.

Nach meiner Entlassung lungerte ich die nächsten Tage in der Pension herum. Ich fühlte mich, als wäre ich in die Hölle abgetaucht und reichlich verqualmt und mit ein paar Rußflecken auf der Seele wieder aufgetaucht.

Das Wetter schlug um. Es nieselte, und die Sonne ließ sich nicht mehr blicken. Selbst in einer Stadt wie Heidelberg sank damit die Lust, das Haus zu verlassen, gegen null. Aber eigentlich störte es mich nicht, denn ich hatte ein neues Projekt: Ich würde mich von der Heidelberg-Ignorantin zur Heidelberg-Spezialistin wandeln. Das mit dem Codewort war mir eine Lehre gewesen. Also studierte ich als Erstes den Heidelberg-Führer, den Hugo für unsere Gäste ausgelegt hatte. Immerhin erfuhr ich so, dass es den »Faulen Pelz«, das ehemalige Heidelberger Gefängnis, schon seit 1848 gab, es früher aber »Neues Pfarrhaus« genannt wurde, weil dort vor allem revolutionskritische Pfarrer inhaftiert worden waren.

Außerdem erkundigte ich mich, wie es mit der PFC-Belastung für Heidelberg aussah. Danach schmeckte mir das Kranenberger wieder deutlich besser. Wie ich erfuhr, wurden Grundwasser und Proben aus den Wasserwerken regelmäßig auf per- und polyfluorierte Chemikalien untersucht, ohne dass man bislang Auffälligkeiten festgestellt hatte. Hinweise, dass auf Heidelberger Feldern PFC-haltiger Kompost verwendet worden war, gab es nicht. Beim Regierungspräsidium Karlsruhe war eigens eine Stabsstelle eingerichtet worden, die eine ganze Reihe von Informationen zur PFC-Belastung in Baden ins Netz gestellt hatte.

Und dann telefonierte ich noch lange mit Katja, meiner Freundin in Ülske. Sie würde in nächster Zeit regelmäßig bei Flo vorbeischauen, und auch Frau Reschke hatte zugesagt, häufiger zu Flo rüberzugehen. Es war fürs Erste eine Lösung, die mich beruhigte. Aber keine auf Dauer. Flo sollte besser nicht mehr allein leben.

Am zweiten Tag nach meiner Entlassung aus dem Krankenhaus meldete sich Herr Alsberger. Jakob war auf dem Weg nach Frankreich bei einer Kontrolle gefasst worden. Am dritten Tag klingelte ein Polizist und brachte mir mein Handy zurück, das man aus dem Weinberg gefischt hatte. Es lag noch keine zwei Stunden auf dem Küchentisch, als eine Nachricht von Hugo kam. Nachdem ich sie gelesen hatte, wurde ich schlagartig so müde, dass ich meine Heidelberg-Studien vorerst einstellte und mich in meiner Dachkammer ins Bett verzog.

Am Freitag jedoch war Schluss damit, sich in der Pension zu verkriechen. Ich hatte die halbe Nacht in meinen Träumen gegen eine Horde Hexen gekämpft, die mich in Flos Kachelofen verbrennen wollten, als der Anruf der Kripo mich aus dem Schlaf riss. Lynn Dallbrock hatte darum gebeten, mit mir reden zu dürfen. Bislang hatte sie nur geschwiegen. Die Polizei erhoffte sich, über dieses Gespräch an Informationen zu kommen.

So saß ich mittags in einem Polizeiwagen auf dem Weg zum Justizvollzugskrankenhaus Hohenasperg und war schon zum zweiten Mal in diesem Monat im Dienst der Kripo unterwegs. Ein Beamter, den ich nicht kannte, fuhr. Und dann saß vorn noch ein grimmiges Krokodil auf dem Beifahrersitz. Frau Mooser hatte nur kurz gegrüßt und beachtete mich ansonsten kaum. Wahrscheinlich war sie immer noch sauer, weil ich die Sache mit dem Codewort verbockt hatte. Ich traute mich nicht, sie anzusprechen. Wütende Krokodile lässt man lieber in Ruhe.

Die beiden unterhielten sich unter anderem über Gustav Oleskut. Man hatte ihn bei der Entführung so geknebelt, dass er daran erstickt war. Das also verstand Lynn unter einem »Unfall«.

Nach fast anderthalb Stunden kamen wir in Hohenasperg an. Es war genau so, wie ich mir ein Gefängniskrankenhaus vorgestellt hatte: eine alte, große Festungsanlage, die auf einem Hügel lag, mit so hohen und dicken Mauern, dass wahrscheinlich niemand mehr auf anderem Weg rauskam als durch eines der gesicherten Tore.

Eine Beamtin begleitete uns durch die kargen Flure. Als wir in das Zimmer traten, hob Lynn den Kopf. Die Fenster des Raumes waren vergittert, es roch nach Desinfektionsmitteln, und von der Decke gaben Neonröhren ihr kalt-weißes Licht ab. Vielleicht sah Lynn deshalb so aus, als hätte sie keinen Tropfen Blut mehr im Leib. Ich blieb mit Frau Mooser nahe der Tür stehen, während die Beamtin zunächst mit Lynn redete und mir dann zunickte.

»Hallo, Lynn«, sagte ich und trat ans Bett.

Es war schon seltsam. Ich musste sie nur ansehen, um den Brandgeruch wieder in der Nase zu haben. Aber ich hatte auch noch ein Bild im Kopf: Lynn, die durch den Rauch auf allen vieren auf mich zukroch. Sie hatte mir helfen wollen. Es war der einzige Grund, warum ich mich auf dieses Treffen eingelassen hatte.

»Danke, dass du da bist.« Lynn sprach leise, als würde das Reden sie anstrengen. »Ich wollte, dass du kommst, weil ich dir etwas schenken möchte. Aber erzähl erst einmal, wie geht es deiner Tante?«

»Ganz gut.« Ich hatte keine Lust, mit ihr über Flo zu plaudern. Nicht nach dem, was die Libellen ihr zugemutet hatten.

»Ich hätte nicht zugelassen, dass ihr etwas passiert. Das musst du mir glauben, Mila.«

»Hattest du mir nicht gesagt, dass für eure Ziele manchmal Menschen leiden müssen, die es eigentlich nicht verdient haben?«

»Ja, aber nur weil ich dir Angst machen wollte. Wir hätten deiner Tante nichts angetan. Ganz bestimmt nicht. Ich wollte, dass du das weißt.«

Was wurde das hier? Wollte Lynn so eine Art Absolution von mir, von Halbwaise zu Halbwaise? Aber anscheinend hatte sie ein schlechtes Gewissen. Das war gut, denn Lynn war mir immer noch eine Antwort schuldig.

»Was ist mit Vinzent geschehen? Er lebt noch, oder?«

»Du weiß es doch schon. Warum fragst du dann?«

»Ich finde, du bist mir noch eine Erklärung schuldig. Für die Angst, die ich um meine Tante hatte, und dafür, dass ihr mich niedergeschlagen und Vinzent einfach habt verschwinden lassen. Ich habe damals gedacht, ich wäre verrückt oder so was. Was ist an dem Abend in der Pension passiert?«

Lynn sah zu Frau Mooser hinüber.

»Haben die gesagt, du sollst mich das fragen?«

Erst dachte ich, sie würde nicht antworten. Sie senkte den Blick und schaute auf die Bettdecke.

»Ist auch egal«, sagte sie dann. »Vielleicht bin ich dir das wirklich schuldig. Wenn es dir denn hilft: Vinzent war nach Heidelberg gekommen, weil er mit den anderen reden wollte. Wir hatten uns getrennt. Beim Packen seiner Sachen hatte er alte Briefe meiner verstorbenen Mutter gefunden, die ich vor ein paar Monaten von jemandem bekommen habe. Darin stand, dass Ansgar Kriesecke mein Vater ist. Ich habe es selbst erst dadurch erfahren.« Lynn verzog die Mundwinkel, als hätte sie auf der weißen Decke einen widerlichen Fleck entdeckt. »Es stand alles drin. Wie er sie angemacht hat und wie mies er sie abgefertigt hat, als sie von ihm schwanger war. Mich sollte sie abtreiben. Es war nicht schwer, ihn ausfindig zu machen. Vinzent wusste, dass Kriesecke bei uns auf der Liste stand. Ich habe dafür gesorgt, dass er drauf kommt.«

»Indem du ihm im Netz etwas angehängt hast?«

Sie überging meine Frage einfach.

»Vinzent wollte die anderen über meine angeblich egoistische Aktion informieren. Er hatte sogar die Briefe meiner Mutter mit, er wollte sie den anderen zeigen. Das hat er mir am Telefon gesagt. Ich habe ihn gebeten, dass wir vorher noch einmal miteinander reden.«

Lynn zog die Bettdecke hoch. Noch ein bisschen blasser und sie würde in dem weißen Bett einfach nicht mehr zu sehen sein.

»Benn wusste, was los war. Er versteht mich, er sieht das genauso wie ich. Wir wollten Vinzent von seinem Vorhaben abbringen. Die anderen sehen das zu eng, das hätte nur Diskussionen gegeben. Mein Vater ist schließlich genauso ein skrupelloser Egoist wie die anderen auf der Liste.«

»Und dann habt ihr euch gestritten?«

»Benn kann ziemlich impulsiv sein. Er hat Vinzent gestoßen, und der ist volle Kanne gegen den Balken geprallt und einfach liegen geblieben.« Lynn hob den Kopf und sah mich an. »Gleich danach kamst du rein.«

»Aber wo ist Vinzent jetzt?«

»Benn hat ihn zu jemandem gebracht, der ihm helfen konnte. Mehr werde ich dazu nicht sagen.«

Was hatte ich denn erwartet? Dass sie in Anwesenheit der Polizei preisgab, wo man Vinzent finden würde? Auch wenn er bei den Libellen ausgestiegen war, so war er doch einmal einer von ihnen gewesen.

»Wir verraten niemanden, der uns geholfen hat. Niemals. Darauf kann man sich verlassen, Mila. Jeder kann sich darauf verlassen.«

Das klang fast so, als ginge es mich etwas an. Vielleicht tat es das ja auch. Zumindest indirekt. Immerhin gab es auf dem Video diesen Fleck an der maisgelben Wand und Liselottes Rüschenärmel.

»Mach dir keine Gedanken, Vinzent geht es wieder gut. Aber er hat kapiert, dass es falsch war, sich einmischen zu wollen.« Lynn legte den Kopf leicht schräg. »Du hast dich in ihn verliebt, nicht wahr?«

Das würde ich ihr bestimmt nicht verraten, vor allem nicht, wenn das Krokodil mithörte.

»Schon gut. Ich war es schließlich auch einmal. Wir sind uns eben doch ähnlich. Deshalb möchte ich, dass du den Füller bekommst, den ich meinem Erzeuger für sein Geständnis mitgebracht hatte. Ich nehme an, die Polizei hat ihn im Moment?« Eine Frage, die unbeantwortet in der Luft hängen blieb.

»Dieser Füller war eines der wenigen Dinge, die ich von meiner Mutter hatte«, fuhr Lynn fort. »Meine Oma hat ihn nach ihrem Tod in ihren Sachen gefunden. Für mich war er immer etwas ganz Besonderes. Der Füller meiner Mutter! So ein schöner Füller, habe ich gedacht. Ich habe mir vorgestellt, wie sie damit Liebesbriefe an meinen Vater geschrieben hat, der auf tragische Weise umgekommen ist und deshalb nicht bei mir sein konnte.«

Lynn stockte. Solche Kinderträume kannte ich gut. Es war verdammt hart, sie zu verlieren.

»Dann stand in den Briefen, dass sie den Füller von Kriesecke bekommen hat. Er hatte Angst, seine Frau könnte sich wundern, wenn er eine größere Summe Geld vom Konto abhebt. Da war es das Einfachste, in seine Sammlung zu greifen. Meine Mutter sollte den Füller verkaufen und davon die Abtreibung bezahlen. Der Rest wäre eine Entschädigung für ihre ›Unannehmlichkeiten‹. So ein Arsch.«

Lynn setzte sich ein wenig auf, als hätte sie etwas zu verkündigen.

»Du sollst den Füller haben. Er gehört mir, die Polizei muss ihn wieder rausrücken. Es ist zwar kein Toledo, aber er ist bestimmt einiges wert. Verkaufe ihn. Und dann wirst du dir überlegen müssen, was du mit dem Geld tust. Wofür du eintrittst. Eine Welt, in der alle gut leben können, oder eine, in der die Egoisten die Gewinner sind. Aber du kannst mit dem Füller natürlich machen, was du willst. Möchtest du ihn haben, Mila?«

Es stimmt, ich habe einen Moment gezögert. Zwei, drei Sekunden vielleicht. Aber nur, weil ich so überrascht war. Es reichte, um Frau Mooser auf den Plan zu rufen.

»Was soll das werden?« Sie war ans Bett getreten. »So eine Art Stafettenlauf? Dieser Füller ist erst einmal ein Beweismittel und für Sie nicht verfügbar! Wenn Sie etwas zu verteilen haben, sollten Sie lieber über eine Entschädigung für Herrn Oleskuts Witwe nachdenken.« Sie zog mich vom Bett weg. »Das Gespräch ist beendet. Kommen Sie!«

Sie bugsierte mich nach draußen. Schon standen wir im Flur, und die Beamtin schloss die schwere Metalltür hinter uns.

»Ich hatte nicht vor, ihn anzunehmen!«, sagte ich.

»Das will ich auch schwer hoffen«, giftete Frau Mooser zurück.

Sie kam mir so nah, dass ich die kleinen braunen Sprenkel in ihrer grünen Iris sehen konnte.

»Vielleicht hat Lynn in manchem recht, Mila: Es passieren Dinge in dieser Welt, die absolut nicht in Ordnung sind. Aber was die Libellen getan haben, kann nicht der Weg sein, das zu ändern. Haben Sie das verstanden?«

Ich nickte schnell. Nicht, dass ich noch einmal drei Sekunden zu langsam war, um glaubwürdig zu sein.

»Und sollten bei Ihnen jemals Zweifel daran auftauchen, dann kommen Sie zu mir, bevor Sie etwas tun, das Sie später bereuen! Verstanden?«

Noch einmal nickte ich.

Vielleicht stimmte Herrn Alsbergers Vermutung doch: Frau Mooser schien mich zu mögen. Wie es aussah, machte sie sich tatsächlich Sorgen um mich.

Aber die musste man sich wohl eher um jemand anderen machen.

23

»Stimmt, ich habe dich angelogen«, hatte in Hugos Nachricht
gestanden. »Erkläre alles, wenn ich wieder da bin.« Lynn hatte
mir einmal gesagt, Hugo wäre für sie nicht zu gebrauchen. Aber
Lynn verriet auch niemanden.
Am Montag darauf saß der Lügner wieder in unserer Küche.
Allerdings nicht allein. Ich war stundenlang in der Stadt unter-
wegs gewesen und hatte mir Bücher über Heidelberg besorgt.
Und noch ein anderes, das ich Frau Mooser schenken wollte.
Am liebsten wäre ich an diesem Tag überhaupt nicht mehr in
die Pension zurückgekehrt.
Ich hörte die Stimmen, sobald ich aufgeschlossen hatte. Doch
anscheinend hatte man mich nicht gehört. Hugo sah überrascht
hoch, als ich in die Küche kam.
»Hallo, Mila!« Er stand auf und wollte mich umarmen.
Aber das wollte ich nicht. »Wer ist das?«
Der Mann, der am Tisch saß, war ähnlich alt wie Hugo. Er
hatte kurze dunkle Haare und Schultern, die so breit waren wie
die von Jakob. Ich sah das weiße Logo auf seinem T-Shirt sofort.
»Das ist Emilio«, stellte Hugo ihn vor.
»Wieder einer von deinen tollen Freunden? Dann kann er
gleich verschwinden! Sind noch mehr hier?«
»Mila, jetzt mach mal halblang. Ich kann verstehen, dass du
wütend bist. Aber du warst es doch, die lieber mit einer Lüge
lebt. Ich habe immer wieder versucht, mit dir zu reden. Jedes
Mal, wenn ich nur damit anfangen wollte, hast du es verhindert.
Das letzte Mal hättest du deshalb fast jemanden mit der Gießkanne erschlagen.«
»Du hättest es mir trotzdem sagen müssen. Wegen dir und
deinen … deinen … Gesinnungsgenossen wäre ich fast umgekommen.«
Der Mann am Tisch stand auf. »Ich gehe dann besser. Vielleicht besprecht ihr das erst einmal in Ruhe.«

»Ja, verschwinde und komm bloß nicht wieder!«, fuhr ich ihn an. »Ich will von euch keinen mehr hier sehen! Nur über meine Leiche. Aber dafür hättet ihr ja bald gesorgt!«

Ich sah das Zucken an Hugos Augenlid. Das bekam er nur, wenn er sich megamäßig aufregte.

»Sag mal, bist du noch ganz dicht?«, fragte er.

»Ich ja, aber du nicht! Keinen mehr von denen im Haus!«

»Er bleibt! Das ist immer noch meine Pension.«

»Dann gehe ich eben. Weißt du eigentlich, was für Konsequenzen es für mich haben wird, dass ich dich gedeckt habe?«

Emilio nahm seine Jacke vom Stuhl. Jetzt, wo er aufgestanden war, sah man das Logo auf seinem T-Shirt viel besser. Ja, es war weiß, und wenn man sehr, sehr wütend war und nicht richtig hinschaute, konnte man vielleicht auf die Idee kommen, es wäre eine Libelle. Wenn man aber genauer hinschaute, sah es eher aus wie der Umriss einer Insel.

»Was ist das da auf dem T-Shirt?«

»Teneriffa«, antwortete der Verdächtige. »Hugo hat es mir geschenkt.«

»Wir waren zusammen dort. Ich war nicht zwei Wochen bei Rosel«, gestand Hugo. »Wir waren erst eine Woche allein unterwegs. Wir wollten mal eine Zeit für uns sein. Alle haben so viel Druck gemacht. Rosel, Flo und du auch …«

»Ich? Was denn für Druck?«

»Na, mit deinem ständigen Hugo-Schätzchen hier, Hugo-Schätzchen da. Ich kann das nicht erwidern, Mila. Ja, es fiel mir schwer, dir das zu sagen. Ich wollte dich nicht verletzen. Ich weiß, du bist nach Heidelberg gekommen, weil du hier eine neue Liebe finden wolltest. Aber ich kann das nicht sein. Du kannst immer hierbleiben. Die Sache mit Emilio ändert nichts, ich verspreche es dir.«

»Ihr wart zusammen bei Rosel? Ist der keine Libelle?«

»Eine Libelle?« Hugos Augenlid zuckte immer noch. »Was denn für eine Libelle?«

Ich muss Emilio angestarrt haben, als wäre er das achte Weltwunder.

»Hugo ist schwul. Ich bin sein Freund.« Emilio lächelte. »Soll schon mal vorkommen. Nett, dich endlich kennenzulernen, Mila.«

Hugo hatte einen Freund? Und gedacht, ich wäre verliebt in ihn? Im ersten Moment war ich sprachlos. Gut, das mit dem Hugo-Schätzchen konnte man missverstehen. Vielleicht auch das Lebkuchenherz, das ich ihm einmal vom Weihnachtsmarkt mitgebracht hatte. Möglicherweise auch die kleinen Zettel, die ich ab und zu schrieb. »Du bist der Allerbeste.« Weil Hugo meine Schuhe putzte und das Frühstück machte. Und natürlich, weil ich ihn gernhatte. Aber doch nicht so.

Bis der Mond über der Stadt schien, wusste ich, dass Emilio aus Freiburg kam, die beiden seit ein paar Monaten zusammen waren und Hugo ihn als Überraschungsgast mit zu Rosel gebracht hatte. Rosel war aus allen Wolken gefallen. Ihr Neffe hatte sich zwar bislang bei den Frauen sehr zurückgehalten, aber dass Hugo Männer liebte, davon hatte sie nichts gewusst. Und wie es schien, wusste Hugo selbst es auch noch nicht allzu lange.

Ich erzählte den beiden alles über die »Polaris-Libellen« und meinen Weg durch die Hölle. Hugo wurde richtig sauer, als er hörte, dass ich geglaubt hatte, er unterstütze die Libellen oder sei vielleicht sogar einer von ihnen. Er schwor Stein und Bein, dass er mit Lynn und Jakob nicht mehr zu tun gehabt hatte, als ihnen Zimmer zu vermieten. Von dem, was sie planten, habe er keine Ahnung gehabt und von dem Videodreh in der Pension nichts mitbekommen. Hugo wurde so sauer über meinen Verdacht, dass wir beinahe einen mordsmäßigen Krach bekamen.

Wie ich überhaupt auf diese völlig schwachsinnige Idee kommen könnte, empörte er sich, ich müsste ihn doch inzwischen gut genug kennen. Woraufhin ich erwiderte, wie man denn jemanden kennen sollte, dessen zweiter Vorname »Lügner« sei. Außerdem habe er mir nahezu täglich die Ohren vollgeschwätzt, dass die Welt kurz vor dem Untergang stehe. Daraufhin begann Hugos Augenlid wieder übel zu zucken. Vielleicht müsste er mir nicht schon morgens die Ohren vollschwätzen, wenn ich meinen Hintern endlich einmal hochbekommen und mich engagieren würde, statt mein Hirn mit albernen Serien lahmzulegen. Ein Angriff, den ich mit Bravour abwehren konnte: Falls er nicht Weltmeister der Inkonsequenz werden wollte, sollte er sich vielleicht lieber auch zu Hause Serien reinziehen, statt nach Teneriffa zu jetten und jede Menge CO_2 in die Atmosphäre zu pusten. Zum Gegenschlag kam Hugo nicht mehr, Emilio ging dazwischen. Wir sollten uns das Streiten für die Zeit aufsparen, wenn er wieder weg war.

Ich glaubte Hugo, dass er nichts mit den Libellen zu tun hatte, so wie Frau Mooser wahrscheinlich mir: zu fünfundneunzig Prozent. Aber dann machte er einen Vorschlag, der den letzten Rest meines Misstrauens beseitigte. Er würde gleich morgen zur Polizei gehen und aussagen, dass Lynn und Jakob in der Pension gewesen waren, als ich bei Flo in Ülske war, und ich deshalb nichts davon mitbekommen hatte. Dann wusste die Kripo Bescheid, dass die Libellen hier gewesen waren, und Frau Mooser musste nicht erfahren, dass ich davon längst gewusst und sie über den wahren Grund für meine Panikattacke in der Polizeistelle belogen hatte. Aber so, wie ich Frau Mooser kannte, würde sie sich schon ihren Teil dazu denken.

Wir hatten keine Ahnung, was danach auf ihn oder uns zukommen würde, ob es dann vielleicht doch noch Ärger wegen der Pension gab. Aber Hugos Angst, die Polizei könnte auf andere Weise erfahren, dass Lynn und Jakob in der Pension gewesen waren, und ihn verdächtigen, mit ihnen unter einer Decke zu stecken, war noch größer als seine Angst vor dem Denkmalamt und dem Finanzamt zusammen.

Um zwei Uhr nachts hatten wir allen Wein ausgetrunken, den Kühlschrank geplündert, und Hugo suchte in der Anrichte nach den Chips, die ich längst aufgegessen hatte.

»Sag mal, da lag noch eine Tüte Plätzchen. Wo ist die denn?«

Auch die waren mir zum Opfer gefallen. Allerdings nur zwei oder drei davon. Es waren die Plätzchen gewesen, die ich bei meinem verhängnisvollen Treffen mit »Mata Hari« auf der Dachterrasse gegessen hatte.

»Schade«, sagte Hugo. »Da waren Pilze drin. Die hätte ich gern einmal probiert.«

»Plätzchen mit Pilzen?«, fragte Emilio.

»Ja, die hatten mir die beiden schrägen Typen geschenkt, die letzten Monat da waren. Erinnerst du dich, Mila?«

Ich erinnerte mich gut. Einen von den beiden hatte ich nachts schlafend in der Badewanne gefunden, der andere hatte beim Frühstück einen Lachkrampf bekommen, als ich ihm das Rührei hinstellte.

»Das nächste Mal gehst du bitte nicht an meine Sachen!«

»Du glaubst doch nicht, dass die mit Pilzen Champignons meinten?«, fragte ich.

»Welche Pilze drin waren, ist mir egal. Auf jeden Fall waren es meine Plätzchen.«

Hugo war in solchen Dingen manchmal ein bisschen naiv. Pilze also. Dann war wohl nicht der Absinth schuld an meinem Zustand gewesen.

Ich hatte auf der Dachterrasse aufgeräumt, bevor Hugo zurückkam. Von den Plätzchen war kein Krümel mehr da gewesen. Die Reste mussten die Vögel gefressen haben. Hoffentlich hatten sie es alle gut überstanden und waren nicht vergeblich riesigen goldenen Schmetterlingen hinterhergejagt.

Obwohl wir sehr spät ins Bett gingen, wachte ich am nächsten Morgen in aller Frühe auf. Hugo und Emilio schliefen noch. Ich machte mich zurecht, packte Frau Moosers Geschenk ein und radelte los. Ich musste das heute tun. So wie die letzte Strophe eines Gedichts, die man noch schreiben muss, und sei es nur, um es dann in die Schublade legen und vergessen zu können.

Doch erst einmal fuhr ich durch die Fußgängerzone hinunter zur Alten Brücke. Ich stellte mein Rad ab und ging durch das Tor mit den dicken rot-weiß gestreiften Türmen. Es war noch keine Menschenseele zu sehen. Unter mir floss der Neckar so ruhig dahin, als läge Neptun noch im tiefen Schlaf. Heute war das Wasser nicht samtschwarz wie Tinte. Der Alptraum war vorbei. Der Fluss schimmerte wie so oft grüngrau.

Ich lehnte mich an die Brüstung und schaute hoch zur Schlossruine. Da war einmal Liselotte von der Pfalz zu Hause gewesen. In einem meiner Heidelberg-Bücher hatte ich gelesen, dass sie unglücklich nach Frankreich verheiratet worden war und von dort an die fünftausend Briefe in die alte Heimat geschrieben hatte. Wahrscheinlich noch mit einem Federkiel. Die wäre sicher froh über einen Füller gewesen, der so viel Tinte fasste, wie Perkeo Wein trinken konnte.

Ich hatte heute Nacht auch noch einen Brief geschrieben. An Jens. Dass er bestimmt ein toller Vater werden würde und ich ihm alles Gute wünschte. Drei Zeilen, die wahrscheinlich reichen würden, um ihn von seinen Schuldgefühlen zu erlösen. In Relation zu dem, was in den letzten Tagen passiert war, erschien mir mein Kummer wegen ihm und dem Baby wie eine Erbse im Vergleich zu einem Riesenkürbis. Und wegen einer Erbse würde ich mein Leben nicht weiter auf dem Sofa vergammeln, das hatte ich schon monatelang getan. Den Hintern hochbekommen. Vielleicht hatte Hugo da nicht so unrecht.

Hier, mit Blick in das Neckartal, schien es, als wäre die Welt in Ordnung. Dabei veränderte sie sich in einer Weise, dass es Angst machte. Lynn und ihre »Polaris-Libellen« wollten sie angeblich schützen. Mit viel Wut im Bauch. Doch wozu hatte es geführt? Nur zu Leid. Nun war Gustav Oleskut tot, und Lutz Creumer würde wahrscheinlich nicht das Geringste verändern.

Den Kopf in den Sand zu stecken, eine meiner Lieblingsstrategien, funktionierte allerdings auch nicht mehr. Schon allein deshalb, weil der Sand wahrscheinlich in absehbarer Zeit so heiß werden würde, dass man sich dabei die Ohren verbrannte.

Ich ließ Neptun allein und radelte durch den frühen Morgen in die Weststadt. Eigentlich hatte ich mein Geschenk in den Briefkasten werfen wollen, aber dann sah ich, dass ein Fenster von Frau Moosers Wohnung offen stand. Ich klingelte, und es dauerte nicht lange, bis der Summer zu hören war. Das Krokodil schaute oben aus der Tür und begrüßte mich gewohnt freundlich.

»Was wollen Sie denn um diese Uhrzeit hier? Sagen Sie bloß nicht, Sie stecken schon wieder in Schwierigkeiten!«

Unter Frau Moosers Bademantel schauten ihre nackten Füße hervor.

»Keine Sorge, heute mal nicht. Ich möchte mich noch bei Ihnen bedanken. Für alles, was Sie für mich getan haben. Hier …« Ich ging die Stufen zu ihrer Wohnung hoch und zog das Buch aus meiner Umhängetasche. »Das ist für Sie.«

»Das ist nett …«, sie runzelte die Stirn, »aber …«

»Wenn Sie es nicht wollen, nehme ich es wieder mit.«

»Nein, nein.« Sie nahm es mir aus der Hand und riss das Papier auf.

»Oma für Einsteiger« stand auf dem Buchcover. Irgendwie schien es sie zu rühren. Auf jeden Fall schaute sie eine Weile nicht auf und blätterte sehr interessiert darin herum. Dann räusperte sie sich und klappte das Buch zu.

»Also, ich wollte Ihnen auch noch etwas sagen: Bei der Geschichte mit dem braunen Pelz … Ich hätte mir denken müssen, dass Ihr wirres Gefasel etwas zu bedeuten hat. Wir wären fast zu spät gekommen. Ich habe auf dem Schlauch gestanden, es tut mir leid.«

Dafür hatte ich sie belogen, wir waren sozusagen quitt.

»Na, hat ja noch gereicht«, entgegnete ich. »Ohne Sie wäre ich auf jeden Fall jetzt nicht mehr am Leben. Also, danke!«

Ich war schon fast wieder unten an der Tür, als sie mir hinterherrief: »Ich schulde Ihnen noch den Kaffee in Handschuhsheim. Nächsten Sonntag will ich mir das Füllhaltermuseum ansehen. Kommen Sie mit?«

Wieder einmal zögerte ich zu lange.

»Also gut, dann gegen drei«, rief Frau Mooser. »Ich hole Sie ab.«

Zu spät. Aber es konnte nicht schaden, sich mit einer Heidelberger Hauptkommissarin gut zu stellen. In dieser Stadt geriet man so verdammt schnell in Schwierigkeiten. Und wer bekam schon die Gelegenheit, mit einem Krokodil ins Museum zu gehen?

Dank

Auch bei diesem Roman haben mir wieder viele Menschen zur Seite gestanden, denen ich an dieser Stelle herzlich danken möchte:

Dem Team vom Emons Verlag für die gewohnt gute und freundliche Kooperation, besonders Christel Steinmetz, die stets ein offenes Ohr für meine Anliegen hat.

Vita Funke für das erste Lektorat des Textes, Marion Heister für die weitere vertiefende Lektorierung. Es ist gut zu wissen, dass die wachsamen Augen der beiden mein Schreiben begleiten, mit Wohlwollen und gleichzeitig doch dem notwendig kritischen Blick.

Norbert Schätzle, Pressesprecher des Polizeipräsidiums Mannheim, der mir freundlicherweise Fragen zur Polizeiarbeit beantwortet hat. Trotzdem gibt es in diesem Roman Unterschiede zur realen Polizeiarbeit. Alle Abweichungen und Irregularitäten gehen auf mein Konto und das von Frau Mooser.

Thomas Neureither, dem Leiter des Füllhaltermuseums in Heidelberg-Handschuhsheim, von dessen umfassender Expertise zum Thema Füller ich profitieren durfte, ebenso Ulrike Falk für die hilfreichen Fachinformationen. Schön, dass in diesem Museum in der Trägerschaft des Stadtteilvereins Handschuhsheim ein Stück Stadtgeschichte mit so viel Sachkenntnis und Achtung bewahrt wird.

Joachim, meinem Mann, für all seine Unterstützung und dafür, mein stets wohlgesonnener Erstleser zu sein.

Und last, but not least, den LeserInnen und FreundInnen, die teils schon über Jahre hinweg an meinem Schreiben und meinen Figuren Anteil nehmen und mich dadurch ermutigen, den Füller immer wieder in die Hand zu nehmen ☺.

Marlene Bach
ELENAS SCHWEIGEN
Broschur, 192 Seiten
ISBN 978-3-89705-435-6

»Mit viel Einfühlungsvermögen schildert die Autorin ihre Charaktere, tupft ein ausgewogenes Maß Lokalkolorit hinzu und jongliert geschickt mit den Verdächtigen.« Badische Neueste Nachrichten

»Flüssig geschrieben, wunderbar erzählt, kurz gefasst und nicht geschnörkelt verfolgt der Leser die Geschichte zweier Mütter und ihrer Sorgen mit dem Nachwuchs. Fazit: Mehr als ein Krimi!«
www.deutsche-krimi-autoren.de

www.emons-verlag.de

Marlene Bach
KURPFÄLZER INTRIGE
Broschur, 240 Seiten
ISBN 978-3-89705-520-9

»*Der zweite Krimi von Marlene Bach überzeugt vollauf und ist humorvolles Lesevergnügen.*« Rhein-Neckar-Zeitung

»*Eine mit viel Lokalkolorit erzählte spannende Geschichte.*«
Fränkische Nachrichten

www.emons-verlag.de

Marlene Bach
KURPFALZGIFT
Broschur, 272 Seiten
ISBN 978-3-95451-057-3

»Marlene Bachs Heidelberg-Krimi überzeugt auf ganzer Linie durch eine ansprechend erzählte Geschichte, durch Ermittler mit Ecken und Kanten und eine gelungene Mischung aus Spannung und Humor. Die Lektüre lohnt sich!« Rhein-Neckar-Zeitung

www.emons-verlag.de

Marlene Bach
ENDSTATION HEIDELBERG
Broschur, 256 Seiten
ISBN 978-3-95451-968-2

»Mittels flotter Schreibe jagt Marlene Bach ihre Hauptfigur durchs hübsche Heidelberg. Und bietet damit gerade Frauen gute Krimikost für den kleinen Lesehunger zwischendurch.« LEO Freizeitmagazin

www.emons-verlag.de